Von Joseph Hansen ist außerdem
als Goldmann-Taschenbuch lieferbar:

Mondschein-Trucker. Ein Fall für Dave Brandstetter (5020)

JOSEPH

HANSEN

Verbrannte Finger

Ein Fall für Dave Brandstetter

FADEOUT

Kriminalroman

GOLDMANN VERLAG

Aus dem Amerikanischen übertragen von Friedrich A. Hofschuster

Made in Germany · 12/87 · 2. Auflage

Umschlaggestaltung: Design Team München
Umschlagillustration: Design Team München
Druck: Elsnerdruck, Berlin
Krimi 5451
AB/Herstellung: Klaus D. Voigt
ISBN 3-442-05451-6

Die Hauptpersonen

Dave Brandstetter	Privatdetektiv
Thorne Olson	Frau des vermißten Country-sängers Fox Olson
Hap Loomis	ihr Vater
Greta	ihre Tochter
Phil Mundy	ihr Schwiegersohn
Hale McNeil	Besitzer einer privaten Radiostation
Lloyd Chalmers	Bürgermeister und Bauunternehmer
Douglas Sawyers	Freund von Fox Olson

Der Roman spielt in und um Los Angeles

Kapitel 1

Nebel hüllte den Canyon ein über einer kalifornischen Kleinstadt mit dem Namen Pima, einer Ansammlung von Ranches. Es regnete. Nicht allzu stark, aber stetig, grau und trübe. Krüppelige Pinien standen wie drohende Schatten im aufsteigenden Dunst. Bergahorne ragten weiß, mit krummen Ästen, die an Gesten der Verzweiflung erinnerten, über den Gießbach. Das Wasser darin brodelte: wütend, tief und gefährlich. Die Straße verlief entlang des Gießbaches. Keine gute Straße. Der Regen hatte die Ränder fortgeschwemmt. Es gab unzählige Schlaglöcher, und an manchen Stellen war der Asphalt von Schlamm und Kies bedeckt. Eine steile, kurvenreiche Straße ohne Leitplanken.

Er fuhr darüber und fühlte, daß seine Hände feucht geworden waren. Warum? Sein Lächeln war alles andere als fröhlich. Warum fuhr er so vorsichtig? Hatte er sich nicht seit sechs Wochen nach dem Tod, einem Ende dieses Lebens, gesehnt? Sein Mund wurde zu einer harten Linie. Nein, das war vorüber. Er hatte sich entschlossen weiterzuleben. Oder nicht? Leben und vergessen – zumindest, bis er sich ohne allzu große Schmerzen daran erinnern konnte. Und dazu würde es eines Tages kommen. Sicher würde er diesen Punkt erreichen – es stand schließlich in allen Büchern. Die Summe menschlicher Weisheiten und Erfahrungen. Und immerhin arbeitete er wieder.

Da war die Brücke. Eine Holzbrücke, etwa zehn Meter lang, drei Meter breit. Schwere Balken, dicke Planken, große Eisenbolzen. Einfach und stark. Genau die Brücke, wie sie hierher gehörte. Er hielt den Wagen an und stieg aus. Kalt. Er zitterte ein wenig und zog die Schultern ein. Der Regen bedeckte die Straße. Er durchnäßte seine Schuhe. Seine Füße fühlten sich feucht an, als er die Brücke betrat.

Das Geländer auf der rechten Seite, wo es tief hinunterging in die Schlucht, war erst kürzlich erneuert worden. Die Balken sahen fast weiß aus. Das Holz schwitzte noch Harz aus. Ein Wagen hatte das alte Geländer durchbrochen. Jetzt rammte Dave die Hände in die Taschen seines Trenchcoats und starrte hinunter. Das Wasser verfügte über ungeahnte, ungezügelte Kräfte. Es war schlammig und schäumte; er konnte nicht sehen, wie die Gesteinsbrocken mitgeschleppt wurden, aber er konnte es hören und fühlen. Die Brücke vibrierte. Der Gießbach würde jeden Wagen ohne weiteres mit sich reißen. Genau das hatte er getan – vor fünf Tagen. Drei Tage danach, als das Unwetter nachgelassen hatte und der Wasserspiegel gesunken war, hatte die Polizei den Wagen gefunden. Eine Meile weiter unten, zerschmettert, plattgedrückt, alle Glasscheiben zersplittert, die Türen halb fortgerissen. Den Fahrer hatte man nicht gefunden.

Deshalb war Dave Brandstetter hier.

Er ging zum anderen Ende der Brücke, wo die Straße eine scharfe Kurve bildete und dann steil nach oben führte. Es war eine verdammt gefährliche Stelle. Aber die ganze Straße war gefährlich, war eigentlich nicht mehr als ein schlecht geteerter Saumpfad. Sie wurde auch nur von den wenigen Menschen benützt, die im Canyon wohnten. Da sie die Straße und ihre Gefahren kannten, fürchteten sie sie nicht. Und das war vielleicht ein Fehler. Zumindest für einen der Canyon-Bewohner. In einer dunklen Regennacht mußte Fox Olsons weißer Thunderbird zu rasch den Abhang heruntergekommen sein. Zumindest war er zu scharf in die letzte Kurve vor der Brücke gefahren.

Dave ging zurück zu seinem Wagen.

Er fand das Haus, eine Meile jenseits der Brücke. Es stand ein Stück von der Straße entfernt auf einer Anhöhe unter riesigen Eukalyptusbäumen. Der dunkle Efeu, der den Hang davor bedeckte, glänzte vom Regen, genau wie die beiden Wagen in der Auffahrt – ein neuer, roter Mustang und ein zerbeulter, alter Chevrolet. Dave ließ seinen Wagen unter einem Manzanitabaum an der Straße stehen. Das Haus war ebenerdig und breit; es wurde seitlich flankiert von Anbauten aus Zedernholz, die nicht getüncht waren und noch nicht lange genug hier standen, um vom Wetter gebleicht zu sein. Der Besitz wirkte luxuriös und komfortabel. Dave drückte auf den Klingelknopf neben der Haustür.

Die Frau, die öffnete, war klein, nicht viel größer als einssechzig, mager, feinknochig. Anfang Vierzig, wie Dave auch. In ihrem braunen Haar waren einzelne Silberfäden zu sehen. Sie trug es kurz geschnitten wie ein Junge, hübsch und einfach. Ihre Hüften waren schmal wie die eines Knaben und sahen gut aus in den braunen Kordjeans. Dazu trug sie ein kariertes Wollhemd. Kein Schmuck, kein Make-up, nur etwas Lippenstift. Dennoch hätte sie nicht femininer aussehen können.

»Mrs. Olson?« fragte er. »Ich bin Dave Brandstetter.«

»Und klatschnaß«, ergänzte sie. »Tut mir leid. Kommen Sie rein.« Mit einem Blick auf das Wetter und den Regen schloß sie die Tür. »Geben Sie mir Ihren Mantel, ich hänge ihn zum Abtropfen in die Küche. Und, bitte, machen Sie es sich bequem.«

Sie nahm den Trenchcoat und den Segeltuchhut mit. Er betrat das Wohnzimmer. Es war ein großer Raum, der sich über die ganze Vorderfront erstreckte. Handbearbeitete Deckenbalken, Wandtäfelungen aus Kiefernholz. In einem offenen Kamin aus Feldsteinen, der von gutbestückten Bücherregalen flankiert wurde, brannten Scheite. Über dem Kamin hing ein großes Gemälde. Er konnte es nicht recht erkennen: eine Art weißes Gerüst, das gespenstisch in einen schwarzen Himmel aufragte.

»Was ist das?« fragte er, als sie hereinkam.

»Fox hat es gemalt. Erst vor kurzem. Es ist ganz anders als seine früheren Arbeiten. Es heißt ›Die Rutschbahn‹. Er wollte mir nicht sagen, was es bedeutet. Er sagte nur: ›Es ist eine Erinnerung.‹ «

Eine Flasche Brandy stand zum Erwärmen in der Nähe des Feuers: Christian Brothers. Sie schenkte ein paar Spritzer in zwei kleine Cognacschwenker, reichte ihm einen davon und ließ sich dann ihm gegenüber nieder, die Beine hochgezogen auf den Sessel. Auf dem Couchtisch zwischen ihnen funkelte ein Tischfeuerzeug in einer polierten Holzschale. Als er sich eine Zigarette zwischen die Lippen gesteckt hatte und nach dem Feuerzeug langte, kam sie ihm zuvor und gab ihm Feuer. Ganz automatisch, offenbar Gewohnheit. Vermutlich hatte sie ihrem Mann die Zigaretten angezündet. Merkwürdig, eigentlich war sie gar nicht der Typ. Nicht mausgrau genug. Eigentlich überhaupt nicht mausgrau.

»Danke«, sagte er.

Sie lehnte sich zurück und zeigte eine Art geschäftsmäßiges Lächeln. »Nun, worum geht es, Mr. Brandstetter?«

»Eine Routineuntersuchung.« Er erwiderte das Lächeln.

»Das haben Sie schon am Telefon gesagt. Aber was heißt das?«

»Daß meine Gesellschaft – jede Versicherungsgesellschaft dieser Welt – in einem solchen Fall einen Ermittler mit der Untersuchung beauftragt.«

»In einem solchen Fall?«

»Ja – wenn der Leichnam des Versicherten nicht aufgefunden wird.«

»Nicht aufgefunden?« Sie blinzelte. »Aber er wird bestimmt gefunden, sobald der Regen aufgehört hat.«

»Vorgestern hatte der Regen schon mal nachgelassen«, sagte er. »Und man hat ja auch den Wagen gefunden.«

»Haben Sie den Wagen gesehen?« fragte sie.

»Ja. Heute vormittag. In der Polizeigarage.«

»Und anschließend sind Sie gleich hierhergefahren. Das heißt, Sie haben gesehen, mit welcher Wucht das Wasser den Gießbach hinunterströmt. Finden Sie es wirklich sonderbar, daß der Leichnam von Fox nicht im Wagen war?«

»Nein. Aber er hätte irgendwo im Gießbach sein müssen.« Der Aschenbecher war schwarze, mexikanische Keramik. Dave streifte die Asche seiner Zigarette am Rand ab. »Zwanzig Mann haben nach ihm gesucht. Die Polizei, die Sheriffs des Countys. Sie haben nichts gefunden, Mrs. Olson.«

»Ich weiß«, antwortete sie leise. »Ich war dabei . . . Aber am Ende des Canyons ist ein Flutkanal, der das Wasser des Gießbachs unter der Stadt hindurch zum Fluß bringt.«

»Wenn ein Körper den Flutkanal erreicht«, sagte er, »würde er am Gitter hängenbleiben.«

Ihre Mundwinkel kräuselten sich, als ob sie lächelte. »Waren Sie in dem Flutkanal, Mr. Brandstetter?«

»Drinnen?« Er zog die Augenbrauen hoch. »Nein. Und Sie?«

»Oft. Ich habe als Kind dort gespielt. Er wurde gebaut, als ich ungefähr zehn war. Früher hat sich der Gießbach oft einen Weg durch Pima gebahnt. Immer wenn es ein solches Unwetter gab, hat es fast den ganzen Ort weggeschwemmt. Lloyd Chalmers hat den Flutkanal gebaut. Er war sein erster, großer Auftrag. Er hatte damals gerade mit seiner Baugesellschaft angefangen, war kaum älter als zwanzig. Heute ist er Bürgermeister, zum vierten Mal. Mein Mann hat gegen ihn kandidiert.«

»Ich weiß.« Die Plakate hingen überall in Pima, knallrot und orange; nach dem Regen war das Papier gewellt. CHALMERS . . . WACHSTUM. Ein rauhbeinig wirkender Mann mit weißer Mähne. OLSON ... REDLICHKEIT. Ein lachender Mann mit schütterem blondem Haar. »Ja, ich habe die Plakate gesehen. Erzählen Sie weiter vom Flutkanal.«

»Wir haben als Kinder drin gespielt, wie gesagt. Es ist ein riesiger Schacht, dunkel und kühl. Und im Sommer trocken und völlig ungefährlich. Aber es gibt keine Gitter, Mr. Brandstetter. Es ist einfach ein Tunnel aus Beton. Sicher, es gibt Gitter nach oben, Eingänge von der Straße her. Aber Quergitter würden die Wirkung zunichte machen. Sie wären in kürzester Zeit durch Abfall, Äste und alles mögliche verstopft.«

Dave nickte. »Das verstehe ich. Aber eigentlich hätte der Leichnam Ihres Mannes schon zuvor hängenbleiben müssen. Irgendwo auf den vier oder fünf Meilen zwischen der Brücke und der Ortschaft.« Er trank den Brandy aus. »Die Polizei ist derselben Ansicht. Ein menschlicher Leichnam ist ein schwerer, sperriger Körper. Vor allem, wenn er bekleidet ist. Zweige und Äste können sich in der Kleidung verhaken. Er hätte im Gießbach gefunden werden müssen.«

»Nun, er war jedenfalls nicht dort.« Sie stand auf, um die Brandyflasche zu holen. »Und daraus kann man schließen, daß Fox –« Aber sie brachte es nicht heraus. Stand da mit dem Rükken zu ihm, starr, gerade, aufrecht – mindestens eine Minute lang. Als sie sich umdrehte, war ihre Bewegung abrupt, und ihre Stimme klang rauh. »Der Körper wurde durch den Flutkanal in den Fluß geschwemmt. Das ist alles. Er wird nach dem Regen gefunden werden, wenn der Wasserspiegel gesunken ist. Das ist gar keine Frage.« Sie schenkte zwei Zentimeter Brandy in sein Glas und in das ihre. Ihre Hand zitterte dabei.

»Schon möglich«, sagte er. »Aber meine Gesellschaft ist anderer Ansicht.«

»Was, um alles in der Welt, glaubt sie denn?«

»Sie glaubt vorläufig gar nichts, bis meine Untersuchung abgeschlossen ist.«

Sie stellte die Brandyflasche wieder neben den offenen Kamin. Es gab ein klirrendes Geräusch. »Und wann wird das sein?«

»Nachdem ich eine Menge Fragen gestellt habe.«

»Captain Herrera hat eine Menge gestellt. Könnten Sie nicht –«

»Ich habe mit Captain Herrera gesprochen.«

»Ich war ihm gegenüber aufrichtig.« Es gelang ihr, ein trokkenes Lächeln zu zeigen, und sie hatte auch ihre Stimme wieder unter Kontrolle. Aber als sie sich diesmal setzte, ließ sie die Füße auf dem Boden. »Nein, Fox war nicht ganz nüchtern. Er war auf dem Weg zum KPIM-Studio, wo er noch ein paar Werbespots aufnehmen sollte. Er haßte das, verschob es immer auf den letzten Augenblick. Deshalb ist er auch so spät weggefahren. Aber . . . Er ist so oft durch den Canyon gefahren, und manchmal war er noch viel weniger nüchtern. Als mein Vater krank war und wir bei ihm wohnten, zum Beispiel. Wir kamen spät von einer Party nach Hause. Fox hat die Krankenschwester heimgefahren und sich am nächsten Morgen nicht einmal mehr daran erinnert.«

Dave unterbrach sie. »Ich wollte Sie nicht fragen, ob er betrunken war.«

»Nein?« Sie zog die Stirn in Falten und legte den Kopf ein wenig zur Seite. »Glauben Sie vielleicht, er hätte Selbstmord begangen? Sie werden mich jetzt bestimmt fragen, ob er Geldsorgen hatte.«

»Davon kann nicht die Rede sein. Ich habe mich bei seiner Bank erkundigt.«

»Also dann seine Gesundheit. Ob er mir von schrecklichen Schmerzen erzählt hat, die ihn manchmal –« Sie brach ab. »Was ist mit Ihnen?«

Plötzlich sah Dave wieder das Gesicht von Rod vor sich, kalkweiß, Angst in den Augen, wie er es im strahlend hellen Badezimmer gesehen hatte, am ersten Abend jener schrecklichen Monate, die mit Rods Tod durch eine heimtückische Krebskrankheit geendet hatten.

»Entschuldigen Sie.« Er stand abrupt auf, da ihm Tränen in die Augen stiegen, und ging durch den großen Raum, blieb am Fenster stehen und schaute hinaus durch die Terrassentür auf den gepflasterten Patio, auf die moosbewachsenen Felsblöcke, zu der Stelle, wo das Regenwasser in einen dunklen Seerosenteich strömte, unter traurig hängenden Farnen. Dann sagte er fast wütend: »Nein, ich werde Ihnen keine derartigen Fragen stellen. Ich glaube nicht, daß Ihr Mann einem Unfall zum Opfer gefallen ist, Mrs. Olson. Ich glaube auch nicht, daß er Selbstmord begangen hat. Ich glaube nicht einmal –«, und jetzt drehte er sich zu ihr um, »– daß er tot ist.«

Sie war aufgestanden und schaute ihm in die Augen. Langsam öffnete sie den Mund. Sie sah aus, wie Leute ihres Alters –

seines Alters – nicht aussehen wollen, wenn sie sich morgens im Badezimmerspiegel betrachten. »Was haben Sie da gesagt?«

»Ich glaube, er hat in seinem weißen Thunderbird den Leerlauf eingelegt, an diesem Abhang vor der Brücke, ist ausgestiegen, hat von draußen die Handbremse gelöst und zugesehen, wie der Wagen durch das Geländer brach und in den Gießbach stürzte. Dann ist er weggegangen und nicht mehr zurückgekehrt.«

»Aber warum? Warum hätte er das tun sollen?«

Dave zuckte mit den Schultern. »Das herauszufinden, bin ich hier.«

»Aber das – das ist verrückt! Sie meinen das doch nicht im Ernst.« Es klang fast, als würde sie ihn im nächsten Augenblick auslachen. »Nur weil man den Leichnam des armen Fox nicht gefunden hat, glauben Sie, daß er – er und ich –«, sie hatte Mühe, die richtigen Worte zu finden, »– sich irgendeinen Plan ausgedacht hätten, wie in den Romanen von James M. Cain, um seine Lebensversicherung zu kassieren?«

»Es wäre eine von mehreren Erklärungen«, sagte Dave. »Hunderttausend Dollar sind eine Menge Geld, Mrs. Olson.«

»Nicht genug«, sagte sie und hatte aufgehört zu lächeln. »Wenn Fox noch lebte, wäre er hier, Mr. Brandstetter. Und ich werde Ihnen zeigen, warum.« Sie kam auf ihn zu, den Mund verzerrt vor Zorn, und schaute ihm in die Augen. Dann schob sie die Glastür zum Patio auf. Kalte, feuchte Luft drang herein. Sie nickte, trat hinaus, und er folgte ihr und schloß die Tür hinter sich. »Kommen Sie bitte mit. Wir werden diesen Unsinn jetzt gleich ausräumen.«

Das hervorstehende Dach bildete einen vom Regen geschützten Weg um den Patio. Dann waren sie draußen im Regen, gingen plattenbelegte Stufen hinauf, vorbei an einem Steingarten unter japanischen Ahornbäumen. Abgefallenes Laub blieb an seinen Schuhen kleben. Danach waren sie wieder im Trockenen, diesmal unter dem überhängenden Dach eines auf einer Seite offenen Badehauses, kamen am Swimmingpool vorbei, auf dessen Oberfläche der Regen klopfte. Am anderen Ende des Schwimmbeckens stand eine hohe Bambushecke, die eine zweistöckige Doppelgarage teilweise verdeckte. Sie ging über die Außentreppe ins obere Stockwerk. Die Tür am Ende der Treppe war nicht versperrt. Mrs. Olson riß die Tür auf.

Drinnen hörte Dave die Stimme von Fox Olson singen.

Kapitel 2

Im Daffodil-Café in Pima, wo er nach der langen Fahrt im Regen von Los Angeles herauf in die Berge angehalten hatte, um einen Schluck Kaffee zu trinken, war die Stimme aus einem billigen Radio auf dem Kühlschrank gekommen. Die untersetzte, weißhaarige Frau mit der gestärkten gelben Schürze, die an der Theke bediente, hatte vor ihm gestanden, die Glaskanne mit dem Kaffee in der Hand, wobei sie geistesabwesend zuhörte und mit ihren blaßblauen Augen in eine unbestimmte Ferne schaute.

Während er auf den Kaffee wartete, hatte er sich natürlich für das interessiert, was die Frau so gebannt anhörte. Ein netter, aber belangloser Western-Song. Gitarre, Hufgetrappel. Ein milder Bariton. Angenehme, etwas eigenartige Intonation. Aber nichts Besonderes. Dennoch liefen der Frau die Tränen über die Wangen, als das Lied zu Ende war. Mit traurigem Lächeln schüttelte sie den Kopf und schenkte Dave den Kaffee ein.

»War er nicht wunderbar?« seufzte sie.

»Wer ist das?« Dave hatte die Ansage nicht mitbekommen.

»Wer?« fragte sie indigniert. »Fox, Fox Olson, wer sonst?«

»Das habe ich nicht gewußt.« Dave lächelte und bat auf diese Weise um Nachsicht.

»Dann müssen Sie ein Fremder sein«, sagte sie.

»Bin ich.« Er trank einen Schluck Kaffee. Das Gebräu schmeckte gut. Er zündete sich eine Zigarette an. »Ich nehme an, Fox Olson ist hier recht berühmt.«

»Er war es«, sagte sie. »Wir werden ihn sehr vermissen. Wenn sie eines Tages aufhören, seine Lieder im Radio zu spielen ... Nun, sie haben es schon versucht. Gleich nachdem er dort oben im Canyon umgekommen ist. Sie haben seine Songs einfach nicht mehr gespielt. Als ob wir solche Provinzler wären und nicht wüßten, daß es heutzutage so was wie Tonbänder gibt. Er war tot, also sollten wir ihn nicht mehr hören ... Aber alle haben sich beschwert. Ich sage Ihnen, ganz Pima hat sich aufgeregt. Ich glaube, es gibt keinen hier im Ort, ausgenommen Bürgermeister Chalmers natürlich, der nicht die Station KPIM angerufen« – sie sagte es so, als ob es ein Name wäre, nicht die Kennbuchstaben eines Senders – »und gesagt hätte:

Spielt gefälligst die Lieder von Fox Olson! Na, und dann haben sie's getan. Es gibt Aufnahmen von allen seinen früheren Sendungen. Und die spielen sie heute. Wie es sich gehört.« Ihr Unterkiefer wirkte hart und entschlossen. Sie drehte sich um und knallte die Kaffeekanne auf die Wärmeplatte. »Und sie sollen bloß nicht auf die Idee kommen, damit aufzuhören . . .«

Aus dem Radio hatte die Stimme dünn und blechern geklungen. Hier im Regen, der auf das Dach über dem Treppenabsatz trommelte, und durch die offene Tür klang sie voll und lebendig. Aber sie war nicht life; es war eine Aufnahme. Fünfundzwanzigzentimeter-Spulen drehten sich an einem großen, professionellen Tonbandgerät, das senkrecht an der Wand gegenüber der Tür stand. Edelstahlgehäuse, Knöpfe, Skalen und Instrumente. Schwarze Lautsprechersäulen unter der Decke. Drinnen im Raum konnte er das Band leise rauschen hören. Aber einen Augenblick lang hätte er geschworen, die Stimme life gehört zu haben.

Ein Mädchen in Blau saß an einem großen, stromlinienförmigen Schreibtisch. Ihre Hände ruhten auf den Tasten einer neuen, elektrischen Schreibmaschine, aber sie bewegten sich nicht. Sie saß da, hatte den Kopf nach oben gewandt, hörte zu und zeigte denselben verklärten Ausdruck wie die alte Bedienung im Daffodil-Café. Nur, daß sie die Augen geschlossen hatte, daß sie jung war und ihr Gesicht wie eine Blume wirkte, auf die Regentropfen gefallen waren. Nur ganz kurz, nur ein paar Tropfen. Gleich danach schloß Mrs. Olson die Tür, ging durch den Raum, betätigte einen Schalter, und die Stimme verstummte. Das Mädchen öffnete die Augen. Sie waren strahlend blau und wirkten erschreckt.

»Ich wollte, Sie würden das sein lassen, Terry. Ich habe Sie schon einmal darum gebeten.«

»Tut mir leid, Thorne.« Das Mädchen war auffallend blond. Sie errötete wie eine Rose. »Sie haben gesagt, daß Sie eine Besprechung haben. Ich hatte nicht angenommen, Sie würden heraufkommen.«

»Ich hatte das auch nicht vorgehabt. Und entschuldigen Sie, wenn ich Sie gestört haben sollte, bei Ihrer – Arbeit.« Thorne Olson warf einen skeptischen Blick auf die halb getippte Seite in der Schreibmaschine, auf den Stapel vervielfältigter Manuskripte, die auf dem Schreibtisch lagen. »Aber ich fand, es war wichtig, daß Mr. Brandstetter sein Studio sieht.« Sie lächelte

Dave mechanisch an. Dann machte sie eine beiläufige Geste mit der Hand. »Miss Lockridge, die Sekretärin meines Mannes.« Sie ging quer durch den Raum zu einer kleinen, funkelnden und blitzenden Hausbar, wo sie eine Flasche Brandy und zwei Gläser fand. Dann sagte sie: »Erzählen Sie ihm, woran Sie arbeiten, Terry.«

»Also . . .« Das Mädchen hatte ein nettes Lächeln – fast ein wenig scheu, wie ein Schulkind. Ihre Stimme war kaum mehr als ein Flüstern. »Es ist ein Buch. Geschichten von Fox – Mr. Olson. Er hat sie oft im Funk erzählt oder vorgelesen. Ich tippe sie von seinen Manuskripten ab.«

Thorne Olson erwähnte einen namhaften Verleger aus New York. »Wir haben die Bänder mit ein paar von seinen Geschichten an den Verlag geschickt. Der Verleger war richtig wild darauf. Terry überträgt sie nach den Manuskripten für eine Buchveröffentlichung.«

»Geschichten?« Dave setzte sich auf die Schreibtischkante und nahm eines der Manuskripte. In der linken oberen Ecke stand das Kennzeichen des Senders in Grün und Blau: KPIM, darunter »Die Fox-Olson-Schau.« Er begann das Manuskript durchzublättern. Aber dann kam Thorne zurück, nahm es ihm aus der Hand und reichte ihm statt dessen das Brandyglas. Das Manuskript legte sie wieder auf den Stapel.

»Später«, sagte sie. »Sie können ein paar davon mitnehmen, wenn Sie wollen. Aber jetzt sollen Sie mir erst mal zuhören. Wir haben nicht viel Zeit.« Sie warf einen Blick auf ihre Armbanduhr. »Ich erwarte – jemanden, um vier.« Jetzt wandte sie sich an das Mädchen. »Terry, ich fürchte, wir sind Ihnen im Weg. Wollen Sie nicht den Rest des Tages freinehmen?«

Das Mädchen riß die Augen auf, blinzelte, zuckte gleichmütig mit den Schultern und holte dann einen weißen Regenmantel aus einem Eckschrank. Ohne Zeit zu verschwenden, zog sie ihn an, während sie zur Tür ging. Dann lächelte sie Dave kurz zu, schaute Thorne Olson mit einem Blick an, der alles und gar nichts bedeuten konnte, ging hinaus und schloß die Tür. Sie hörten, wie sie mit schnellen Schritten die Treppe hinunterging.

»Fox hat sie verwöhnt.« Thorne deckte die Schreibmaschine zu. »Natürlich lasse ich sie machen, was sie will. Wenn das Buch fertig ist, hat sie hier ohnehin nichts mehr zu tun. Das heißt« – und nun klang ihre Stimme sehr ironisch –, »falls sie jemals damit fertig wird. Wenn ich nicht hier bin, hört sie sich ständig die Aufnahmen von Fox an. Sie hat ihn natürlich angebetet.«

»Ich glaube, sie ist nicht die einzige«, erwiderte Dave.

»Davon gibt es Tausende, ja.« Sie öffnete die Vorhänge eines großen Fensters und schaute hinunter auf den Canyon. Draußen waren nur gedämpfte Farben zu sehen, wie auf einer Landschaft von Sung. Vor dem Fenster stand eine Couch – tiefe Polster, breite Sitze, bequem aussehend. »Wollen wir uns setzen?« fragte sie. Dann: »Nein, warten Sie. Zuerst sollen Sie sich das Studio ansehen. Genau.«

Er folgte ihrer Aufforderung. Es war groß und fast quadratisch; Decke und Wände waren mit Dämmplatten belegt und eierschalenweiß bemalt, damit sich die Bilder gut abhoben. Ordentlich gerahmt, leuchtend wie Plakate und mit dem Namenszug »Fox Olson« signiert, aber ganz anders als das drohende, weiße Skelett über dem offenen Kamin unten im Haus.

Wie die Vorhänge und Möbel war auch der Teppich in Herbstfarben gehalten: dunkles, gedecktes Rot, Braun und sanftes Orange. Schwarze Kabel schlängelten sich darüber und führten von dem aufwendigen Tonbandgerät mit Mischpult zu Mikrophonen, die an funkelnden Galgen hingen. Es gab Gitarren und Gitarrenkästen, ein Spinett, auf dem Stapel von Noten lagen. Glatte, handpolierte, skandinavische Teakholzmöbel enthielten die Geräte einer Hi-Fi-Anlage und verschiedene technische Gegenstände.

Die Bücher und Schallplatten sparte er sich bis zuletzt auf. Es gab eine Unzahl von beiden, in solide gezimmerten Regalen. Unter den Büchern viele Biographien amerikanischer Autoren und Romane – nur die besten. Nicht die populärsten, sondern solche, wie sie die Kritiker liebten. Die Schallplatten waren eine Überraschung nach dem, was Dave aus dem Radio im Daffodil-Café gehört hatte. Es gab keine Popmusik, aber viel Mozart und Spätromantiker: Mahler, Bruckner, Sibelius. Dazu eine Menge Opern. Aber das konnte man einem Sänger verzeihen.

Er wandte sich ab. »Schön.« Jetzt lächelte er. »Eine bemerkenswerte Sammlung.«

Thorne saß auf der Couchecke und beobachtete ihn, hatte die Füße wieder nach oben gezogen und einen Arm entlang der Lehne ausgestreckt; zwischen ihren Fingern hatte sie eine glimmende Zigarette. »Es ist alles, was er sich wünschte«, sagte sie.

Dave ging auf sie zu, hatte die Stirn gefurcht.

»Alles, wonach er sich ein Leben lang gesehnt hatte«, fuhr sie fort. »Lassen Sie mich von dem Mann Fox Olson erzählen.«

Dave ließ sich auf das andere Ende der Couch nieder, zündete sich eine Zigarette an, rauchte und nippte an seinem Brandy, während sie sprach.

»Er hatte Talent, war intelligent, besaß Geschmack und Gefühl. Er sah gut aus, hatte Charme und Sinn für Humor. Er konnte schreiben, malen, singen, spielen, komponieren –«

»Also hatte er tausendundeinen Bewunderer«, sagte Dave.

»Ich war immer die erste in der langen Reihe.« Sie lächelte, vielleicht ein wenig bitter. »Er war neunzehn, als wir uns kennenlernten. Ich war ein Jahr jünger. Es war während des Krieges. Die Flugzeugfabriken – erinnern Sie sich? Ich hatte gerade die höhere Schule hinter mir. Aber hier in Pima waren wir von allem ausgeschlossen. Ich wollte mittendrin sein im aufregenden Leben. Also bin ich durchgebrannt, nach Los Angeles, und habe mir einen Job gesucht. Damals hat man jeden eingestellt, Sie wissen. Viele Frauen und Mädchen. Ich habe P-Achtunddreißiger und Hudson-Bomber für Lockhead vernietet. Fox war Zeitnehmer.«

»Warum war er nicht beim Militär?«

Über ihren Brauen tauchten feine, senkrechte Linien auf. Sie schüttelte den Kopf. »Ich weiß es nicht. Er hat es mir nie gesagt, und ich habe ihn nicht danach gefragt. Ich war einfach dankbar dafür, daß es ihn gab. Ich hatte mich in ihn verliebt. Er war der romantischste Mensch, den ich mir vorstellen konnte. Er schrieb. Hatte ein kleines Zimmer im obersten Stock eines alten Fachwerkhauses in Hollywood. Franklin Avenue. Er hat die Nachtschicht gearbeitet, und wenn er morgens heimkam, hat er geschrieben. Auf einer alten Underwood-Maschine; das hat sich angehört, als wenn er Türen einschlagen würde.«

»Was?« fragte Dave.

»Was er geschrieben hat? Alles. Romane, Theaterstücke, Lyrik. Er aß in Drugstores und schlief auf einer zerschlissenen, alten Couch, die man in ein Bett verwandeln konnte. Es war ihm egal. Ihn interessierte nur seine Arbeit als Schriftsteller. Er ließ sich sogar einen Bart wachsen, um die Zeit fürs Rasieren zu sparen. Und er zeigte mir immer, was er gearbeitet hatte. Er war so aufgeregt . . . Er riß die Blätter aus der Schreibmaschine und warf sie mir zu. Wir hielten seine Werke für einmalig . . .«

Mit einem Lächeln der Erinnerung beugte sie sich nach vorn, hatte die Ellbogen auf die Knie gestützt und starrte durch das große Fenster auf den Nebel und die Regenfahnen zwischen den Bäumen.

»Die Verleger waren nicht ganz unserer Meinung. Aber Fox schickte die Manuskripte überall herum . . . Ich erinnere mich noch gut, wie wir sie in das kleine Postamt in der Nähe des Hollywood-Boulevards geschleppt haben, und als wir zu Hause ankamen, fanden wir den Briefkasten voller Manuskripte, die bereits abgelehnt und zurückgeschickt worden waren.« Sie schaute Dave an. »Es war enttäuschend, aber es war zugleich sehr romantisch, ein Abenteuer. Damals. Wir waren sehr jung.« Jetzt lächelte sie nicht mehr. »Aber wir sind nicht so jung geblieben.«

Sie ging wieder zur Bar, holte die Brandyflasche und schenkte sich und Dave ein.

»Wir hatten ein Kind – Greta. Der Krieg war zu Ende. Die Flugzeugfabriken entließen die Angestellten in Scharen. Wir hatten gedacht, daß Fox bis dahin ein bekannter Schriftsteller sein würde. Der Pulitzerpreis, wenn nicht noch mehr. Wir schlugen in biographischen Lexika nach, um festzustellen, wie jung die berühmten amerikanischen Autoren waren, als ihr erstes Werk veröffentlicht wurde.« Sie seufzte. »Fox war älter als sie alle. Ich sah das nicht gern. Und er – nun ja, er magerte ab. Er war oft krank. Aber ich durfte nicht arbeiten, bis das Baby geboren war. Danach war es ohnehin ausgeschlossen – dachte er. Er war der Mann, war für die kleine Familie verantwortlich. Er mußte für sie sorgen, mußte arbeiten und schreiben. Er übernahm lächerliche Jobs in Buchhandlungen, für einen Dollar die Stunde. Und wenn er nach Hause kam, trommelte er auf der Schreibmaschine. Jetzt schrieb er nur noch Romane. Und es dauert seine Zeit, bis man einen Roman geschrieben hat. Er wurde immer verzweifelter und verwirrter, als ein Werk nach dem anderen abgelehnt wurde. Jedesmal schwor er sich, die Schreibmaschine nie wieder zu berühren. Aber er konnte nicht aufhören. Seine Verzweiflung trieb ihn dazu.«

Hinter dem schönen Schreibtisch standen zwei graue Aktenschränke aus Stahlblech. Sie führte Dave hin, bückte sich und zog eine der unteren Schubladen auf. Drinnen standen nebeneinander aufgereiht gebundene Manuskripte. Sie nahm eines heraus, richtete sich auf und blätterte es durch. Es war ordentlich getippt, wie Dave sah, aber auf billigem Papier, das an den Rändern bereits vergilbte.

»Das hier hat er dreiundfünfzig und vierundfünfzig geschrieben. Ich hielt es für ein großartiges Werk.« Mit traurigem Lachen klappte sie es zu, bückte sich und ordnete es wieder ein. »Ich habe mich vermutlich geirrt. Jedenfalls wollte es niemand veröffentlichen.« Sie richtete sich wieder auf und schob die Schublade mit dem Fuß zu. »In diesem Aktenschrank sind zwölf Romane. Drei Theaterstücke. Fünfzig Kurzgeschichten. Hunderte von Gedichten.« Sie schaute Dave an, und ihre Stimme klang spröde, als sie sich an die Reihe von Enttäuschungen erinnerte. »Nur eine Handvoll Gedichte hat er je gedruckt gesehen.«

Dave zog die Stirn in Falten. »Sie berichten mir die Lebensgeschichte eines Versagers. Bis dahin. Aber was geschah dann?«

Kapitel 3

»Damit daraus eine Erfolgsgeschichte wird?« fragte sie. »Wir kamen nach Pima . . . Aber wissen Sie, eigentlich habe ich Ihnen noch gar nichts über Fox gesagt. Ich habe zuviel ausgelassen. Zum Beispiel, wie komisch er sein konnte. Ich habe Ihnen nur von seiner Verzweiflung berichtet. Aber er hatte einen großartigen Sinn für Humor.« Sie berührte die Manuskripte, die auf dem Schreibtisch lagen. »Sie werden es ja sehen, wenn Sie das hier lesen. Grotesk, phantastisch, witzig und niemals grausam. Nur freundlich, fröhlich und unglaublich komisch.«

»Und die Musik?« fragte Dave. »Was ist damit?«

»Ja, das auch – aber diesen Teil seiner künstlerischen Tätigkeit hat er eigentlich nie ganz für voll genommen. Es war . . .« Sie zuckte mit den Schultern, ging zurück zur Couch und nahm ihr Glas in die Hand. »Es war eine Gewohnheit für ihn. Seine Familie war sehr musikalisch. Er hatte gesungen und gespielt, seit er alt genug war, Geräusche von sich zu geben. Es lag ihm im Blut. Für ihn war es etwas so Selbstverständliches wie das Atmen.«

Ihre braunen Augen wirkten warm und fast glücklich, als sie sich daran erinnerte.

»Manchmal, wenn die Verzweiflung über das Schreiben ihren Höhepunkt erreicht hatte, nahm er plötzlich seine Gitarre, staubte sie ab und sang den ganzen Abend. Alte Lieder und Songs, die er selbst komponiert hatte. Freunde kamen vorbei. Wir tranken Bier ... Sein Leben war nicht nur Bücherstaub und Dostojewski.«

Sie schaute ihn kurz an und wandte sich dann wieder ab.

»Aber meistens. Und die guten Stunden wurden immer weniger. Wir waren nicht mehr in unseren Zwanzigern. Und dann waren wir nicht einmal mehr in unseren Dreißigern. Greta wuchs heran und brauchte das, was Mädchen nun mal brauchen. Also kündigte Fox in der Buchhandlung und arbeitete in einer Fabrik, weil die Bezahlung besser war. Allmählich ging ihm die Energie aus, über die er früher verfügt hatte. Es war kein Wunder. Mit der Zeit wurde es für ihn immer schwerer, zu schreiben. Er gab die Versuche dennoch nicht auf. Aber er scherzte nur noch selten. Es gab lange Perioden des Schweigens ...«

Wieder schaute sie zum Fenster hinaus und sah so alt aus, wie sie war – wie jemand, der zuviel erlebt hatte.

»Sie kamen also nach Pima«, sagte Dave. »Warum?«

»Mein Vater hatte einen Schlaganfall und rief mich zu sich.«

»Geht es ihm jetzt besser?«

»Er wird nie mehr der alte sein, aber er kann wieder gehen, fährt sogar wieder seinen Wagen. Das war im vorletzten Sommer. Es war ein seltsames Gefühl zurückzukommen.«

»Sie sind in all den Jahren nicht mehr hier gewesen?« fragte Dave.

»Nein, fünfundzwanzig Jahre lang war ich nicht mehr hier. Dad war sehr böse gewesen auf mich, weil ich weggelaufen war. Er war noch wütender, weil ich Fox geheiratet hatte. Er schrieb mir, um mir seine Meinung darüber mitzuteilen, und danach hat er nie wieder geschrieben, nicht einmal, als Greta zur Welt kam. Wissen Sie, er hatte mich mit jemand anders verheiraten wollen, mit einem reichen jungen Mann hier aus Pima. Aber ich wollte nicht. Keine sehr originelle Geschichte, wie?« Ihr Lächeln war dünn, als mache sie sich über sich selbst lustig. »Und ich dachte: Wir werden es dem alten, sturen Kerl schon zeigen. Mein Mann wird der erfolgreichste Schriftsteller

Amerikas. Während ich auf Knien das abgetretene Linoleum in den Küchen unserer schäbigen Apartments in Los Angeles schrubbte, träumte ich von dem süßen Tag der Vergeltung, wenn ich zurückkommen würde nach Pima als Frau eines berühmten Mannes. Ein Kleinstadtmädchen, das das Glück gefunden hatte.«

»Das dem Vater eine lange Nase zeigt, ja ... Er ist vermögend, nicht wahr?«

»Er kam neunzehnhundertdreiunddreißig nach Kalifornien, aus Oklahoma. Ich war damals zehn. Wenn man ihm glauben darf, was er erzählt, ist er in einem Fünf-Dollar-Ford angekommen, mit meiner Mutter und mir und mit dreißig Cents in der Tasche. Fünf Jahre später hatte er seine eigene Ranch, schuldenfrei und ohne Belastungen. Und wenige Monate, nachdem die Regierung die hiesigen Japaner ausgewiesen hatte, nach Kriegsausbruch im Jahre zweiundvierzig, besaß er eine der größten Plantagen in diesem Tal. Wein, Zitrusfrüchte, dazu einen Fuhrpark. Ja, mein Vater ist ein vermögender Mann. Das darf man nicht vergessen.« Wieder warf sie einen Blick auf ihre Armbanduhr. »Aber wir vergeuden Zeit. Sie wollen etwas über Fox hören. Ich wollte Ihnen –«

»Die Erfolgsgeschichte erzählen.« Dave nickte.

»Es war reiner Zufall.« Sie nahm die Flasche und schaute ihn an. Dave schüttelte den Kopf. Daraufhin schenkte sie sich einen Fingerbreit ein und zündete sich eine Zigarette an. »Ich war im Supermarkt in Pima und habe Lebensmittel für Daddys Ranch eingekauft. Da kam dieser Mann und fragte mich, ob ich Thorne Loomis sei. Er war Hale McNeil. Wir waren zusammen zur Schule gegangen. Nicht in dieselbe Klasse – er war drei Klassen über mir gewesen. Aber es ist eine kleine Schule, und wir kannten uns. Sein Vater war Besitzer und Herausgeber der *Sun*, der Wochenzeitung des Pima-Tals. Jetzt gehört sie Hale, samt der Radiostation.

Natürlich habe ich mich gefreut. Man freut sich immer, wenn man nach langen Jahren jemanden wiedersieht, den man in der Jugendzeit gekannt hat. Er freute sich ebenfalls darüber. Und er lud mich, Fox und Greta zum nächsten Sonntag in sein Haus ein, zu einer Grillparty. Die Auseinandersetzung mit Dad wegen der Einladung war ziemlich heftig. Sicher, er hatte eine ständige Krankenschwester, aber er nahm mich dennoch voll in Anspruch. Und Greta obendrein. Außerdem hielt er nie mit seinem Haß auf Fox hinter dem Berg. Es war eine scheußliche Situation für Fox. Er liebte das Tal, den Ort, diesen Canyon. Aber nicht die Situation, was verständlich war. Fox war nur mitgekommen, weil ich darauf bestanden hatte.

Außerdem wußte ich, daß Hale nur höflich gewesen war, als er uns alle eingeladen hatte. Wahrscheinlich hatte er damit gerechnet, daß wir absagen würden. Aber ich dachte nicht daran. Endlich mal etwas Abwechslung, ein paar andere Leute und andere Wände. Vielleicht ein netter Abend, zur Abwechslung. Vor allem für Fox und Greta. Also sind wir hingegangen. Außer uns war ungefähr ein Dutzend Leute dort. Alles sehr nette Leute, Lebenskünstler mit Vermögen, wie man sie an Orten wie Pima nicht selten findet. Leute, die nicht eingebildet sind.

Und einer von ihnen, was Wunder, hatte eine Gitarre dabei. Er wußte kaum, wie man sie halten mußte, geschweige, daß er darauf spielen konnte. Also zeigte ihm Fox die Griffe und so weiter. Und ehe es mir bewußt wurde, ja, ehe er selbst es merkte, hatte er zu singen begonnen. Die Leute hörten plötzlich auf zu sprechen; sie standen herum und hörten ihm zu. Und applaudierten! Das war so gut für Fox. Ich hatte ihn nicht mehr so glücklich gesehen, seit . . .« Sie zuckte mit den Schultern. »Seit Greta in Windeln herumgekrochen ist.«

Dann gab es zu essen. Fabelhafte Steaks. Die Sonne ging unter. Und Hale bat Fox, noch etwas zu singen. Jeder schien davon begeistert zu sein. Also sang er weiter. Und dann, als es dunkel wurde, lehnte er sich an den Kamin des Grillofens, erzählte absurd-komische Kleinstadtgeschichten und spielte auf der Gitarre dazu. Die Leute lachten, bis sie nicht mehr konnten. Genau wie ich. Es war eine Riesenüberraschung für mich. Ich hatte nie zuvor so etwas von ihm gehört. Danach sagte er mir, daß er so etwas auch noch nie zuvor gemacht hätte. Es war –« Sie lachte kurz und riß die Hände hoch. »Es war reine, verrückte Inspiration.«

Am nächsten Morgen rief uns Hale auf der Ranch an. Er wollte mit Fox sprechen. Und während Dad über die Nebenstelle mithörte – das tut er immer –, sagte Hale, er hätte über den vergangenen Abend nachgedacht und noch einmal herzlich gelacht, als er sich daran erinnerte. Er fragte, ob Fox Lust hätte, ein Radioprogramm für KPIM zu bestreiten. Er sollte singen, Geschichten erzählen, Platten auflegen. Fox meinte, er sei schließlich kein professioneller Entertainer. Aber Hale entgegnete, ihm sei er professionell genug. Nun, Fox hatte die Stellung in der Fabrik aufgegeben, um mit mir kommen zu können. Er war ohne Arbeit. Also sagte er, er würde es versuchen. Und so fing es an . . .«

Dave schaute ihr zu, wie sie die Zigarette ausdrückte. Der Aschenbecher war ein Mörser aus rohem Stein. Der Tisch war aus Teakholz; ein skandinavisches Modell.

»Und er hatte gleich Erfolg?« fragte Dave.

»Es dauerte eine Weile«, sagte sie. »Zunächst hat kaum jemand drauf geachtet. Aber nach fünf oder sechs Wochen schien niemand in Pima, oder genauer gesagt, im ganzen Tal über irgend etwas anderes zu sprechen. Ja. Es war ein Erfolg, wie ihn sich keiner von uns zu träumen gewagt hätte. Geld kam ins Haus. Jeder, der hier in der Gegend Rundfunkwerbung betrieb, wollte dabei mitmachen. Es gab so viel Werbung, daß die Sendung zum Herbst von zwei auf vier Stunden verlängert werden mußte.

Wir hatten immer davon geträumt, ein eigenes Haus und eigenes Land zu besitzen, hier in diesem Canyon. Als wir in Los Angeles saßen, während der kleine Gaskocher brannte und das Wasser für unzählige Tassen Pulverkaffee warmhielt, hatten wir Pläne um Pläne geschmiedet. Wir hatten das Haus, das wir uns eines Tages bauen wollten, bis ins Detail eingerichtet. Jedes Zimmer. Und dann sahen wir dieses Haus; es war praktisch neu und entsprach genau unseren Vorstellungen. Ein Ehepaar hatte es gebaut; der Mann war versetzt worden, und sie waren an die Ostküste gezogen. Als wir es sahen, verliebten wir uns sofort in das Haus. Besonders Fox – und am meisten liebte er diesen Raum. Natürlich war er damals leer. Und das war auch recht so, denn wir hatten das Geld, um ihn nach unseren Wünschen auszustatten. Er konnte sich endlich seinen Traum erfüllen.« Sie erhob sich und ging auf und ab, schaute dabei alles liebevoll an. Wahrscheinlich wirkte der Brandy. Wurde sie sentimental? Dave hoffte es nicht. »Das Tonbandgerät, die Stereoanlage, die Kunstgegenstände, die Goya-Gitarre, das Gulbransen-Spinett. Alles genau so, wie er es sich gewünscht hatte. Sogar die Bücher. Haben Sie bemerkt, daß es fast lauter Erstausgaben sind? Die meisten signiert.« Sie nahm ein Buch heraus, schlug es auf. »William Carlos Williams . . .«

»Es ist mir aufgefallen«, sagte Dave.

Sie stellte das Buch zurück und berührte mit der Hand das

glänzende Metall eines Mikrofongalgens. »Diese Mikros kosten dreihundert Dollar pro Stück. Es sind die besten, die man kaufen kann.«

»Und die Malerei?« fragte Dave. »Wann kam die dazu?«

»Das Malen?« Sie riß die Augen auf. Der Brandy hatte gewirkt. »Ach – ich dachte, ich hätte es Ihnen schon erzählt. Vor dem Krieg, vor Pearl Harbor, hat er in Hollywood Malerei studiert. Ein Jahr, auf der Provence School. In der Western Avenue. Er und ein Freund von ihm, Dough Sawyer. Ich habe ihn nie kennengelernt. Sawyer ist zur Luftwaffe gekommen. Vermißt beim Einsatz in Europa, schon in den ersten Monaten. Zu der Zeit fing Fox für die Flugzeugfabrik zu arbeiten an.

Als wir uns kennenlernten, sagte er mir, er hätte nie mehr einen Pinsel angerührt. Es dauerte viele Jahre, bis er wieder das Bedürfnis danach verspürte. Aber dann hatte er weder die Zeit dazu noch die Energie. Nicht, solange er acht Stunden am Tag arbeitete und danach noch schrieb. Er hatte zuviel in seine Schriftstellerei investiert, als daß er damit hätte aufhören können – die besten Jahre seines Lebens. Also sollte das Malen zu den Dingen gehören, die er erst dann wieder aufnehmen wollte, wenn sein erstes Buch ein Bestseller geworden war und uns reich gemacht hatte.«

»Und dann wurde er reich und fing wieder damit an. Habe ich recht?«

»Sie haben recht.« Sie trank den Rest Brandy aus und stellte das Glas ab, daß es klirrte. »Und nun wird auch das Buch noch Wirklichkeit. All die Jahre, die er sich abgequält hat, zahlen sich nun doch noch aus. Wissen Sie, was er als Vorauszahlung bekommen hat? Fünfundzwanzigtausend Dollar. Das ist der Erfolg, mein Freund! Er hat es selbst illustriert. Hier . . .« Sie nahm ein Portfolio aus dem Schrank und schlug es auf dem Zeichentisch auf. Dave schaute es durch. Tuschezeichnungen, hübsche, lustige Bildchen voll Kleinstadtatmosphäre.

»Ich muß die Geschichten lesen«, sagte er.

»Ja, tun Sie das.« Der Brandy hatte sie nicht weich gemacht, aber er hatte die Politur ein wenig aufgekratzt. Sie ging zum Schreibtisch, nahm den Stapel Manuskripte, kam damit zurück und drückte sie ihm in die Hand. »Vergessen Sie Ihre zweitklassigen Thrillertheorien, Mr. Brandstetter. Fox Olson hat seinen neuen Zehntausend-Dollar-Wagen nicht absichtlich demoliert, und er ist auch nicht mitten in einer regnerischen

Nacht ins Nichts oder nach Südamerika verschwunden. Er hatte eben erst die besten Jahre seines Lebens erreicht. Sie fingen für ihn gerade erst an. Die Schallplattenfirmen begannen sich für ihn zu interessieren. Das Fernsehen . . .« Wieder warf sie einen Blick auf ihre Uhr. »Sprechen Sie mit Hale McNeil, wenn Sie noch Zweifel haben. Beim Sender KPIM. Er kann Ihnen die Briefe zeigen, die Vertragsangebote. Aber jetzt muß ich mich leider entschuldigen . . .«

Dave lächelte. »Also dann, ein andermal.«

»Ich hoffe nicht!« fuhr sie auf. »Wenn ich ehrlich sein soll – ich bin wütend über das, was Sie gesagt haben. Es ist absolut sinnlos. Wenn der Regen vorüber ist, wird man ihn finden. Dann werden Sie sich so lächerlich vorkommen, wie Sie es in meinen Augen jetzt schon sind.« Sie wandte sich ab. »Kommen Sie – ich muß Ihnen noch Mantel und Hut geben . . .«

Als er seinen Wagen erreicht hatte, unter dem tropfenden, blaugrauen Manzanitabaum, die Füße wieder durchnäßt von dem seichten Fluß, der eine Straße war, warf er die feuchten Manuskripte auf den Rücksitz. Er ließ den Motor an und lokkerte die Handbremse, aber er fuhr noch nicht zurück, sondern fünfzig Meter weiter nach oben, wo er wendete, dabei fast in einem Schlagloch steckenblieb und dann mit laufendem Motor am Rand der Straße parkte. Hier wucherte eine Menge Berilex. Der Wagen war fast dahinter versteckt.

Er wartete etwa fünf Minuten. Dann bog ein Kombiwagen in die Auffahrt zu den Olsons ein. An der Tür das grünblaue Zeichen: KPIM. Dave rutschte auf den Beifahrersitz. Durch eine Lücke in den Büschen sah er, wie der Kombiwagen hinter dem Mustang anhielt. Der alte Chevrolet war verschwunden. Er gehörte vermutlich der Sekretärin, Terry.

Der Fahrer stieg aus. Die Entfernung und der Regen machten es unmöglich, sein Gesicht zu erkennen. Aber er war groß und kräftig, mit breiten Schultern. Ohne Hut. Dunkles Haar. Beigefarbenes Sakko. Mit gesenktem Kopf ging er über den Plattenweg auf das Haus zu. Dave verlor ihn kurz aus den Augen, dann fand er eine andere Lücke, durch die er die Haustür sehen konnte. Sie ging auf.

Thorne Olson kam heraus, trug noch immer die braune, knabenhafte Kleidung. Sie lief fünf Schritte durch den Regen und warf sich dann dem Mann in die Arme. Er umschlang sie, dann neigte er den Kopf und küßte sie auf den Mund. Sie standen gut fünfzehn Sekunden lang in inniger Umarmung vor dem Haus. Länger jedenfalls, als man zu einer höflichen oder auch freundschaftlichen Begrüßung im Regen stehen bleibt. Dann gingen die beiden hinein, und die Tür wurde geschlossen.

Dave wartete ein paar Minuten, dann löste er die Handbremse und fuhr den Canyon entlang zurück, in Richtung auf die Hauptstraße.

Kapitel 4

Sie rollte einen Autoreifen die Straße entlang. Wenn der Reifen an ihr vorbeistreifte, schmierte er Dreck an ihren weißen Regenmantel. Über das Haar hatte sie sich ein Dreieck aus durchsichtigem Plastik gezogen. Es lag auf ihrem Kopf wie ein durchnäßtes Papiertaschentuch. Als sie den Wagen kommen hörte und sich umdrehte, klatschten ihr Strähnen von nassem Haar aufs Gesicht. Sie wischte sie mit den Fingern der einen, schmutzigen Hand weg und winkte verzweifelt mit der anderen. Das Rad machte sich selbständig, rollte in ein Gebüsch im Straßengraben und blieb dann dort liegen wie ein verendetes Tier.

Er zog die Handbremse an und stieg aus. Das Wasser des Gießbaches donnerte talabwärts. Über das laute Dröhnen hinweg brüllte er: »Setzen Sie sich in den Wagen!«

»Aber das Rad!« jammerte sie.

»Ich hole es«, sagte er. »Setzen Sie sich hinein.«

Als er den Kofferraum öffnete, kam ihm der Geruch nach neuem Auto entgegen. Er hatte den Deckel erst zweimal geöffnet, um Koffer hineinzupacken. Der ordentlich mit Teppichen ausgekleidete Raum würde danach nicht mehr so sauber sein. Er hievte den schweren mit Erde verklebten Reifen hinein und schlug dann den Deckel zu. Seufzte, wischte sich die Hände an seinem Regenmantel ab, der inzwischen auch schmutzig geworden war, kletterte wieder in seinen Wagen und setzte sich hinters Lenkrad.

»Vielen Dank.« Sie hockte sich tropfnaß auf den Rand des Sitzes. »Aber ich ruiniere Ihren schönen, neuen Wagen.«

»Er gehört der Firma«, sagte er. »Und die rechnet nicht damit, daß ich ihn schone.«

»Was für eine Firma? Was sind Sie eigentlich? Und wie war noch Ihr Name? Brand- und?«

»Brandstetter, David. Von der Medaillon-Lebensversicherung. Ich bin Versicherungsdetektiv.« Er ließ die Handbremse los und fuhr weiter. Der Regen hatte sich inzwischen verstärkt. Die Scheibenwischer wedelten wie die Arme eines Ertrinkenden. »Was hatten Sie denn vor?«

»Ich habe einen Platten gefahren und keinen Reservereifen dabei. Ich wollte zu Fuß nach Pima. Mein Freund arbeitet bei der Signal-Tankstelle.« Sie betrachtete ihre schmutzigen Hände. »Haben Sie ein Kleenex oder so was?«

Während er den Blick nicht von der Straße abwandte, so wenig er auch draußen sehen konnte, beugte er sich hinüber und öffnete das Handschuhfach. Drinnen lag eine Schachtel Papiertaschentücher. Er nahm ein paar von den weichen, weißen Tüchern heraus und reichte sie ihr. »Warum sind Sie nicht zurückgelaufen zu den Olsons?«

Sie schneuzte sich. Ein Plastikbeutel für Abfall hing unter dem Armaturenbrett. Aufmerksame Medaillon! Sie stopfte die schmutzigen, nassen Papiertaschentücher hinein und nahm dann ein frisches aus der Schachtel, um sich noch einmal zu schneuzen. »Die haben auch keinen Reservereifen.«

»Aber Sie hätten von dort aus in der Tankstelle anrufen können.«

»*Er* ist doch da«, sagte sie.

Dave warf ihr einen Blick zu. »Wann haben Sie den Platten gefahren? Sie sind doch schon vor einer guten Stunde dort weg. Wo steht eigentlich Ihr Wagen?«

»Weiter oben, ein Stück unterhalb der Brücke.«

»Ich habe ihn nicht gesehen«, sagte Dave.

»Er parkt in der kleinen, überwucherten Seitenstraße, die zu einem vor ein paar Monaten abgebrannten Haus führt.«

»Was haben Sie dort gemacht?«

»Gewartet.« Ihr Gesicht wirkte entschlossen, jung und mürrisch. Sie murmelte: »Ich wollte etwas beobachten.«

»Wer Mrs. Olson besucht – habe ich recht?«

»Ja. Er war es. Hale McNeil. Als Sie nicht runtergekommen sind, habe ich mich gefragt, ob er es wirklich war. Aber er war es. Und als ich wieder losfahren wollte, war der Reifen platt. Mein dritter Platter in zwei Monaten ... Kann ich bitte eine

Zigarette haben? Meine liegen in meinem Wagen.«

Er kramte sein Päckchen heraus und reichte es ihr. »Am Armaturenbrett ist ein Zigarettenanzünder« sagte er. »Wissen Sie, entweder sollten Sie sich neue Reifen gönnen oder nicht auf überwucherten Landstraßen fahren, um Ihre Arbeitgeberin auszukundschaften. Warum soll Hale MacNeil nicht Mrs. Olson besuchen? Sie sind Freunde aus der Jugendzeit.«

Der Rauch der Zigarette hing grau im geheizten Wagen. Terry blinzelte Dave durch den Rauch an. »Versicherungsdetektive kommen meistens dann, wenn etwas nicht in Ordnung ist«, sagte sie. »Glauben Sie, es ist etwas nicht in Ordnung mit dem Tod von Fox Olson?«

Er beobachtete die Straße. »Was meinen denn Sie?«

»Ich bin sicher, daß da was faul ist.« Sie steckte den Zigarettenanzünder wieder in die dafür vorgesehene Öffnung. »Ich glaube, er hat Selbstmord begangen.«

»Und warum?« Der Rauch roch gut. »Könnten Sie mir auch eine anzünden?«

»Weil Thorne und Hale eine Affäre hatten - haben, um genau zu sein.« Sie drückte auf den Zigarettenanzünder und steckte sich die zweite Zigarette zwischen die Lippen. Ihr Lippenstift war längst weg. Sie sah natürlich aus wie eine Blume, und ebenso verletzlich.

»Nehmen Sie das nur an«, fragte er, »oder wissen Sie es?«

»Ich weiß es.« Sie zündete die Zigarette an, beugte sich zu ihm hinüber und steckte sie ihm vorsichtig zwischen die Lippen. »Ich habe sie gesehen, im vergangenen Juli. Bei hellem Tageslicht. Nackt, oben am Swimmingpool. Ekelhaft. Ich meine, das ist doch wirklich abstoßend. Dabei sind sie alt genug, um Großeltern zu sein, alle beide.« Sie steckte den Zigarettenanzünder an seinen Platz.

Er grinste. »Ich habe eine Neuigkeit für Sie. Auch wir Älteren haben unsere schwachen Momente. Gott sei Dank.« Er warf ihr wieder einen Blick zu. »Ich nehme an, sie hielten sich für unbeobachtet.«

»Ich hätte eigentlich nicht dort sein sollen«, gab sie zu. »Es war mein freier Tag. Aber Sandy und ich - Sandy Webb ist mein Freund bei der Tankstelle - hatten miteinander gestritten. Und ich hatte keine Lust, nur herumzusitzen . . . Wo ist der Aschenbecher?«

»Unter dem Armaturenbrett«, sagte Dave. »Man kann ihn

herausziehen.« Sie fand ihn, zog ihn heraus und klopfte die Asche von ihrer Zigarette ab.

»Also dachte ich, ich fahre einfach rauf ins Studio und arbeite ein bißchen. Aber ich bin nicht weit gekommen. Sie haben mich nicht gesehen. Ich bin auch gleich wieder abgehauen. Mir war ganz elend. Ich bin direkt zum Sender gefahren – KPIM. Fox hat an diesem Tag zwei Sendungen aufgenommen, wie jeden Mittwoch. Deshalb hatte ich meinen freien Tag. Und Maria auch. Sie kocht und hält das Haus in Ordnung. Deshalb konnten Thorne und Hale –«

»Heute ist Montag«, unterbrach ich sie. »Aber ich habe Maria nicht gesehen.«

»Sie ist weggegangen, als Fox gestorben ist. Sie kann Thorne nicht leiden. Aber Fox hat sie geliebt.« Ihr Lächeln wirkte schief und ein wenig verloren. »Jeder hat Fox geliebt.«

»War es denn schwierig, für Thorne zu arbeiten?«

»Das nicht. Aber sie hat Maria gekündigt. Voriges Jahr an Weihnachten. Und so was macht man nicht. Nicht mit einer Frau wie Maria.«

»Warum hat sie ihr gekündigt?«

»Thorne hat einen japanischen Hausboy engagiert. Über eine Agentur in San Francisco. Ein Weihnachtsgeschenk für Fox. Sie hat gesagt, als sie damals in Los Angeles waren und kein Geld hatten, hätten sie davon geträumt, eines Tages Erfolg zu haben und sich Angestellte leisten zu können. Fox hätte immer gesagt, er wünschte sich einen japanischen Hausboy. Sie verstehen?«

»Und wo ist der Hausboy?«

»Der arbeitet bei der Pima Motor Inn. Das ist ein Motel mit Restaurant.«

»Das habe ich nicht gemeint. Warum ist er nicht geblieben?«

»Ich weiß es nicht genau . . .« Sie zog die Stirn in Falten und drückte ihre Zigarette aus. »Am Tag nach Weihnachten war er draußen am Schwimmbecken. Er hat nur kurze weiße Shorts angehabt und den Pool gereinigt. Es war neun Uhr morgens. Als ich ins Studio gekommen bin, hat Fox am Fenster gestanden. Er hat mich nicht gehört und nicht gesehen, stand nur da und betrachtete Ito. Dann plötzlich drehte er sich um, ging ohne ein Wort zu sagen hinaus aus dem Studio und hinunter zum Haus. Kurz danach kam Thorne und hat Ito hineingerufen. Danach ist Fox wieder rauf ins Studio gekommen. Aber er war den ganzen Tag sehr still ... Danach habe ich Ito nicht mehr gesehen.«

»Und Maria ist zurückgekommen?«

Das Mädchen nickte. »Aber sie hat nicht mit Thorne gesprochen. Eine ganze Weile nicht.«

Durch das regnerische Wetter wurde es früh dunkel. Dave schaltete die Scheinwerfer ein. »Ich habe Sie unterbrochen«, sagte er. »Sie wollten mir erzählen, was Sie getan haben, nachdem Sie Mr. McNeil und Mrs. Olson am Swimmingpool entdeckt hatten.«

»Ich bin direkt zum Sender gefahren, um es Fox zu sagen. Aber als ich hineinkam und ihn durch das Studiofenster sah, wie er an einem langen Tisch saß mit den großen, weißen Kopfhörern an den Ohren und dem Mikrofon vor dem Gesicht, die Gitarre in den Händen, grinsend und bemüht, den Leuten lustige Geschichten zu erzählen . . .«

Sie biß sich auf die Unterlippe und wandte das Gesicht ab. Eine Minute lang konnte sie nicht weitersprechen. Und als sie dann sprach, war ihr Gesicht naß, als ob sie draußen im Regen gesessen hätte.

»Er war so nett. So ein lieber, gütiger, anständiger Mensch. Ich habe es nicht fertiggebracht. Ich brachte es nicht fertig, ihm weh zu tun.« Sie langte wieder nach der Kleenex-Schachtel.

»Aber Sie glauben, er hat trotzdem Selbstmord begangen?« fragte Dave.

»Er muß dahintergekommen sein. Immerhin ist er an einem Mittwochabend umgekommen. Ich weiß es nicht genau; ich war ja nicht da. Aber ich wette, er ist unerwartet nach Hause gekommen, und dabei hat er sie gesehen, genau wie ich sie gesehen habe.«

»Bestimmt nicht am Swimmingpool«, sagte Dave. »Nicht bei diesem Wetter.«

Sie schrie ihn an: »Hören Sie auf! Das ist nicht komisch. Es ist tragisch! Ich habe ihn gut gekannt. Ich kann mir vorstellen, wie ihm zumute war. Er hätte es ihnen nicht einmal vorgeworfen.«

Dave zog die Augenbrauen hoch. »Er konnte Szenen nicht leiden, wie?«

»Ach, hören Sie schon auf«, sagte sie. »Nein. Sie verstehen ihn nicht.« Dazu wandte sie sich abrupt ab. »Sie würden es vielleicht nicht glauben, aber er hätte sich vermutlich gedacht: Ich will ihr Glück nicht stören.«

»Wenn Sie es sagen«, meinte Dave. »Ich kannte ihn ja nicht.«

»Er hat sich auf dem Absatz umgedreht, ist wieder in den Wagen gesprungen, den Canyon hinuntergefahren, und an der Brücke hat er einfach Gas gegeben und hat sich das Leben genommen.«

»Hat er seine Frau denn so sehr geliebt?«

»Wie meinen Sie das? Sie war seine Frau.«

Dave lächelte, aber es wirkte unfroh. »Seit über zwanzig Jahren. Länger, als Sie vermutlich leben. Sie wissen nicht, wie lang zwanzig Jahre sein können.« Er drückte seine Zigarette aus.

»Er hätte sich nie nach einer anderen umgedreht«, sagte sie zornig. »Alles, was er tat, war nur für sie.«

»Ich verstehe.« Dave nickte nach vorn. »Da ist Pima.« In der Dämmerung des Regentages war es eine Ansammlung verwischter roter und blauer Neonreklamen. »Jetzt müssen Sie mir sagen, wie ich fahren soll. Wo ist die Signal-Tankstelle?«

Sie zeigte nach vorn. »An der nächsten Ampel rechts. Mein Gott, ich bin Ihnen ja so dankbar, Mr. Brand-«

»-stetter«, ergänzte er.

Er fuhr bis unter das Dach der Tankstelle. Der Regen trommelte darauf. Ein Bursche kam aus dem verglasten Büro. Schwarzer Umhang über der sandfarbenen Uniform. Groß, mit einem Kindergesicht unter dem Schopf roten Haares.

»Ich bin's, Sandy.« Terry stieg aus. »Ich hab' schon wieder einen Platten.«

Er antwortete nicht, sondern starrte sie wortlos an.

»Mr. Brandstetter hat mich mitgenommen. Das Rad ist in seinem Kofferraum.«

Dave beugte sich über den Sitz und reichte die Schlüssel hinaus.

Der Bursche nahm sie mit seiner großen Hand. Die Fingernägel hatten schwarze Ölränder. Er drehte sich zu dem Mädchen um und sagte: »Scheiße.«

Dave stieg ebenfalls aus. Der Bursche hatte den Kofferraum geöffnet.

»Gibt es ein Problem?« fragte Dave.

Der Bursche ließ den Reifen springen. Dabei fielen Dreckklumpen auf den Asphalt. Dann klappte er den Kofferraumdeckel zu und reichte Dave die Schlüssel. »Kein Problem«, sagte er. »Ich bringe das schon in Ordnung.«

»Sie sind sehr höflich«, sagte Dave.

»Soll ich Ihnen etwa dankbar sein, daß Sie mein Mädchen aufgegabelt haben?«

»Es war mir ein Vergnügen.« Dave lächelte das Mädchen an.

»Kann ich mir denken«, zischte der Bursche. »Mein Gott . . .« Er wandte sich an Terry. »Wie ist das mit dir? Stehst du seit neuestem auf schmierige alte Männer?«

Sein Hemd war vorne offen. Dave streckte die Hand aus, um ihn am Kragen zu packen. Terry hielt seinen Arm fest.

»Nein, nicht«, sagte sie. »Er hat es nicht so gemeint. Sandy, warum führst du dich so auf?«

Der Bursche gab keine Antwort. Er schaute die beiden wütend an.

Dave berührte Terrys Arm. »Kommen Sie. Ich bringe Sie lieber nach Hause.«

»Von wegen!« brüllte der Bursche.

»Es ist schon gut, Mr. Brandstetter. Er tut mir nichts. Er ist nur eifersüchtig, das ist alles.« Sie betrachtete den Burschen wohlwollend und spöttisch zugleich. »Er ist eben noch nicht ganz erwachsen.«

»Scheiße!« Der Bursche rollte das Rad hinüber zur Garage.

Dave setzte sich wieder in den Wagen. »Sie können ihm ja klarmachen«, sagte er zu Terry, »daß ich nicht singe, nicht Gitarre spiele, keine Geschichten erzähle und keine Bilder male. Und daß ich so gut wie keinen Sinn für Humor habe.«

Sie blinzelte ihn mit ihren großen blauen Augen an.

»Bis bald«, sagte er, zog die Tür zu und lenkte den Wagen hinaus auf die Straße. Die gelblichen Schaufenster sahen unheimlich aus; kein Mensch war auf der Straße. Und vor dem grauen Himmel der frühen Dämmerung wirkten die bunten Reklamen wie Signale der Einsamkeit.

Kapitel 5

Phil Mundy betrachtete Dave durch das Fliegengitter der Haustür, die das einzig Neue an der Hütte war. Hütte war genau der richtige Ausdruck: teils Bretter und Balken, teils Dachpappe und Wellblech, stand sie windschief inmitten von fünf verwahrlosten Morgen sterbender Obstbäume und verlassener Hühnerställe am Ortsrand von Pima, in der Nähe der Eisenbahnstrecke.

Während er mit durchnäßten, dreckigen Schuhen auf der ausgetretenen Holztreppe wartete, wobei ihm das Regenwasser über den Hals und unter den Kragen lief, stellte Dave fest, daß Mundy ganz ähnlich aussah wie Fox Olson, nach dem Foto in den Akten der Medaillon, das inzwischen an alle Polizeistationen im Land verschickt worden war. Auch das schüttere, blonde Haar erinnerte an Olson. Nur daß Olson einen sympathischen Mund hatte, während der Mund von Mundy irgendwie verkniffen aussah. Ein bißchen zu klein und ein bißchen zu schmal.

»Wer ist da, Phil?« Die Stimme einer Frau, heiser, mit schleppender Sprechweise. Sie stand weiter hinten und schaute mit kurzsichtigen Augen heraus. Sie war nicht alt, kaum älter als fünfundvierzig. Aber verwahrlost. Ungekämmtes, blondgefärbtes Haar. Ein schmutziger Kimono mit Blumenmuster. In der Hand hatte sie ein Glas mit einer ölig aussehenden, gelben Flüssigkeit.

»Es ist der Mann von der Versicherung«, sagte Phil, ohne sich umzudrehen. Er schob den Riegel zur Seite und öffnete die Gittertür. »Kommen Sie rein, Mr. Brandstetter. Greta ist gleich zurück.«

Dave trat ein.

»Ich hab' nichts mehr zu trinken«, sagte die Frau und kicherte. Schlechte Zähne. Aber sie versuchte zu flirten. Es war eine reine Reflexhandlung. »Greta holt mir eine Flasche.« Ihr Mund war schlecht geschminkt. Sie verzog ihn zu einem falschen Lächeln. »Sie bringt mir immer, was ich haben will.«

»Das ist meine Mutter«, sagte Mundy. Er schloß die Tür. Der Rahmen war verzogen von der Feuchtigkeit. Er mußte sich mit der Schulter dagegenstemmen. »Mama, kannst du nicht mal nachschauen, ob Buddy was braucht?«

»Der braucht nichts«, sagte sie. »Ich hab' ihn gerade gebadet. Jetzt sitzt er vor dem Fernseher.«

»Na schön, dann setz dich zu ihm.« Mundy hatte eine freundliche, geduldige Stimme. Er war noch ziemlich jung, tat aber so, als ob er seine Mutter seit jeher herumkommandierte.

Ihre Augen waren groß, mit schweren Lidern, und standen ein wenig hervor. Jetzt rollten sie zornig in den Höhlen. »Kommandiert mich herum in meinem eigenen Haus«, grollte sie. Aber sie ging und vergaß dabei nicht, mit den Hüften zu wackeln, obwohl sie dadurch fast aus dem Gleichgewicht geraten wäre.

»Geben Sie mir Ihren Mantel«, sagte Mundy. »Tut mir leid, daß Mama heute abend besonders schlimm ist.« Sein Lächeln war schwach und kraftlos. »Sie ist nicht immer so. Wir versuchen, sie davon abzuhalten, aber –«

»Sie brauchen sich nicht ihretwegen zu entschuldigen«, sagte Dave.

Phil zuckte zusammen, und seine Stimme klang plötzlich erwachsen. »Tu' ich auch nicht. Ich möchte nur, daß Sie verstehen . . .«

»Ich verstehe.« Dave sagte es in freundlichem Ton.

»Danke . . . Aber setzen wir uns doch.« Mundy nahm ihm den Mantel ab.

Dave setzte sich. Jemand hatte sich sehr bemüht, das Zimmer freundlich auszustatten. Neue Tapeten. Die Türen und Türrahmen frisch lackiert, cremeweiß. Chintzgardinen, die zu den neuen Überzügen auf den abgesessenen Möbeln paßten. Die verzogenen Dielenbretter gesiegelt und gewachst. Flickenteppiche. Ein Fox-Olson-Stilleben an der Wand: goldene Kürbisse, grüne Paprikaschoten, Tomaten. Jemand hatte sich bemüht, so gut er konnte, aber dennoch fühlte man die Hoffnungslosigkeit und die Verzweiflung, die hier herrschten.

Phil kam zurück und stand da, die Hände in den Hosentaschen. »Greta ist nicht zum Weinholen gegangen«, sagte er. »Sie wollte Ihnen einen Drink anbieten. Wir selbst wollen auch einen. Aber wir können hier keinen Alkohol im Haus haben.«

»Ich verstehe«, sagte Dave.

»Es ist scheußlich, aber wir können so was nur einkaufen, wenn ein Gast kommt.«

»Das ist sehr aufmerksam von Ihnen«, sagte Dave.

Draußen hörte man das Schmatzen von Reifen im Dreck,

dann Schritte auf der Holztreppe, die Tür, die klemmte und knarrte. Greta kam herein, zog sich ihr durchsichtiges Regencape aus, schüttelte es, daß der Plastikstoff raschelte. Dann nahm sie die Flasche aus der feuchten, braunen Papiertüte und stellte sie aufs Telefontischchen. »Hallo!« Sie lächelte und zerknüllte die Tüte. »Ich bin gleich wieder da. Hoffentlich mögen Sie Rye.«

»Sicher.« Sie war bemerkenswert fröhlich für eine frischgebackene Halbwaise. Jetzt kam sie zurück mit Gläsern, einem Eisbehälter und einem Wasserkrug. Sie war klein wie ihre Mutter und hatte das braune Haar und die braunen Augen geerbt. Sie trug sogar Braun wie die Mutter: einen braunen Rollkragenpullover, der sich um ihren schmalen Körper bauschte, einen braunen Minirock, braune Stiefel. Aber ihr Wesen entsprach dem von Thorne ebensowenig wie die großen, leuchtend orangefarbigen Ohrringe und die Glasperlenketten. Das mußte der berühmte Charme von Fox Olson sein, dachte Dave, den sie als väterliches Erbe mitbekommen hatte.

»An einem solchen Abend hetzt man keinen Hund auf die Straße«, sagte sie, setzte sich auf den Rand der Couch und ließ Eiswürfel in die Gläser fallen, »geschweige eine Frau. Oder einen Versicherungsdetektiv. Was führt Sie zu uns durch Sturm und Regen, Mr. B.?«

Er lächelte nicht, sondern fragte: »Vermissen Sie Ihren Vater?«

Sie hielt inne bei der Zubereitung der Drinks, hatte ein Glas in der einen Hand und die Flasche Old Overholt in der anderen. Ihr Gesicht wirkte plötzlich sehr nüchtern. Sie schaute ihm in die Augen. »Ich werde ihn in jeder Minute meines restlichen Lebens vermissen«, sagte sie. »Wenn ich nicht die Tochter meiner Mutter wäre, würde ich mir die Augen ausweinen, das garantiere ich Ihnen. Aber Thorne weint nicht – sie weiß gar nicht, was das ist. Und ich kann auch nicht weinen. Ich wollte, ich könnte es.« Sie betrachtete ihn ein paar Sekunden lang, dann kehrte das Lächeln zurück in ihr Gesicht, und sie fuhr fort, die Drinks zuzubereiten. Dann reichte sie ihm ein Glas.

»Danke«, sagte er. »Glauben Sie, daß er tot ist?«

Phil Mundy nahm das Glas, das ihm seine Frau reichte mit ungeschickten Fingern und ließ es fallen. Sein Gesicht war kalkweiß.

»O Phil, Darling«, rief Greta. »Entschuldigung.«

»Nein, nein.« Phil war schon auf den Knien und hob das Glas auf, sammelte die Eiswürfel ein. »Meine Schuld. Ungeschickt.« Er erhob sich. »Ich – ich hole einen Lappen und wisch' das auf.« Er lief hinaus.

»Was sagten Sie eben?« Greta runzelte die Stirn. Zwei senkrechte Linien entstanden über ihren Brauen, genau wie bei ihrer Mutter.

»Ich habe gefragt, ob Sie glauben, daß Ihr Vater tot ist.«

»Ja, glauben Sie das nicht?« Offene Verblüffung. »Ist er denn nicht tot?«

»Man hat jedenfalls keinen Leichnam gefunden. Deshalb schickt mich die Versicherung her. Um zu erfahren, warum.«

»Warum – was?« Sie lachte kurz, aber es klang nicht fröhlich. »Was meinen Sie mit warum?«

»Das Warum bezieht sich auf fast alles.« Dave zuckte mit den Schultern. »Zum Beispiel: Warum würde er seine Familie glauben machen wollen, daß er tot sei?«

»Nun, ich –« Sie schüttelte ungeduldig den Kopf. »Nein, das würde er nicht tun. Ich meine – wozu denn? Er hatte viel zu tun, war glücklich und erfolgreich. Deshalb fühlte ich mich auch frei genug, Phil zu heiraten. Fox hat mich nicht mehr gebraucht.«

Phil kam zurück mit einem feuchten Lappen und wischte den vergossenen Whisky auf. »Wollen Sie sagen, daß Mr. Olson nicht tot ist?«

»Captain Herrera, das Büro des Sheriffs und das Forstamt – sie alle sind der Überzeugung, daß der Leichnam spätestens am Freitag im Gießbach hätte gefunden werden müssen«, sagte Dave. »Aber das war nicht der Fall. Es sieht so aus, als ob er, aus welchem Grund auch immer, verschwunden sei.«

»Lächerlich.« Phil richtete sich auf und hielt mit beiden Händen den Lappen fest, damit er nicht tropfte. »Ich meine – entschuldigen Sie. Es sollte nicht unhöflich klingen. Aber er muß tot sein. Klar. Wenn der Regen vorbei ist, wird man ihn finden, irgendwo unten am Fluß ... Ich bin gleich zurück.« Er trug den Lappen hinaus.

»Sie sagten, Ihr Vater hätte Sie nicht mehr gebraucht«, wandte sich Dave wieder an Greta. »Was soll das heißen?«

Sie wich seinem Blick aus und zuckte mit den Schultern. »Sein Leben war jetzt ausgefüllt. Fünfundzwanzig Stunden am Tag. Und es gab keine leeren, traurigen Tage mehr. Wie damals, als er und Thorne herumsaßen und sich gegenseitig Vorwürfe machten.«

»Haben sie gestritten?«

Ihre braunen Augen blickten ihn vorwurfsvoll an. »Gestritten? Das war nicht ihr Stil.«

Er sagte: »Ich habe Ihren Vater nicht kennengelernt. Aber ich kenne Ihre Mutter, seit heute nachmittag. Und ich war nicht viel länger als eine Stunde bei ihr.«

»Nein, sie haben nicht gestritten«, sagte sie. »Nicht mit Worten. Es war ein stummer Streit. Aber um so schrecklicher. Er tat ihr leid. Sie war wütend, weil die Welt ihm nicht die Aufmerksamkeit gönnte, die er verdient hätte. Und sie war wütend auf ihn, weil er den Glauben an sich verloren hatte. Alles, was er tat, geschah nur, um – um ihr zu zeigen, daß er noch nicht aufgegeben hatte. Aber er hatte längst aufgegeben. Und sie hat es gewußt. Das hat alles noch schlimmer gemacht. Dieses Schweigen . . .«

»Und Sie haben das Schweigen gebrochen?« Dave lächelte.

»Wenn ich konnte, ja. Er und ich, wir waren uns sehr ähnlich. Wir haben herumgealbert. Haben Stimmen imitiert, Akzente, deutsch, japanisch, Großstadtslang und Provinzdialekte. Und wir haben gesungen. Er hat mir das Singen beigebracht, bevor ich das Laufen lernte. Und natürlich das Gitarrespielen, sobald ich das Instrument halten konnte.« Dave hatte gesehen, daß eine Gitarre in der Ecke stand. »In der letzten Zeit in Los Angeles hätte er nie mehr gesungen, wenn ich ihn nicht gebeten hätte, mir die Akkorde und die Griffe zu zeigen und mir die Liedertexte beizubringen.«

Dave bewegte sich in seinem durchgesessenen Polsterstuhl. »Ihre Mutter mag die Musik nicht, oder?«

Greta schaute ihn von der Seite an. »Wie kommen Sie darauf?«

»Es gibt keine Stereoanlage im Haus. Nur oben im Studio Ihres Vaters. Keine Schallplatten, keine Musikinstrumente . . .«

»Sie haben recht.« Sie lächelte. »Sie hätten Versicherungsdetektiv werden sollen.«

»Vielleicht überlege ich mir den Tip. War er ein guter Schriftsteller?«

Sie schaute ernst in ihr Glas. »Ja . . . In gewisser Weise. Ein guter Handwerker, sagen wir. Was freilich kein Wunder war.

Er hatte praktisch alles gelesen, was wert war, gelesen zu werden. Er hatte Millionen Wörter geschrieben. Er war intelligent. Er hatte Geschmack.« Sie kaute zweifelnd an der Unterlippe. »Er war – ja, ein guter Schriftsteller. Aber etwas fehlte ihm. Ich weiß nicht, was es war. Es kam mir immer so vor, als wenn er über die falschen Themen geschrieben hätte.«

»Wie das?« Dave trank das Glas aus.

»Er hat nicht das geschrieben, was ihn wirklich beschäftigt hat.« Sie schüttelte den Kopf und zeigte ein etwas verwirrtes Lächeln. »Als ob er eigentlich etwas ganz anderes sagen wollte. Verstehen Sie?«

Er grinste und hob das leere Glas. »Das war gut. Und – nett von Ihnen, daß Sie durch den Regen gefahren sind, um die Flasche zu besorgen.«

Sie lachte. »Okay, ich bin ja kein Literaturkritiker ... Und was den Old Overholt angeht – ich hätte Ihnen natürlich auch Kaffee anbieten können. Aber das ist wirklich deprimierend, wenn man lieber einen Schluck Alkohol trinken würde.« Sie streckte die Hand aus. »Lassen Sie mich Ihnen noch einen Drink einschenken.«

Er gab ihr das Glas. »Hat Ihr Vater viel getrunken?«

Sie warf ihm einen Blick zu, während sie den Whisky auf die Eiswürfel goß. »Nun ... Ja, das kann man sagen. Die feinen Leute in Pima Valley trinken 'ne Menge. Genau wie alle Reichen, die auf dem Land leben. Fox und Thornes Freunde sind fröhliche, unbeschwerte Leute. Und er hat viel gearbeitet; es hat ihm geholfen, sich zu entspannen.« Sie reichte Dave den frischen Drink. »Aber er war bestimmt kein Alkoholiker.«

»Er hat seine Sorgen nicht im Whisky ertränkt?«

»Er hatte keine Sorgen«, sagte sie. »Nicht mehr.«

»Dieses Buch mit seinen Geschichten – hat er sich darüber gefreut?«

»Sehr.« Sie nickte.

»War es das, was er schon immer geschrieben hatte – humoristische Geschichten und Romane?«

»Ganz und gar nicht«, sagte sie. »Er schrieb nur von düsteren Dingen, von der Verzweiflung. Von Schmerzen, Tod und Versagen.«

»Vielleicht hätte er von Anfang an Heiteres schreiben sollen«, sagte Dave. »Könnte es das sein, was Sie meinten, als Sie sagten, er hätte vielleicht über die falschen Themen geschrieben?«

»So sieht es zumindest aus«, antwortete sie.

Phil stand unter der Tür. »Mr. Brandstetter, mein Bruder muß zu Bett, und er möchte Sie noch gern kennenlernen. Er haßt es, wenn er etwas versäumt. Wissen Sie ... Er kommt nur selten hier raus.« Die blauen Augen bettelten.

Dave warf einen Blick auf Greta. Sie schaute ihn ebenfalls erwartungsvoll an. Er stellte das Glas ab und erhob sich lächelnd. »Gehen Sie voraus.«

Das Zimmer war auf der Rückseite der Hütte. Es war mit ebensoviel Liebe ausgemalt und tapeziert wie der Wohnraum, nur daß es sich hier gelohnt zu haben schien, vielleicht gerade wegen des Bewohners des Zimmers. In den Regalen standen Ausgaben von *National Geographics* und zerlesene Taschenbücher. Auf einer Kommode waren Modellautos aufgebaut. An der Decke klebten Autokennzeichen. Ein Arbeitstisch war bedeckt mit kleinen Fläschchen voll leuchtender Plastikfarben und Leim. Es gab eine elektrische Schreibmaschine und ein neues Fernsehgerät. Ein zerkratztes, weißes Krankenhausbett beherrschte den Raum. Daneben, in einem Rollstuhl, saß ein Junge.

Sein Körper war wie der eines Zehnjährigen, in einem frischen blauen Baumwollpyjama und einem Bademantel aus dikkem Wollstoff. Der Kopf mit dem glattgekämmten Haar war zu groß für den Körper. Es war ein hübscher Kopf, aber er konnte seine Bewegungen nur mühsam beherrschen. Der Kopf rollte nach hinten und zur Seite, als der Junge Dave erblickte. Der Mund drehte sich, als versuchte er, ein Lächeln zu zeigen oder Worte hervorzubringen. Nach und nach gelang ihm beides. Die Worte kamen stockend und laut. Es war die Stimme eines erwachsenen Mannes.

»Danke, daß – Sie nach – hinten gekommen sind«, sagte er.

Es fiel ihm schwer, die Hand so zu bewegen, wie er es wollte. Aber schließlich gelang es ihm, sie Dave entgegenzustrecken. Dave ergriff sie, und der Händedruck war freundlich und bemerkenswert kräftig.

»Nett, Sie kennenzulernen, Buddy«, sagte er. »Ein hübsches Zimmer, das Sie da haben.« Er betrachtete wieder die Modelle. »Die sind aber schön!« Er berührte einen 1932er Ford, bewegte ihn auf der Kommode.

»Mit ihnen - lerne ich - Bewegungen zu koordinieren«, sagte Buddy.

Dave schaute ihn eine Sekunde lang verblüfft an. Er hatte gedacht, Phil oder Greta hätten die Modelle zusammengebaut. Mein Gott - was für eine Mühe für den Jungen!

»Spielen Sie - Schach - Mr. Brand - stetter?«

»Ich bin im Schach eine ausgesprochene Niete.« Dave grinste.

Der Junge lachte. Es war ein lautes, erstickendes Geräusch. »Haben Sie - Zeit - für eine Partie?«

»O Buddy«, protestierte Greta, »es ist schon nach neun. Du weißt, daß du viel ruhen mußt.«

»Und außerdem . . .« Phil stand neben dem Rollstuhl. »Mr. Brandstetter ist geschäftlich hier, im Auftrag seiner Gesellschaft.«

Dave warf einen Blick auf das Schachbrett, wo die Figuren sorgfältig aufgebaut waren. Er versuchte, in Buddys Augen zu lesen, die grau waren wie der Regen und das einzige in seinem schönen, gequälten Gesicht, das sich nicht bewegte. Er sagte: »Ich komme wieder. Wie wär's morgen nachmittag?«

Buddy stieß wieder einen Gähnlaut aus, die unwillkürliche Parodie eines Freudenschreis. Sein Mund bemühte sich wieder um ein Lächeln, um Worte. »Wenn es - Ihnen nichts ausmacht, mit einer - anderen Niete - zu spielen . . .« Rauhes Lachen, eine glückliche Handbewegung.

»Ich bin um vier hier«, sagte Dave.

Er hatte seinen Wagen unter einem Nußbaum neben dem Haus geparkt. Der Regen hatte die schwarz gewordenen Blätter an das Autodach und die Motorhaube geklebt. Er wischte sie mit dem Handrücken von der Windschutzscheibe, stieg ein und ließ den Motor an. Dann schaltete er die Scheinwerfer ein und sah Mrs. Mundy. Ihr Kimono war durchnäßt und klebte an ihren Brüsten, am Bauch und an den Hüften. Sie kam auf ihn zu und winkte mit einer leeren Weinflasche.

»Warten Sie!« bellte sie. »Einen Augenblick.«

Er stieg wieder aus. »Mrs. Mundy, Sie sollten nicht im Regen herumlaufen. Wo ist Ihr Mantel?«

»Hören Sie!« Sie klammerte sich an seinen Mantelkragen. Ihre großen Augen - vielleicht waren sie einmal schön gewesen - schauten ihn an. Ihr Atem stank nach billigem Wein. »Ich weiß, warum Sie hier sind. Sie versuchen, einen Weg zu finden, daß – daß Ihre Versicherung uns nichts zu zahlen braucht.«

»Es ist Gretas Geld«, sagte er.

»Unseres.« Sie nickte. »Fünf- fünfzigtauss'nd Dollar. Ihre Gesellschaft will nich' zahlen, also tut ihr so, als ob Fox Olson gar nicht tot wäre. Und wenn schon? Vielleicht is' er auch nur verschwunn'. Na und? Was geht Sie das an, Mr. Brans-« Sie brachte den Namen nicht heraus. »Wissen Sie eigentlich . . .«, begann sie und streckte den Arm nach der Hütte aus. Die Flasche fiel ihr aus der Hand. »Wissen Sie, was das Geld für uns bedeutet? Für meine Jungs und mich? Nicht für Greta. Ihr Opa hat alles Geld, das man braucht auf der Welt. Aber wir! Der arme Buddy, der arme Phil!« Der Alkohol ließ ihre Gesichtsmuskeln schlapp werden; jetzt hatte das Selbstmitleid freie Bahn. Sie begann zu weinen. »Seien Sie fair, Mr. Brans- Hab'n Sie ein Herz. Wenn Ihre Versicherung nicht zahlt . . . Dabei kostet es Sie gar nichts. Das Leben is' hart. Sie woll'n es doch nicht noch härter machen für . . .«

»Kommen Sie«, sagte er, legte einen Arm um ihre weiche, unförmige Hüfte und führte sie zurück zum Haus.

Kapitel 6

Die Pima Motor Inn war die Imitation einer Missionsstation – eines Klosters. Dicke, weiß getünchte Mauern. Neben den Türen Stricke, an denen bemalte Kürbisflaschen hingen. Schwarze Eisenriegel und Beschläge. Schwarzes Schmiedeeisen vor den tief nach innen versetzten, kleinen Fenstern. Abgetretene Indianerteppiche auf den gesprungenen Fußbodenfliesen. Jetzt, nach zehn Tagen Regen, war es hier so feucht, daß sich die Wände anfühlten, als ob sie demnächst aufweichen würden. In der Dusche wuchs Moos.

Es war ihm egal. Während er sich abtrocknete – mein Gott, hatte er in diesen vergangenen Wochen abgenommen! – war ihm bewußt, daß es nur auf eines ankam: Dies hier war nicht sein Heim, nicht das Haus, wo er und Rod gewohnt hatten. Madge Dunstan hatte recht gehabt. Er hätte ausziehen, das Haus verkaufen sollen. Es war unerträglich gewesen, sich dort aufzuhalten, von dem Augenblick an, als er erfahren hatte, daß Rod nie mehr dorthin zurückkehren würde. Leer. Nein, schlimmer noch: gespenstisch und angefüllt mit Erinnerungen.

Denn die Leere war schmerzlich, aber die Erinnerungen überschritten das Maß des Erträglichen. In dem weißen Bett mit den Korbgeflechten an Fuß- und Kopfende trat Kummer an die Stelle von Schlaf, genau wie in der Küche, am Eßplatz. Er weigerte sich, das Telefon abzunehmen, war nicht in der Lage dazu, und wenn er schon mal den Hörer abgenommen hatte, konnte er nicht sprechen. Erst recht nicht, wenn er jemandem gegenübersaß – Madge zum Beispiel. Trauer und tiefster Schmerz. Wie er dem Mädchen an diesem Nachmittag bei der Fahrt hierher gesagt hatte: Zwanzig Jahre waren eine lange Zeit.

In zwanzig Jahren konnte man vieles sagen und tun, was man später bedauerte. In zwanzig Jahren konnte sich viel Reue ansammeln. Und dann, wenn es zu spät war, wenn niemand mehr da war, zu dem man sagen konnte »tut mir leid« oder »das habe ich nicht so gemeint«, war es einem unmöglich zu essen, zu reden, zu arbeiten – aus Kummer und aus Reue. Man wollte nicht mehr leben, wollte sterben aus Kummer und Reue.

Nur die Erinnerungen an die guten Zeiten hielten einen davor ab, das Messer aus der Küchenschublade zu holen und es in der Hand zu halten, mit der Faust zu umklammern, auf dem Bett, nackt nur aus dem Grund, weil man nackt in die Welt gekommen war und nackt die schönsten Augenblicke des Lebens verbracht hatte – das Messer zu umklammern und sich dann langsam herumzudrehen, so daß sich die Klinge zwischen die Rippen bohrte und in diesen lächerlichen Muskel dahinter, der noch immer stetig pumpte und einen am Leben erhielt, damit man trauern und bereuen konnte.

Nur die schönen Erinnerungen hielten einen von dem letzten Schritt zurück.

Für Dave hatten sie begonnen mit dem verrückten Bett. Neunzehnhundertfünfundvierzig. Er war eben aus der Armee entlassen worden. Los Angeles war übervölkert. Da er keine Wohnung finden konnte und nicht bei seinem Vater und der Stiefmutter Nummer vier leben wollte – sie war so alt wie er selbst, hübsch und dumm –, nahm er das Geld, das der Vater für sein Studium auf der Bank deponiert hatte, und leistete damit die Anzahlung für ein Haus. Ein kleines Holzhaus, ebenerdig, in einer Seitenstraße. In zwei Wochen war Weihnachten. Er wollte bis dahin eingezogen sein. Das erste, was er kaufen wollte, war ein Bett – vielleicht, weil er damals noch sehr jung war.

Das nächste Möbelgeschäft war in der Western Avenue, ein riesiger Ausstellungsraum, strahlend hell erleuchtet, mit schimmernden Hölzern und metalldurchwobenen Stoffen. Lametta und silberne Glocken an der Decke, Lautsprecher, aus denen Weihnachtslieder klimperten. Viele Käufer in regenfeuchten Mänteln. Er drängte sich zwischen ihnen hindurch, suchte nach einem Verkäufer. Aber alle hatten zu tun. Nur in der hintersten Ecke stand einer, ein kleiner, dunkelhaariger Bursche, der gerade eine Kundin abgefertigt hatte. Der Bursche nahm zerknitterte Dollarnoten aus der Hand einer besorgt dreinschauenden Mexikanerin, tippte den Betrag auf der Registrierkasse, reichte der Frau die Quittung und das Wechselgeld und lächelte sie an. Hinreißend.

Du bist genau der richtige, dachte Dave und fragte sich, ob er es laut gesagt hatte, denn jetzt schaute ihn der Bursche an, blickte zu ihm herüber, über die Köpfe der vielen Leute hinweg. Und in den Augen war das Zeichen des Erkennens zu sehen: neugierige, dunkle Augen wie schwarze Kiesel in einem Flußbett. Er ignorierte die anderen Käufer, kam auf Dave zu.

»Kann ich Ihnen behilflich sein?« Eine Sechs für Originalität.

»Ich suche ein Bett.«

Eine Sekunde lang kräuselte der Hauch eines Lächelns die Mundwinkel des jungen Verkäufers. »Ein Einzel- oder ein Doppelbett?«

»Ein Doppelbett«, sagte Dave. »Ich will schließlich nicht immer allein schlafen.«

Der Bursche ging nicht darauf ein. Er hatte sich bereits abgewandt. »Da kann ich Ihnen etwas zeigen.«

Es war ein extrabreites Bett.

Dave lachte. »Ich habe nicht gesagt, daß ich mit einer ganzen Armee schlafen will. Ich hoffe, die Zeiten sind vorbei.«

»Warten Sie«, sagte der Bursche. »Ich will Ihnen erst mal das Bett vorführen. Sehen Sie, die meisten Möbel, die wir verkaufen, sind geleimt und verschraubt. Kriegsware. Aber das hier ist noch richtig zusammengefügt, wie man es vor dem Krieg gemacht hat. Es stammt auch aus der Vorkriegszeit, genau wie die Matratze. Das Bett steht schon seit Jahren hier. Ich kann Ihnen einen guten Preis machen.«

Es war ein Bett mit weißem Korbgeflecht an Fuß- und Kopfenden, hübsche Arabesken.

»Ich werde mir jeden Morgen beim Aufwachen vorkommen wie in meinem Kinderwagen«, sagte Dave.

Jetzt lächelte der Bursche. »Bestimmt nicht, wenn Sie jemanden neben sich haben.«

»Im Ernst: Ist das nicht ein bißchen *chichi* für einen Mann?«

Der Bursche schüttelte den Kopf. »Nicht, wenn Sie groben Stoff für die Bettdecke und die Bezüge verwenden. Und einfache, klare Farben.«

»Würden Sie mir helfen, die Stoffe auszusuchen?«

»Äh ... Ich bedaure.« Er meinte es ehrlich. »Die finden Sie in einer anderen Abteilung.«

Dave kam sich verloren vor. Der Bursche sah es und lachte.

»Schauen Sie nicht so entgeistert ...« Er begann den Kassenzettel auszuschreiben. »Sie werden es schon schaffen. Hüten Sie sich nur vor Gelb. Blau wäre vielleicht das richtige, aber in Kombination mit Weiß wirkt es etwas kalt. Versuchen Sie es mit einem dunklen Orange.« Er blickte auf. »Ihr Name und die Adresse?«

Sie malten die Wände dunkelorange, ließen eine dazu passende Überdecke anfertigen und Vorhänge aus weißem Musselin. Denn der Verkäufer half ihm schließlich doch, die Stoffe auszuwählen. Und die Farben. Nicht nur für das Schlafzimmer, auch für die übrigen Räume. Und er half ihm, vieles zu renovieren, woran Dave nie gedacht hätte. Am Heiligen Abend war das ganze Haus ein einziges Durcheinander, der Boden übersät mit den Fetzen der alten Tapete, mit Farbdosen, kleinen Eimern voll Gips, Pinseln und Bürsten, Tapetenmessern, Stemmeisen, Spachteln ... Es machte ihm nichts aus. Er hätte nicht glücklicher sein können.

Als er Rod das erste Mal gesehen hatte, als er zum ersten Mal mit ihm gesprochen hatte, während sein Herz schneller schlug und sein Mund ganz trocken war, hatte er sich gesagt: Daraus wird nichts, das reicht höchstens für einen netten Abend. Der Bursche war feminin. Eine Tunte. Ausgeschlossen, mit so jemandem zusammenzuleben. Ein Dekorateur, du meine Güte! Das war beinahe so schlimm wie ein Damenfriseur ... Aber am Heiligen Abend, als sie später in dem riesigen Bett lagen und beide noch nach Farbe rochen, ein Geruch, der beim Duschen nicht verschwunden war, als sie den Kirchenglocken lauschten, die über die regnerische Großstadt hinweghallten, wurde ihm erstmals klar, daß er sich geirrt hatte. Sicher, es ging noch nicht lange – gerade erst zwei Wochen. Aber er wußte, sie beide wußten, daß es für immer sein würde ...

Jetzt saß er da in dem ausgebleichten, blauen Bademantel, den ihm Rod vor einem Dutzend Geburtstagen geschenkt hatte, saß auf der Kante eines superweichen Betts in dem feuchten, weißen Zimmer der Pima Motor Inn, rauchte eine Zigarette und dachte daran, daß sie beide zu jung gewesen waren, um den Begriff »für immer« zu begreifen. Das war es, was er dem Mädchen im Auto hatte sagen wollen, auf der Fahrt vom Canyon hierher.

Wie sich zwei Menschen aneinander abnützen konnten! Schritt für Schritt. Durch kleine und kleinste Dinge. Wie Rods Angewohnheit, alles – Kleidung, die er ausgezogen, Illustrierten, die er gelesen, Töpfe, mit denen er gekocht hatte – liegen und stehen zu lassen, wo es ihm aus den Händen gefallen war. Oder daß er »seine« Arbeiten vergaß – das schmutzige Geschirr, der fettige Ofen –, wenn er an der Reihe war, sauberzumachen. Dann der Blick aus den großen, weit aufgerissenen Augen, wenn Dave die Geduld verlor und ihn anbrüllte. Als ob das von Bedeutung gewesen wäre, ob die Arbeiten getan waren oder nicht.

Rod hatte die lauten, glitzernden, erfolgreichen Broadway-Musicals geliebt. In Schallplattenläden, wenn Dave sich nicht entscheiden konnte, ob er Messiaens neue *Chronochromie* oder eine Aufnahme von E. Power Biggs mit Orgelkonzerten von Buxtehude kaufen sollte, wobei ihm klar war, daß er sie sich eigentlich beide nicht leisten konnte, kam Rod mit Stapeln bunter Langspielplatten von Original-Broadway-Aufnahmen an die Kasse. Und er spielte sie morgens, mittags und abends, bis Dave drohte, sie ihm an den Kopf zu werfen. Für jede Aufnahme von Schönberg-Liedern oder Madrigalen von Gesualdo, die Dave ihm zumutete, mußte er ein halbes Dutzend blecherne Wiedergaben von *Pajama Games, Gypsy* und *Most Happy Fellas* über sich ergehen lassen, wobei Dave im Dunkeln saß, die Zähne zusammenbiß und sich nach dem Ende sehnte. Bei Filmen war Rods Geschmack noch schlechter gewesen. Er hatte eine Milchstraße unbedeutender Filmsternchen verehrt, saß die halbe Nacht vor dem bläulichen Flackern des Bildschirms und war begeistert über die törichten Scherzchen einer Iris Adrian oder Marie Windsor in längst vergessenen RKO-Filmen der B-Klasse aus den dreißiger Jahren ...

Die Zigarette verbrannte seine Fingerspitzen. Er drückte sie im Aschenbecher aus und seufzte grimmig. Wieder die falschen Gedanken. Wieder der Kummer, die Reue. Es tat ihm leid, daß er so bitter über Rods harmlose Gewohnheiten dachte. Ja, zu Anfang hatte er selbst auch Spaß daran gehabt, weil bei Rod das Glück stets überströmte und ansteckend wirkte. Viel schwerer war es zu begreifen, warum Rod es mit ihm ausgehalten hatte. Immerhin hatte er sich bei bester Laune Kammermusikabende angehört, obwohl Dave wußte, daß ihn diese Art von Musik langweilte, war geduldig hinter Dave durch endlose Gemäldegalerien getrottet, wobei ihm die ausgestellten Kunstwerke nichts sagten, hatte zugehört, wenn Dave ihm lange Artikel über Wissenschaft und Krieg und Politik vorgelesen hatte, von denen er nur jeden zehnten Satz verstand, und war wachgeblieben bei ermüdenden Avantgardefilmen und alten, flimmernden Dreyer- und Griffith-Klassikern, ohne auch nur den leisesten Protest von sich zu geben. Protest, von wegen! Er hatte sich bei Dave bedankt und zumindest versucht, ein paar Worte darüber zu sprechen.

Und wie gut er zu seinen Freunden gewesen war. Zu Leuten, die Dave am liebsten rausgeworfen hätte. Denn Rods Geschmack, was Menschen betraf, war alles andere als wählerisch. Dave brauchte keinen zweiten Abend mit jemandem beisammenzusein, um zu wissen, daß er ihn nicht ausstehen konnte. Diese lächerlichen Manierismen, die abgegriffenen Klischees, die den eigenen Witz ersetzen sollten, das schrille Gegacker über Frauenkleider und Judy Garland. Nicht zu vergessen die jämmerlichen Anrufe, nachts um zwei, vom Gefängnis Lincoln Height, und die verzweifelten Bitten, sie vor Kriminalbeamten zu retten, denen sie kurz zuvor unzweideutige Vorschläge gemacht hatten. Wenn Dave einem von ihnen die Tür vor der Nase zugeschlagen oder bei einem anderen einfach den Hörer aufgelegt hatte, war Rod stets ganz ruhig geblieben und hatte ihm mit schüchternem Lächeln erklärt: »Sie halten dich für einen Menschenfresser.«

»Bin ich auch«, hatte Dave geantwortet. »Ich fresse junge Männer. Aber ich wähle sie sehr sorgfältig aus. Komm her, dann zeig ich's dir.«

Also waren sie nach einer kurzen Übergangsphase meistens

nur zu zweit. Und das war auch genug. Schließlich waren nicht alle Musicals schlecht, war nicht jeder Kammermusikabend langweilig, die Kostüme von Yvonne de Carlo waren tatsächlich komisch, Rods Augen hatten geleuchtet beim Glanz des Goldes und der Juwelen in der Ausstellung »Kunstschätze der antiken Türkei«, und nicht alles, was er ihm vorgelesen hatte, war streng informativ und wissenschaftlich gewesen. Sie hatten auch gemeinsam und mit Vergnügen Kriminalromane gelesen – Arthur Crook, Nero Wolfe, Miss Marple – Gestalten, von denen er nun nie wieder etwas lesen wollte, weil sie nicht mehr mit Rods Stimme sprachen. Rod konnte gut vorlesen. Wenn er nicht so tuntig gewesen wäre, hätte er ein guter Schauspieler werden können. Aber es war einfach nicht möglich gewesen, ihm sein feminines Wesen auszutreiben. Dave hatte es versucht. Und auch Rod hatte sich bemüht. Die oberflächlichen Affektiertheiten verschwanden, aber das, was darunter lag, war tief in ihn eingegraben. Das war er selbst. Nach einer Weile hatte Dave den Versuch aufgegeben. Das Alter hatte manches davon abgeschliffen – und der Tod hatte es besiegelt.

Nein, so durfte er nicht denken. Tränen traten in seine Augen. Er stand auf und ging im Zimmer hin und her. Du mußt an etwas anderes denken. Um Himmels willen, vergiß endlich das Sterben. Erinnere dich lieber an die Fahrt zum Oak Canyon, an das Häuschen mitten im Wald, wo sie sich im Licht der knackenden Scheite des offenen Kamins in den Armen hielten, am Morgen danach erwachten und hinausschauten auf eine schneebedeckte Landschaft ... Die funkelnden Kristallüster und Spiegel des Music Centers. Nurejew, der in einem goldenen Lichtstrahl zum Sprung ansetzte ... Das vor Stolz gerötete Gesicht von Rod, als er sein erstes eigenes Geschäft eröffnete, mit dem schlichten, schwarzvergoldeten Schild an der weißen Tür: R. FLEMING, INNENAUSSTATTUNGEN ... Der strahlende Ostermorgen, als sie aufwachten und feststellten, daß Tatiana, ihre fette, getigerte, mürrische alte Katze – Rod nannte sie Tatty Anna – sechs getigerte Kätzchen geboren hatte ... Der sich drehende, klimpernde, riesige Weihnachtsbaum in der Aufführung des *Nußknackers* im Greek Theatre, an einem warmen Abend um die Sommersonnenwende ... Rods triumphierendes Lachen, als er erfahren hatte, daß man ihm den Auftrag erteilen würde, alle Apartments eines großen, neuen Wohnturms bei den Fontänen von Century City einzurichten ... Die hervorquellenden Augen des Kassiers im Supermarkt, als er ihren Einkaufswagen voll Champagner, Austern, Kaviar und Gänseleberpastete sah, den sie mit dem Teuersten vollgepackt hatten an dem Tag, als der erste, sagenhafte Scheck eingetroffen war ... Daran mußt du dich erinnern ...

Aber statt dessen sah er wieder die gespenstischen, stillen Korridore des Krankenhauses vor sich, an jenem letzten Abend, erinnerte sich an den Krankenhausgeruch, sah scharf und deutlich wie auf einer Fotografie seine eigenen Füße in den braunen Slippern, wie sie auf und ab schritten, Stunde um Stunde, vor der Tür des Zimmers der Intensivstation, hinter der Rods zerschnittener und ausgeweideter Körper lag, bewußtlos von den Drogen, aber noch immer den entsetzlichen Schmarotzer ernährend, der sich ausbreitete und erst sterben würde, wenn er den Körper umgebracht hatte, der ihn ernährte ...

Und er wußte, daß er auch an diesem Abend keinen Schlaf finden würde. Er nahm die Flasche Old Crow aus seinem Koffer, schenkte sich einen Plastikbecher aus dem Bad halbvoll, gab etwas Wasser darauf, nahm dann die Manuskripte Fox Olsons von der Kommode und setzte sich auf das Bett. Es dauerte einige Zeit, aber dann begann er zu lachen, früher, als er es vermutet hätte.

Kapitel 7

Er konnte sogar schlafen. Ein Klopfen weckte ihn. Er saß noch immer fast aufrecht im Bett und hatte den Kopf gegen das Kissen und das Brett am Kopfende gelehnt. Sein Nacken und die Schultermuskeln schmerzten. Das Manuskript war von seinen Knien gerutscht. Jetzt, als er die steifen Beine unter der dünnen, maschinengefertigten Imitation einer Indianerdecke streckte, glitt es auf den Boden. Die Nachttischlampe leuchtete kränklich im Licht des Tages. Er schaltete sie ab. Im Glas, das gar kein Glas war, stand noch der Whisky, schal wie eine vernachlässigte Freundschaft.

Dave räusperte sich, dann fragte er: »Wer da?«

»Kaffee, Mr. Brandstetter.«

»Gut.« Das war es, was er wollte. Er zog sich den Bademantel an. Der Boden unter seinen nackten Füßen fühlte sich feucht und kalt an. Er öffnete die Tür. Hinter den dicken, weißen Mauerbögen funkelte das regennasse Blattwerk des Patiogartens im Licht der Sonne. Er kniff die Augen zusammen. Zwischen ihm und dem strahlenden Sonnenlicht stand ein junger Japaner, lächelte und hielt ihm ein schwarzes Tablett hin, das mit mexikanischen Blumen und Vögeln bemalt war. Auf dem Tablett dampfte eine Keramikkanne. Es gab eine passende Tasse dazu, einen Löffel, Zuckerbeutel und Milchpulver. Dave nahm das Tablett nicht entgegen. Er sagte: »Sie heißen doch Ito, nicht wahr?«

»Ja, Sir.«

Dave machte eine Kopfbewegung. »Kommen Sie rein. Ich möchte mit Ihnen sprechen.«

Der Junge kam herein und stellte das Tablett auf einen Couchtisch, der mit bemalten Fliesen belegt war. Dave schloß die Tür. »Sie haben mal für Fox Olson gearbeitet, nicht wahr?«

Daves Reiseschreibmaschine stand auf dem Boden neben dem Couchtisch. Der junge Japaner warf einen Blick darauf, dann schaute er Dave an. »Sind Sie Reporter?« fragte er. »Ich kann Ihnen nicht viel berichten. Ich habe nur einen Tag bei ihm gearbeitet.«

»Ich bin Versicherungsdetektiv.« Dave nahm ein zerknülltes Zigarettenpäckchen vom Nachttisch, streckte es dem jungen Mann hin. Der schüttelte den Kopf. Dave steckte sich eine Zigarette zwischen die Lippen. »Das war letztes Jahr zu Weihnachten, ja?«

»Stimmt.« Der Japaner nahm ein Streichholzbriefchen aus seiner weißen Jacke und zündete Dave die Zigarette an. Rasch und mit einer eleganten Bewegung. »Mrs. Olson hat mich engagiert. Es sollte eine Überraschung für ihren Mann sein.«

»Danke.« Dave bückte sich und schenkte sich Kaffee ein. Er roch wunderbar. »Und – war er überrascht?«

»Sehr.« Der Bursche grinste. Er hatte schöne Zähne. »Er ist fast umgekippt.«

»Aber hat er sich nicht gefreut? Hören Sie, wenn Sie sich noch eine Tasse besorgen –«

»Nein, danke«, sagte Ito. »Ich habe schon so viel Kaffee getrunken, daß man drin surfen könnte.« Er sprach nicht mit japanischem Akzent, sondern reines Kalifornisch. Jetzt blinzelte er und schaute dazu nachdenklich drein. »Ja, er hat sich gefreut. Das heißt, Mrs. Olson hat es mir gesagt. Das war am Weihnachtstag.« Er hob die Schultern und breitete dann die Hände aus. »Am nächsten Morgen haben sie mich gefeuert.«

»Ohne Angabe von Gründen?« Dave setzte sich auf die Bettkante, blies auf den heißen Kaffee und trank dann einen kleinen Schluck.

»Keine Gründe.« Ito lächelte. »Aber einen fetten Scheck. Nicht den Lohn von zwei Wochen, sondern von zwei Monaten. Mrs. Olson meinte, es tue ihr leid, und sie habe einen Fehler gemacht. Sie habe gedacht, Mr. Olson wollte, daß ich für ihn arbeite. Er wollte es aber nicht.«

»Von wem war der Scheck? Von ihm?« Der Aschenbecher war voller Stummel. Ito nahm ihn weg und leerte ihn in den Papierkorb.

»Von ihr«, sagte er und stellte Dave den Aschenbecher wieder hin. »Sie hat das Finanzielle geregelt. Ich habe gehört, wie jemand im Haus darüber sprach, am Weihnachtstag.«

»Was ist sonst noch passiert an diesem einen Tag?«

Der Bursche zuckte mit den Schultern. »Sie hatten eine Menge Besuch. Es war ein schöner Tag. Klar und sonnig wie heute. Aber trocken und warm. Ich war richtig glücklich. Ich meine, es ist ein schönes Haus und eine wunderbare Gegend. Die Küche war perfekt. Das hat mich am meisten geärgert: Ich hatte nicht die Gelegenheit, auch nur einmal dort zu kochen.«

»Kochen Sie gern?« fragte Dave. »Aber hier kochen Sie doch auch nicht, oder?«

»Nein. Aber es ist ein guter Job. Ich kann einiges auf die Seite legen. Wenn ich genug beisammen habe, mache ich mein eigenes Restaurant auf.«

»Haben die Olsons gut gezahlt?«

»Besser als in jedem anderen Job, den ich davor hatte. Und ich hab' sie gemocht. Vor allem ihn. Er war was Besonderes, wirklich. Er hat immer gesagt: ›Wenn es Ihnen nichts ausmacht‹ und ›Aber machen Sie sich keine Mühe‹ und ›Wenn Sie Zeit haben‹ und ›Sind Sie nicht müde? Möchten Sie eine kleine Pause machen? Ich kümmere mich solange darum . . .‹ Er ist immer aufgesprungen, um mir zu helfen, wenn ich mit dem Tablett hereingekommen bin. Sie waren meistens draußen im Garten, beim Schwimmbecken. Sogar wenn er in seinem Studio war und gesungen hat oder was anderes tun mußte, hat er sich die Zeit genommen, mich zu fragen, ob mir irgend etwas fehlt und ob er es mir besorgen kann. Ein großartiger Mensch.«

»Aber er hat Sie gefeuert«, sagte Dave.

Ito lachte. »Ja. Und da sagt man, die Orientalen sind unberechenbar.«

»Hat es keinen Zwischenfall gegeben? Einen Streit, Meckereien?«

»Nein.« Ito zog die Stirn in Falten. »Außer . . . Ich weiß nicht, ob man das wirklich einen Zwischenfall nennen kann. Aber nachdem ich an dem Abend noch alles aufgeräumt hatte, ziemlich spät, wollte ich zu Bett gehen. Ich hatte gerade geduscht. Er hat an meine Tür geklopft und meinen Namen gerufen, und ich habe ›Herein‹ gesagt. Es war schon halb drei oder drei. Ein langer Tag. Und er war ziemlich blau. Er hat die Tür aufgemacht und mich eine Minute lang nur angestarrt. Ich trocknete mich gerade ab. Dann hat er sich entschuldigt und wollte wieder gehen. Ich habe gefragt, ob ich noch was für ihn tun kann. Er hat mich noch eine ganze Weile etwas komisch angeschaut. Aber er hat nicht geantwortet. Schließlich hat er gelächelt, entschuldigend, als ob ihm nicht gut wäre oder so. Er sagte: ›Nein, danke, Ito. Es war ein sehr schönes Weihnachtsfest . . .‹ Dann hat er sich umgedreht, ist gegen die Tür gestoßen und hat gemurmelt: ›Danke für alles, was Sie getan haben‹, oder so ähnlich, und dann war er auch schon weg.« Ito kniete auf dem Boden und hob das Manuskript auf. »Das war das letzte, was wir miteinander gesprochen haben.«

»Es ist eine kleine Stadt«, sagte Dave. »Sie müssen ihm doch hier und da begegnet sein.«

»Nein. Ich habe nichts mit den Leuten vom Country-Club zu tun. Meine Welt, das sind die Kinos und die Kegelbahn.« Ito legte das Manuskript zu dem Stapel auf der Kommode. »Um ihn zu sehen, hätte er schon hierherkommen müssen. Und hier habe ich ihn dann auch wirklich gesehen. Erst vor zwei Wochen. Er hat den weißen Thunderbird gefahren und war hier, um einen Gast zu besuchen. Einen Mann aus Frankreich. Ich habe im Garten geharkt. Mr. Olson ist an mir vorbeigefahren. Er hat mir zugenickt und gelächelt. Das war alles.« Ito runzelte die Stirn und seufzte. »Trotzdem tut es mir leid, daß er tot ist. Er war der netteste Mensch, den man sich denken kann . . .«

Im sonnendurchfluteten Daffodil-Café, wo Dave Rühreier mit frischen Landwürstchen aß, war aus dem kleinen, gelben Radio auf dem Kühlschrank wieder Fox Olson zu hören. Diesmal erzählte er eine von seinen kleinen Geschichten. Dabei stellte Dave fest, daß man viel versäumte, wenn man sie nur las. Das Buch würde sicher komisch und lustig werden – aber besser wäre es gewesen, die Geschichten auf Schallplatten oder Tonbandkassetten zu verkaufen, mit Olsons eigener Stimme. Seine trockene, lockere Art, sie vorzutragen, verlieh ihnen eine – wie drückte man es aus? – eine Drolligkeit, die man in gedruckter Form nicht spürte.

Auf den Hockern an der Theke und an den Tischen in den Nischen grinsten und kicherten und lachten die Lastwagenfahrer, die Ranch- und Plantagenhelfer, vergaßen den guten Kaffee, den Schinken und die Buchweizenkuchen, und die gebutterten Frühstücksbrötchen auf ihren Tellern wurden kalt.

Es ging um Tante Minnie Husk: Als der Wasserturm der Kleinstadt Cottonwood Corners von Bibern umgekippt worden war, weil sie die Stützen für Baumstämme gehalten hatten, benützte sie den Wassertank als eine Kuchenform, in der sie der Welt größten Napfkuchen backen wollte. Die darauffolgende Invasion der Stadt von Millionen Mäusen wurde durch das Eintreffen der Eulen zurückgeschlagen, die sich »anfraßen, bis sie zu schwer zum Fliegen waren. Sie konnten nur noch auf dem Boden sitzen und rülpsen . . .«

Dave hatte die Geschichte gelesen und dabei laut gelacht. Er lachte jetzt wieder. Neben ihm saßen zwei Highschool-Mädchen, hatten alkoholfreie Drinks vor sich stehen und Bücher im Schoß liegen. Die eine war hübsch und dunkelhaarig und trug eine Zahnspange. Die andere war rothaarig, sommersprossig und fett. An den Busen hatten sie große orangerote und blaue Wahlkampfplaketten mit der Aufschrift OLSON WIRD BÜRGERMEISTER. Als die Geschichte zu Ende war und eine Zigarettenwerbung folgte, begannen alle wieder zu essen. Dave nickte den Mädchen zu und betrachtete ihre Plaketten.

»Ist es nicht ein bißchen spät dafür?«

Die Hübschere bedachte ihn mit einem kalten Blick. »Nein. Jeder bei uns in der Schule trägt die Plaketten. Wir haben ihn geliebt.«

»Außerdem glauben wir einfach nicht, daß er tot ist«, fügte

die Sommersprossige hinzu.

Dave hätte sich fast an seinem Kaffee verschluckt. »Das glaubt ihr nicht? Und warum nicht?«

Die Hübsche sagte dramatisch: »Weil man ihn nicht gefunden hat. Nur seinen Wagen.«

»Ja, das hab' ich gehört.« Dave zündete sich eine Zigarette an. Der kleine Aschenbecher auf der Theke war aus gelbem Plastik, er sah brennbar aus. Dave wedelte das Streichholz aus. »Aber wenn er nicht tot ist, was ist ihm dann passiert?«

Das sommersprossige Mädchen stocherte mit zwei Plastikstrohhalmen in der schmelzenden Eiskrem am Grund ihres Glases herum und sog dann geräuschvoll die letzten süßen Tropfen heraus. Sie hielt kurz inne dabei, um zu sagen: »Er wurde gekidnappt.«

»Im Ernst? Und von wem? Weshalb?«

»Von Bürgermeister Chalmers natürlich.« Das hübsche Mädchen war entrüstet, etwas so Naheliegendes auch noch erklären zu müssen. »Er wird erst wieder nach der Wahl freigelassen.«

»Mach schon, Lou Ann.« Das fette Mädchen rutschte vom Hocker. »Wenn ich wieder zu spät komme, beschlagnahmt Mutter meine Tonbänder.«

Und während sie die Bücher einsammelte, erläuterte Lou Ann: »Doreen hat sämtliche Fox-Olson-Sendungen aufgenommen . . .«

»Bis zum Schulbeginn«, korrigierte sie Doreen über die Schulter hinweg und lief zur Tür, wobei ihr fetter Körper schwabbelte.

Die Straße war jetzt trocken, als ob es nie geregnet hätte. Bis zum Nachmittag würde sie wieder staubig sein. Die Wagen parkten schräg in Pima, wie an den steileren Hügeln von San Francisco. Dave steuerte den seinen an den hohen Randstein zwischen zwei schlammverkrusteten Lieferwagen, deren Ladeflächen mit leeren Orangekisten beladen waren. Das Gebäude, vor dem er stand, war aus rotem Klinker. Zweistöckig. An den unteren Fenstern waren halb abgeblätterte Goldlettern: PIMA VALLEY SUN. Als er auf dem Gehsteig stand, sah er durch die Fenster, daß die Wände drinnen von der Zeit gedunkelt waren, die Schreibtische und das hölzerne Mobiliar zerkratzt und abgesetzt. Der Vormittag war bereits warm; die Tür zur Redaktion stand offen, Geräusche drangen heraus: das Klingeln von Telefonen, das Gestotter einer Schreibmaschine, auf der im Zweifinger-Suchsystem herumgehackt wurde. Er ging daran vorbei, er wollte zur anderen Tür, auf der das Zeichen des Senders KPIM zu sehen war.

Er ging hinein und über eine gerade Treppe hinauf in eine klimatisierte Stille. Es roch neu und nach Erfolg. Alles funkelte im Licht der Leuchtröhren, die hinter Milchglasscheiben angebracht waren. Der blaugrün gemusterte Teppich war tief, die weißen Wände und die Decke waren dick mit eierkartonförmigem Dämmstoff belegt. Durch lange Rechtecke aus Dreifachglas konnte man in die Studios und Kontrollräume schauen, wo technisches Gerät glitzerte, Schallplatten auf großen Plattentellern lagen und Männer mit hochgekrempelten Ärmeln lachten, ohne daß man es hörte. Am Ende eines Korridors ging eine Tür auf. Sie war dick gepolstert, und als sie geschlossen wurde, stieß sie ein seufzendes Geräusch aus.

In Hale McNeils Büro verhüllten bodenlange Vorhänge, blau und grün gestreift, den Blick auf die häßliche Main Street. Möbliert war der Raum mit Sesseln und einer Couch aus hochpoliertem Stahl und Sattelleder. An der weißen Wand hing ein großes Gemälde von Peter Hurd. McNeil trug einen rehbraunen Kordanzug, der gut zu seinem wuchtigen Körper paßte, mit lederbesetzten Taschen, in abgemildertem Cowboystil – ein teures Modell. Sein Gesicht war sonnengebräunt und gefurcht, sein schwarzes Haar hatte schöne, silbergraue Strähnen an beiden Schläfen. Die dunklen Brauen und Wimpern ließen seine blauen Augen besonders gut in Erscheinung treten. Diese Augen schauten Dave spöttisch an.

»Thorne sagt mir, Sie glauben nicht, daß Fox tot ist.«

Dave zuckte andeutungsweise mit den Schultern. »Genau wie die Oberschülerinnen von Pima. Haben Sie keine bei sich zu Hause?«

»Mein Sohn ist erwachsen und fort von zu Hause«, sagte McNeil. »Aber . . . Ja, ich glaube, in dem Alter hätte er diese alberne Plakette getragen. Er hätte wahrscheinlich auch die Plakate in seinem Zimmer aufgehängt.«

»Was seiner Mutter vermutlich nicht sehr gefallen hätte.«

McNeils Gesicht wurde hart. »Seine Mutter und ich, wir haben uns scheiden lassen, als Tad fünfzehn Monate alt war. Sie war eine Alkoholikerin und eine Hure. Aber das hübscheste

Mädchen der Abiturklasse im Juni neununddreißig.« Sein Mund verzog sich. »Eine Alkoholikerin und eine Hure.«

»Wer hat den Jungen großgezogen? Sie allein?«

»Meine Familie. Sie haben sich alle sehr bemüht. Genau wie ich. Aber ... Es gibt ein altes Sprichwort: Der Apfel fällt nicht weit vom Stamm. Ich weiß nicht, was aus ihm geworden ist. Es ist mir auch egal.«

»Aber Sie wissen von dem Gerücht, daß Bürgermeister Chalmer Fox entführt haben soll.«

»Ja, das weiß ich. Und jetzt kommen Sie mit einer noch wilderen Geschichte daher. Fox hätte seinen Wagen in die Schlucht fahren lassen, damit es so aussieht, als ob er umgekommen wäre. Und danach soll er einfach verschwunden sein. Warum?«

»Ich werde weiter danach fragen«, sagte Dave. »Vielleicht wird mir jemand eine Antwort darauf geben.«

»Das hoffe ich. Ich wünschte mir nichts lieber, als daß er wieder hier wäre.« McNeil schaute auf seine Armbanduhr und drückte dann auf einen Knopf an seinem Schreibtisch. Musik strömte durch den Raum. Fox Olsons Gitarre, Fox Olsons Stimme. Einer von seinen harmlosen, melodiösen, hübschen Westernsongs. Vermutlich von ihm selbst getextet und komponiert. McNeil wartete, bis das Lied zu Ende war; als ein Ansager zu sprechen begann, schaltete er die Lautsprecher wieder aus. »Ich kann nicht genug davon haben. Wenn Sie diesen Sender vor einem Jahr gesehen hätten, wüßten Sie, was ich damit sagen will. Ein trübseliges Loch, genau wie unten. Sicher, wir haben auch damals gesendet, und der Sender hat auch damals schon Gewinn gemacht, aber –«

»Warum haben Sie Fox Olson nach dem Unfall aus dem Programm genommen?«

McNeil hatte noch immer die Augen auf Dave gerichtet. »Die Antwort darauf müßten Sie eigentlich erraten. Es war eine Geschmacksfrage.«

»Aber die Hörer haben es anders empfunden.«

»Für sie war das eine dunkle Verschwörung.« McNeil lachte tonlos und schüttelte den Kopf. »Wirklich, zum Schreien komisch. Erst die alten Ladys, die KPIM verdächtigen, Fox Olson nach seinem Tod abzuservieren, dann die Kinder mit ihrem Entführungsgerücht, das sie aus zu vielen Krimiserien im Fernsehen zusammengekleistert haben, und jetzt auch noch

Sie. Wenn Sie Fox gekannt hätten ... Er war offen und aufrichtig wie ein Kind. An ihm gab es ebensowenig dunkle Seiten wie – wie an der Sonne.«

»Und wie steht es mit Bürgermeister Chalmers?« fragte Dave. »Hat der eine dunkle Seite?«

»Lloyd?« McNeil warf den Kopf in den Nacken und lachte. Er brauchte eine Minute, bis er sich einigermaßen gefaßt hatte. »Nein, Mr. Brandstetter, ich fürchte, die hat er nicht. Lloyd besteht nur aus Schultern und Ellbogen. Der Typ, der den Westen zu dem gemacht hat, was er heute ist. Lloyd ist ebensowenig hinterhältig, wie er Spitzendeckchen häkeln könnte. Abgesehen davon hat er die Kampagne von Fox nie ganz ernst genommen. Ich frage mich, ob er sie überhaupt bemerkt hat.«

»Haben Sie sie ernst genommen?«

McNeil schüttelte amüsiert den Kopf. »Nein. Es war eigentlich nur als guter Gag gedacht. Fox hat eines Morgens von einer Bürgermeisterwahl in Cottonwood Corners erzählt – Sie wissen, seine imaginäre Kleinstadt.«

Dave nickte. »Mrs. Olson hat mir ein paar Manuskripte ausgeliehen.«

»Sie sind großartig, nicht wahr?« fragte McNeil mechanisch. »Ja, und dabei bin ich auf die Idee gekommen. Es war nichts als Werbung für ihn und für den Sender. Warum sollten wir nicht eine Kampagne starten: Fox Olson wird Bürgermeister?«

»Und dann ist Ihnen der Werbegag aus den Händen geglitten.«

»Haben Sie als Kind einen Drachen gehabt, der sie fast hochgehoben hätte? Dann kennen Sie das Gefühl. Aber ...« Er zuckte mit den Schultern. »Wir haben uns entschlossen, den Gag bis zum Ende durchzuspielen. Fox brachte den Papierkrieg hinter sich. Und zum ersten Mal, seit sich die jüngeren Leute von Pima erinnern können, hatte Lloyd einen Gegenkandidaten, der sich um sein Amt bewarb. Es ist *sein* Amt und *sein* Büro, glauben Sie es mir. Er hat die halbe Stadt gebaut, und keiner wird ihn von der Idee abbringen, daß sie ihm gehört. Jedenfalls nicht so bald.«

»Aber er hat die Kampagne doch ernst genommen, oder?«

»Fragen Sie ihn selbst«, sagte McNeil. »Er wird Sie einfach auslachen.«

»Hätte überhaupt jemand für ihn gestimmt? Ich meine für Olson?«

McNeil kicherte. »Jeder, der so alt ist, daß er wählen darf.«

»Und was dann? Wollte er Bürgermeister von Pima werden?«

»Ich glaube, ja.« McNeil verengte die Augen und kaute an seiner Unterlippe. »Ja, ich glaube, nach einer Weile hat er die Sache ernst genommen. Aber ...« Er schüttelte den Kopf, lächelte ein wenig schief und stand dann auf. »Wie hätte er es schaffen sollen?« McNeil ging zu einem Aktenschrank, zog eine Schublade auf und nahm einen dicken Aktenordner heraus. Er legte ihn vor Dave auf den Schreibtisch. »Schauen Sie sich das hier mal an.«

Teures Briefpapier. Üppige, mehrfarbige Prägung. Dave blätterte den Ordner durch. Der Hörfunk. Ob Fox Olson bereit wäre, eine Woche mit Arthur Godfrey die Morgenschau zu bestreiten, ein paar seiner lustigen Lieder zu singen und Geschichten zu erzählen? Fernsehen. Ob Fox Olson eine Szene in der Ed-Sullivan-Show spielen wolle? Ob er bereit sei, die Cottonwood-Corners-Geschichten dramatisieren zu lassen und die Hauptrolle darin zu übernehmen? Schallplatten. Ob Olson ein Dutzend seiner Lieder für eine LP aufnehmen würde? Las Vegas. Fox Olson, zweimal pro Abend im Rodeo Room ... Konzertmanager, Tourneeleitungen, Filmstudios ... Dave klappte den Ordner zu und blickte auf.

McNeil fragte: »Wo wäre da noch Zeit für seine Pflichten als Bürgermeister gewesen?«

»Wollte er denn bei all diesen Angeboten zusagen?« Dave zeigte auf den Ordner.

»Soll das ein Scherz sein? Meine Güte, Mann. Fox Olson hat sein Leben lang wie ein Galeerensträfling um Erfolg gekämpft. Bevor er diese Sendung bekam, war er bereit gewesen, sich eine Kugel durch den Kopf zu jagen. Er hatte längst aufgegeben. Wenn es ihm nicht um seine Frau gegangen wäre ...« McNeil verstummte. »Entschuldigen Sie. Die Antwort lautet natürlich ja – er wollte das alles machen. Der Schallplattenvertrag war bereits unterschrieben. Das andere konnte warten, bis wir uns einen Zeitplan ausgearbeitet hatten. Wissen Sie, Fox weigerte sich, irgend etwas zu übernehmen, was seine Verpflichtung mir gegenüber – wie er sie sah – gefährden konnte. KPIM kam immer an erster Stelle. Er hat in eineinhalb Jahren keine Woche Ferien gemacht.«

»Ich verstehe«, sagte Dave. »Und was war das mit dem

Mann aus Frankreich? Was war das für ein Angebot?«
»Wie?« McNeil schaute ihn verblüfft an.
»Olson hat mit einem Mann aus Frankreich gesprochen, vor etwa zwei Wochen. Jemand, der extra hierhergekommen war, um ihn zu sehen. Er wohnte im Pima Motor Inn. Olson hat ihn dort getroffen. Hat er darüber nichts verlauten lassen?«
»Nicht, daß ich wüßte.« McNeils Telefon klingelte, und er griff nach dem Hörer. »Entschuldigen Sie mich.«
»Ich muß weg«, sagte Dave und ging.

Kapitel 8

Die Sonne war heiß. Auf einem flachen, glatten Rasenstück warf ein alter Mann seinen Spazierstock. Er warf ihn mit Wucht, und der Stock flog weit. Zwei Hunde jagten ihm nach, große schlanke Jagdhunde; rauhes, blaugraues Fell. Sie bewegten sich ungeschickt wie eingerostete Maschinen. Aber schnell. Einer von ihnen schnappte sich den Stock und brachte ihn dem alten Mann zurück. Es war ein schwerer Stock, aber im Maul des Hundes wirkte er zerbrechlich. Der andere Hund blieb dort stehen, wo der Stock auf das Gras gefallen war, und stieß einen grollenden Laut aus, der wohl eine Art Bellen sein sollte. Der alte Mann nahm dem ersten Hund den Stock ab und packte ihn am Halsband. Dann warf er den Stock dem anderen Hund hinüber. Weil er den ersten Hund am Halsband festhielt, flog der Stock nicht so weit. Der zweite Hund apportierte ihn und brachte ihn seinem Herrn zurück.
Dave war der Haushälterin gefolgt, einer vierschrötigen Mexikanerin in mittleren Jahren von der Farbe und Härte polierten Mahagoniholzes. Sie hatte Mehl an den Händen, an der Schürze und im Haar, und als sie mit Dave durch die Küche kam, roch es nach Gebackenem. Sie näherten sich dem alten Mann, und Dave hörte, wie er heftig atmete. Die Mexikanerin sagte: »Der Stock soll Ihnen beim Spazierengehen eine Hilfe sein. Wenn Sie ihn durch die Gegend werfen, werden Sie sich noch umbringen . . .«
»Ach, geh schon zurück ins Haus!« Der Alte sprach, ohne sie anzusehen. »Laß mich in Ruhe.« Er bückte sich und nahm dem zweiten Hund den Stock ab. »Durch den verdammten Re-

gen hab' ich zehn Tage drinnensitzen müssen. Der Mensch muß trainieren, und die Hunde müssen auch trainieren.« Wieder warf er den Stock. Er sauste mit pfeifendem Geräusch durch die Luft. Die Hunde rannten hinterher. Der Alte drehte sich um und grinste wie ein Kind – ein ziemlich eigensinniges Kind. »Zum Teufel, Carmelita, ich habe mich nie im Leben besser –« Jetzt erblickte er Dave. Sein Gesicht behielt das Grinsen, wie verfallene Häuser alte, längst vergessene Reklameschilder behalten. »Hallo?« Es war eine Frage.

Dave sagte ihm, wer er war und was er wollte.

Loomis' Augen wurden ausdruckslos wie die Prärie. »Hauen Sie ab«, sagte er. »Gehen Sie heim und sagen Sie Ihrer Firma, daß mein Schwiegersohn tot ist.«

»Wenn er wirklich tot ist«, erwiderte Dave, »wo ist dann die Leiche?«

Loomis öffnete seinen ledernen Mund, sagte aber nichts. Er schloß ihn wieder mit einem Klicken der falschen Zähne und streckte Dave mürrisch die Hand entgegen. Nur Haut und Knochen, aber eine sehr große Hand, wie eine Pflugschar. Einer der Hunde brachte den Stock zurück. Er hatte einen braunen Gummistöpsel am unteren Ende. Der Alte nahm ihn, stützte sich darauf und ging dann auf das Haus zu: häßlicher, spanischer Kolonialstil, grellweiß in der Sonne. Der nackte, kalte Raum, den er sein Büro nannte, hatte nur eine Dekoration an der Wand: eine Flinte in einem Gestell. Er setzte sich an einem nüchternen, grünen Stahlschreibtisch in einen Stahlrohrsessel, der leise quietschte. Dann nickte er in Richtung auf einen zweiten Metallsessel. Dave setzte sich.

»Also schön«, sagte Loomis, »sein Leichnam hätte dort irgendwo im Gießbach sein müssen. Er war nicht dort. Aber Fox ist bestimmt nicht abgehauen. Das wäre doch völlig sinnlos.«

»Und was wäre sinnvoll?«

Loomis' magere Schultern bewegten sich unter der bis oben hin zugeknöpften Wolljacke, die wie alles andere an ihm darauf hindeutete, daß er ein kranker Mann war. »Vielleicht hat ihn Lloyd Chalmers umgebracht.«

Dave verengte die Augen. »Meinen Sie das im Ernst?«

»In Pima wird eine neue Schule gebaut. Das bedeutet einen Auftrag für viele Millionen Dollar. Den wird Lloyd übernehmen, genau wie alle anderen großen Bauaufträge hier in der Gegend.«

»Gibt es denn nicht die Vorschrift, daß solche Projekte ausgeschrieben werden müssen?«

»Lloyds Angebot war immer das niedrigste.« Loomis lächelte schief, aber das Lächeln war bald wieder verschwunden. »Früher oder später wird man eine Schnellstraße durch das Tal bauen. Sie sind schon hinter mir her, weil sie ein Stück von meinem Land dafür haben wollen . . .« Er drehte sich in dem steifen Sessel und schaute hinaus auf die Reihen der Reben, die sich bis zum Fuß der Hügel erstreckten. »Wenn die Trasse erst festgelegt ist, wird Lloyd sie bauen. Vorausgesetzt, er ist bis dahin noch Bürgermeister.«

»Wer würde den Auftrag bekommen, wenn er nicht mehr Bürgermeister wäre? Ich meine, wenn Fox Olson die Wahl gewonnen hätte?«

»Da gibt es kein Wenn.« Der Alte schaute ihm stolz in die Augen. »Fox hätte die Wahl gewonnen. Das hat Lloyd genau gewußt. Er hält sich zwar für einen großen Mann, aber er ist nicht dumm.«

»Würde er notfalls sogar einen Mord begehen?«

Loomis' Lachen war wie das Knacken trockener Zweige, aber es veränderte seinen Gesichtsausdruck nicht. Nur seine Stirn furchte sich. »Dazu kann man nur eines sagen: Wenn er es getan hat, dann hat er alles sorgfältig überlegt. Dann gibt es keine losen Enden. Er würde nie und nimmer einen Autounfall vortäuschen und den toten Fahrer verschwinden lassen. Nee . . .« Die großen Hunde legten sich zu Füßen des Alten nieder. Der Alte bückte sich und streichelte einen von ihnen. In seiner Stimme schwang Bedauern mit. »Ich hätte nichts dagegen, wenn der Dreckskerl in die Gaskammer geschickt würde. Aber das wird er nicht. Jedenfalls nicht wegen dieser Sache.«

»Warum diese tiefe Zuneigung für Chalmers?« fragte Dave.

»Ich bin für ihn nur ein dreckiger, blöder Okie. Das war ich zu Anfang, und ich werde es immer für ihn sein. Der Chalmers-Clan war immer tonangebend hier in Pima, schon Jahrzehnte bevor ich hergekommen bin. Ich, Hap Loomis: Ja, ich bin ein Alptraum für sie alle, für die Chalmers' und die McNeils und so weiter. Sie glauben, daß sie eines Morgens aufwachen, und ich bin einfach nicht mehr da. Hier haben vor dem Krieg auch viele Japsen Obst angebaut. Auf die haben sie nie so heruntergeschaut wie auf mich. Verdammt, und heute gehört mir das halbe Tal. Ich könnte die meisten von ihnen aufkaufen. Aber sobald ich mich in ihrem verdammten County-Club zeige, stecken sie die blöden Köpfe zusammen wie die Hühner, wenn ein Skunk in den Stall eingedrungen ist . . .« Es klang sehr bitter, aber damit war das Thema für ihn abgeschlossen. »Was wollten Sie mich fragen?«

»Warum hätte Chalmers nicht diese Aufträge bekommen, auch wenn Fox Bürgermeister geworden wäre? Fox hatte schließlich nichts mit Baufirmen zu tun.«

»Aber sein Schwiegersohn. Er fängt gerade an.«

»Phil Mundy? Kann man den schon zählen? Er ist noch sehr jung.«

»Dreiundzwanzig. Aber er ist bereits Chefbuchhalter bei Chalmers. Und hat schon vor seiner Heirat die erste Wohnung gebaut.«

»Sehr ehrgeizig«, sagte Dave. »Mögen Sie ihn?«

Das Lächeln des Alten erfaßte nur die eine Gesichtshälfte. »Ich fühle mich nie wohl bei einem Mann, der zu gut mit Zahlen umgehen kann. Meine Enkelin Greta ist zu mir gekommen, wegen eines Darlehens. Ich habe nein gesagt. Nicht für Phil Mundy.«

»Es hat Ihnen nicht gepaßt, daß sie ihn geheiratet hat?«

»Haben Sie seine Mutter gesehen, und das verkrüppelte Kind?« schnaubte Loomis. »Mitleid ist ein verdammt magerer Grund, um jemanden zu heiraten.«

»Hat sie das Darlehen von ihrem Vater bekommen?«

»Er konnte es ihr nicht geben. Thorne verfügt über das Geld.«

»Würde sie es ihr nicht borgen?«

»Sie würde nicht einmal mit ihr reden. Daß Greta Phil Mundy geheiratet hat, paßt ihr ungefähr ebensowenig wie es mir gepaßt hat, daß sie Fox Olson geheiratet hat. Das ist doch komisch, was? Ja, das Leben spielt mit den komischsten Tricks.«

»Manchmal sind sie gar nicht so komisch«, sagte Dave.

Loomis' Augen betrachteten ihn mit einem weisen Ausdruck. »Und über diese Tricks lacht man am meisten.«

Nein, ich werde nie darüber lachen können, dachte Dave. Nicht über den Tod von Rod. »Es hat jemanden gegeben, mit dem Sie Thorne verheiraten wollten. Sie hat es mir gesagt. Aber sie sagte mir nicht, wer das war.«

»Hale McNeil. Es fing an, als sie auf die höhere Schule gingen. Er hat sie drei- oder viermal ausgeführt. Thorne mußte sich davonschleichen. Als ich dahinterkam, habe ich Charlie McNeil gesagt, daß ich den Jungen auspeitsche, wenn er nicht aufhört damit. McNeil hörte sich das von mir gar nicht gern an, aber ich hatte das Recht auf meiner Seite. Hale hat sie in Ruhe gelassen –«

»Und jemand anders geheiratet.« Dave nickte.

»Mildred Fisher. Ein billiger Rauschgoldengel. Es war alles gut und schön, bis das Armeelager hierher verlegt wurde. Sie konnte sich einfach nicht zurückhalten. Und auch nicht von den Kneipen. Damals hat es Dutzende davon in der Main Street gegeben. Also – hat Hale sie rausgeschmissen.« Loomis schüttelte den Kopf. »Kein Wunder, daß der Junge so geworden ist.«

»McNeil scheint nur mit Bitterkeit an ihn zu denken. Warum?«

»Vor zehn, elf Jahren hat man den hiesigen Doktor mit ihm erwischt. Sex. Natürlich hat Hale gedacht, es war die Schuld des Doktors. Aber es war gar nicht so. Das ist bei der Verhandlung rausgekommen. Ein Junge von der Highschool hat ausgesagt, daß Tad es regelmäßig mit der Footballmannschaft getrieben hat, wenn sie nach Auswärtsspielen abends im Bus heimgefahren sind. Und es hat noch ein halbes Dutzend andere Geschichten gegeben. Die Schande hat Charlie umgebracht. Und Hale – nun, man spricht nicht von Tad in seiner Gegenwart. Das wissen die Leute hier in Pima. Und wenn Sie einen Witz über Schwule wissen – erzählen Sie ihn bloß nicht Hale. Er wird nicht darüber lachen.«

»Und was ist aus Mildred Fisher-McNeil geworden?«

»Es heißt, sie ist schwanger gewesen. Irgendein weichherziger Bursche namens Vince Mundy hat sie geheiratet. Er hatte ein kleines Grundstück am Stadtrand. Walnüsse und ein paar Zitrusbäume. Wirklich hübsch. Er war früher ganz ordentlich, hatte auch Köpfchen. Aber das hat Mildred rasch geändert. Zuletzt hat er genausoviel gesoffen wie sie. Und als das zweite Kind – sein eigenes – als Krüppel geboren wurde, ist er abgehauen und nie mehr zurückgekommen.«

Dave blinzelte. »Dann ist sie – Phil Mundys Mutter?«

»Keine Schönheit mehr, was?«

»Nein – aber warten Sie: Da ist etwas, was ich nicht verstehe. Nach der Scheidung hat sich Hale McNeil wieder um Ihre

Tochter beworben?«

Loomis nickte. »Sobald Thorne die Highschool abgeschlossen hatte, hat er um ihre Hand angehalten. Sie hat ihn abgewiesen. Dabei hab' ich genau gewußt, daß sie ihn gut leiden konnte. Und sein Baby auch. Es war Pima, die Stadt – die hat sie gehaßt. Als ich ihr Vernunft beibringen wollte, hat sie gesagt, daß die Söhne reicher Männer noch lange keine besonderen Vorzüge haben müssen, und lauter solchen Unsinn. Und sie hat das getan, was sie immer tat, wenn ich ihr einen guten Rat gegeben habe: das genaue Gegenteil davon. Sie ist nach Los Angeles ausgerückt und hat Fox Olson geheiratet.«

»Warum hat McNeil Olson den Job bei seinem Sender angeboten?«

»Das hat er für Thorne getan.« Loomis ließ seine riesigen Handknöchel knacken, methodisch, nachdenklich, und beobachtete sie dabei. Dann blickte er auf. »Er liebt sie immer noch.«

»Und warum hat sie seine Einladung angenommen?«

Loomis zuckte mit den Schultern. »Vielleicht hatte sie es satt, immer nur von der Hoffnung zu zehren. Als sie sah, wie Hale McNeil lebte . . .« Wieder schaute er zum Fenster hinaus. Oben in den Bergen zeigten sich die ersten, tiefen Schatten. »Verdammt, ihr Mann hat doch nie was gehabt. Schon über vierzig und nichts vorzuweisen. Bis vierzig muß man ganz oben angekommen sein – aber Fox war noch immer ganz unten. Er würde den Gipfel nicht erreichen – nicht mit seiner Schreibmaschine. Vielleicht dachte sie, daß es ihm mit der Gitarre eher gelingt.«

»Und wie hat er auf das Angebot reagiert?«

»Er hat danke gesagt, danke nein.« Loomis grinste. »Dann hat er aufgelegt.«

»Das meinen Sie doch nicht im Ernst.«

»Das ist Tatsache.« Loomis' Augen lachten, als er sich erinnerte. »Nun, Thorne hat ihm ganz schön zugesetzt. Es ist die Chance deines Lebens, hat sie gesagt, und die mußt du ergreifen. Er steht da und sperrt das Maul auf. Er kann es sich einfach nicht vorstellen. Kurz davor, als alle diese neuen Kneipen aufgemacht haben, und die jungen Leute gesungen und gespielt haben, was sie Folk Music nennen, da wollte er das Schreiben aufgeben und nur noch so Zeug singen. Aber sie hätte ihn fast umgebracht. Sie bestreitet das natürlich, doch ich glaube, er hat die Wahrheit gesagt.«

»Also haben sie darüber gestritten?«

»Nur bis er sicher war, daß sie es ernst meinte. Dann hat er einfach die Achseln gezuckt und sein berühmtes Grinsen gezeigt, ist ans Telefon gegangen und hat Hale gesagt, daß er's versuchen will. Und das muß man ihm lassen: Er hat es gut gemacht. Ich habe es ihm gesagt, und wir sind wirklich gute Freunde geworden. Da er mein Schwiegersohn war, sind viele Leute, die es mir bis dahin schwergemacht haben, sehr freundlich geworden und respektvoll – ganz plötzlich. Ich glaube, ich hätte mich selbst noch um den Posten des Bürgermeisters bewerben können.« Er kicherte, dann legte er den Kopf zur Seite und blinzelte. »Komische Sache, trotzdem. Das mit Thorne. Sie hat ihm nie zugehört. Aber ich.« Er zeigte mit seinem flachen Daumen auf ein Radio am Schreibtisch, das halb begraben war unter Rundschreiben des Landwirtschaftsministeriums. »Ich hab' ihn nie versäumt, wenn er eine Sendung hatte. Aber Thorne – der war das völlig egal.«

Kapitel 9

Heute hatte sie ein sauberes gestärktes Baumwollkleid an. Die ausgebleichte Strickjacke, die sie darüber trug, war so oft gewaschen worden, daß sie keine Form mehr hatte, genau wie sie selbst. Ihr Haar war gekämmt und ihr Gesicht gewaschen. Kein Make-up. Und statt der Weinflasche hatte sie eine Bibel in der Hand. Die großen Augen, die am Abend zuvor blutunterlaufen waren vom Alkohol, blickten ihn jetzt klar an. Sie strahlten vielleicht etwas zu sehr. Ihr Lächeln wirkte falsch, genau wie ihre Stimme, die zu fröhlich klang.

»Mr. Brandstetter, nicht wahr?«

Sie stieß die Gittertür auf. Er trat ein. Sie roch nicht nach Parfüm – es war eine Art medizinischer Seife.

»Wir haben uns gestern abend kennengelernt«, sagte er.

»Ja.« Jetzt wußte er, was so falsch an ihr wirkte: Die Augen blinzelten nicht. Die Stimme fuhr fort, als gebe sie eine aufgezeichnete Nachricht wieder. »Ich bin Alkoholikerin. Es ist eine Krankheit. Aber ich werde sie besiegen. Das Gebet hilft mir. Gott hilft mir.« Sie warf einen Blick auf die Bibel und legte sie dann auf das Telefontischchen.

»Und Ihre Kinder?« fragte er.

»Sie sind wunderbar.« Ihr Lächeln war so falsch, als gehörte es zu einem Schrei. »Sind sie nicht wunderbar? Ich weiß nicht, was ich ohne meine Jungen tun würde.«

»Und Ihre Schwiegertochter? Ist die auch wunderbar?«

»Ich bin so stolz auf sie«, sagte Mildred Mundy. »Ich hätte mir kein besseres Mädchen für meinen Phil wünschen können.«

»Und obendrein so reich«, sagte Dave.

Die Augen blinzelten noch immer nicht. Aber der Mund formte ein großes O. Die Zunge schnalzte. »Greta ist nicht reich. Ihr Großvater, ja. Aber sie muß um ihren Lebensunterhalt schwer arbeiten, als Sekretärin bei United Growers. Geld ist nicht das Wichtigste in diesem Leben. Die Liebe ist es.« Eine Sekunde lang wirkten Augen und Stimme menschlich, waren lebendig und bitter. »Ich weiß das – ich war mal mit einem reichen Mann verheiratet.« Aber sie fuhr nicht fort mit dem Thema.

»Gestern abend war das Geld für Sie sehr wichtig. Sie sind mir gefolgt, hinaus in den Regen, wegen der fünfzigtausend Dollar, die Fox Olson seiner Tochter hinterlassen hat.«

»Gestern war ich nicht ich selbst.« Die Augen starrten ihn wieder ausdruckslos an. Ihre schwammige Hand griff nach der Bibel und hielt sie fest wie eine Krücke. Dann ging sie durch den Korridor. »Buddy wartet schon auf Sie. Es ist sehr nett von Ihnen, daß Sie ihn zu einer Partie Schach besuchen. Jetzt, wo Phil sein eigenes Baugeschäft eröffnet hat neben seinem Job, und seit Fox tot ist, fühlt sich Buddy sehr einsam.«

»Ich fühle mich auch manchmal einsam.« Dave folgte ihr, und der verzogene Boden knarrte unter seinen Schritten. »Aber ich komme nicht oft zum Schachspielen.« Er sagte es laut und deutlich, weil die Tür zu Buddys Zimmer geschlossen war.

Mildred Mundy öffnete sie. Ihre Stimme hatte die erschrekkend falsche Fröhlichkeit einer Krankenschwester im Sterbezimmer. Sie rief in Daves Gedanken ein böses Echo hervor. »Mr. Brandstetter ist hier, Buddy – ist das nicht nett?«

»Das ist – nett.« Buddys Lächeln war besser als das seiner Mutter. Er saß in seinem Rollstuhl aus Stahlrohr, hatte das Schachbrett vor sich stehen, die hölzernen Figuren ordentlich aufgestellt. Er trug ein rotes Sweatshirt, eine weiße Kordhose und Tennisschuhe. Tragen war vielleicht nicht das richtige Wort: Die Sachen hingen an ihm wie an einem kleinen, zerbrochenen Trockenständer. Gestern abend, als es naß war vom Baden, sah sein Haar dunkel aus. Aber es war hell wie Weizenstroh. Die Augen hatten immer noch die Farbe des Regens. »Hallo, Mr. Brand - stetter.« Der Name bereitete ihm Schwierigkeiten.

»Sag Dave zu mir.« Dave lächelte und setzte sich auf den Küchenstuhl gegenüber dem Jungen. Der Stuhl war frisch lakkiert, aber die Sitzfläche war durchgesackt, und außerdem wackelte er.

»Ruft mich ruhig, wenn ihr was braucht.« Mildred Mundy ging hinaus und schloß die Tür.

»D-danke - Mama.«

»Ich hoffe, vier Uhr ist die richtige Zeit.« Dave warf einen Blick auf das Fernsehgerät. »Oder willst du dir lieber irgendeine Sendung ansehen? Ich habe die Zeit nicht vorher abgesprochen - das war unüberlegt von mir.«

Der schöne Kopf des Jungen bewegte sich kreisend, während die überraschend tiefe Stimme stoßweise Laute von sich gab, die der Mund zu Wörtern formen mußte. Schach war ihm lieber als Fernsehen. Obwohl er Fox Olson dankbar sei für das Gerät, sehe er nur selten fern. Meistens seien ihm die Programme zu spießig. Er lese lieber. Und KIPM spiele abends gute Musik. »Gute Musik? Und was ist mit der Musik von Mr. Olson? Magst du die nicht?«

Buddy hatte Bach und Bartok gemeint. Sicher, er mochte die Musik von Fox. Fox war oft mit der Gitarre hergekommen und hatte ihm vorgesungen. Das war noch besser als im Radio, war wie ein fröhliches Gespräch. Aber Fox hatte die Musik selbst nicht sehr ernst genommen. Er liebte Mozart und Mahler.

»Ist er oft hiergewesen?« Aber der Junge betrachtete die Schachfiguren. Dave nahm von jeder Farbe einen Bauern, damit sie um Weiß losen konnten. Aber Buddy griff nach dem schwarzen Bauern, also blieb Weiß auf Daves Seite, und Buddy sagte: »Bitte sehr.«

Dave zog mit dem Königsbauern, und der Junge konterte den Zug. Es dauerte eine Weile, weil die kleine, saubere Hand sich unkontrollierbar verkrampfte. Aber Dave wartete und dachte, daß Buddy es sagen würde, wenn er Hilfe brauchte.

Außerdem war Schach ohnehin kein Spiel, das man in Eile spielen konnte. Ja, Fox Olson sei oft hier gewesen in diesem Zimmer, habe Buddy mitgenommen ins Kino, ihn zu seiner Therapie ins Krankenhaus gebracht, den alten hölzernen Rollstuhl durch diesen hier ersetzt und ihm eine elektrische Schreibmaschine geschenkt, die besser sei als die mechanische, weil man mit den Gedanken beim Schreiben bleiben konnte und sich nicht mit der Mechanik abplagen müsse. Was er schreibe? Haikus . . . Er schlug Daves Springer mit einem Läufer, der in der entgegengesetzten Ecke stand.

Dave stöhnte. »Ich hab' doch gesagt, ich bin eine Niete.«

»Sind Sie nicht. Sie – denken.« Die Augen in dem gequälten Gesicht des Jungen waren ruhig und klar. »Sie denken an Fox.« Greta hatte Buddy gesagt, was Dave in Pima wollte, und daß er nicht an den Tod von Fox glaubte.

»Und du?« fragte Dave. »Was meinst du? Ist er einfach weggelaufen?«

»Viel – leicht. Wenn ich – könnte, würde ich – auch weglaufen.« Buddy schaute hinauf zur Decke, auf die bunten Nummernschilder.

»Reist du damit – in Gedanken?« fragte Dave.

Buddy stieß sein keuchendes Lachen aus, aber seine Augen wirkten traurig. Ja, so reiste er. Er lag im Bett und stellte sich die Orte vor, wo sie herstammten. Er wußte viel darüber von seiner Lektüre der *National Geographics*. Und er hatte Nummernschilder von jedem Staat, einschließlich Alaska und Hawaii. Phil hatte sie ihm im Lauf der Jahre besorgt. Und der junge Bursche, Sandy, von der Signal-Tankstelle – dessen Freundin bei Fox arbeitete – hatte ein paar dazu beigetragen. Einschließlich eines Nummernschilds aus Mexiko. Es war Buddys erstes aus dem Ausland. Das zweite hatte ihm Fox gebracht. Dave sah es in der Ecke: ein langes, schwarzes Rechteck mit weißen Zahlen. Frankreich. Er schaute den Jungen an.

»Wo hat er das hergehabt?«

Vor zwei Wochen war Fox mit einem Fremden hergekommen. Sie waren mit dem Wagen des Mannes in den Hof gefahren und hatten ihn unter dem Walnußbaum geparkt. Ein Ferrari mit französischen Nummernschildern. Fox hatte Buddy den Mann als alten Freund vorgestellt, einfach Doug, ohne Familiennamen. Der Mann war kein Franzose, sondern Amerikaner. Aber er lebte schon seit langer Zeit in Frankreich. Hatte irgendwas bei der NATO zu tun. Er war nett. Sie hatten Buddy mitgenommen, waren ein Stück über die Autobahn gefahren. Für Buddy war es die erste Fahrt in einem Sportwagen gewesen. Seine Augen strahlten, als er sich daran erinnerte. Auf der ersten Geraden hatte Doug Gas gegeben, und die Nadel des Tachometers war über 180 geklettert – Kilometer pro Stunde, weil es ein europäischer Wagen war –, bevor er wegen des dichteren Verkehrs wieder langsamer hatte fahren müssen. Als sie zurückkamen, hatte ihm Doug auf Vorschlag von Fox das vordere Nummernschild geschenkt... Er zog mit dem Turm. Daves König stand im Schach. Matt.

»Vielleicht...«, sagte Buddy. »Fox ist vielleicht in Frankreich.«

Dave blinzelte. »Warum sollte er nach Frankreich geflogen sein?«

»Er war – glück-lich mit Doug.« Buddy betrachtete seine Hand, die sich wie ein erschrecktes, nacktes Tier bewegte, dann stellte er die weißen Figuren wieder an die Plätze. »Ich hab – zu Phil – gesagt – ich hab' Fox – noch nie – so lachen – gesehen – wie an dem Tag.«

Ein glutäugiger Valentino in weißen Reitbreeches hätte gut in das Büro des Motels gepaßt. Es war wie die Szenerie eines Stummfilms. Kleine Fenster in dicken Mauern, mit Schmiedeeisen vergittert. Schwarze, geschnitzte Deckenbalken, ein schwarzer, mehrarmiger, schmiedeeiserner Lüster. Der Fußboden große, rote Fliesen. Stühle mit Messingknöpfen und goldenen Nägeln auf der mit Gobelin bezogenen Lehne. Aber es war nicht Valentino, sondern Ito in einer ordentlichen, weißen Jacke.

Er nahm eine Anmeldekarte aus dem grünen Karteikasten und legte sie auf die Theke, die mit bemalten Kacheln eingefaßt war. Der Name war mit schwarzem Filzstift auf die Karte geschrieben. Mit schwungvoller Schrift. Douglas Sawyer, Los Angeles.

Ito sagte: »Es war ein Ferrari. Rot.« Rotes, schräges Sonnenlicht fiel auf seine Augen, und er kniff sie zusammen, während er zusah, wie Dave die Adresse und die Wagennummer abschrieb. »Ein solcher Wagen kostet sicher ein Vermögen.«

»Ungefähr fünfzehntausend Dollar«, sagte Dave.

Ito pfiff leise. »Wer war der Mann? Ein Prominenter?«

»Möglich. Es sieht jedenfalls so aus.« Dave legte ein Zehncentstück auf die Theke. »Darf ich von hier aus ein Ortsgespräch führen?«

»Klar.« Ito schob ihm den Apparat hin.

Während Dave die Nummer in seinem Notizbuch nachschlug, fragte er Ito: »Wissen Sie, ob er noch jemand anders getroffen hat, als er hier wohnte?«

»Sie meinen, ob jemand hier gewesen ist?«

Dave wählte. »Ich meine es genauso, wie ich es gesagt habe.«

»Ja, also . . .« Ito zuckte mit den Schultern. »Sandy Webb, der Junge von der Signal-Tankstelle. Er hat mit ihm gesprochen. Ich hab' gehört, wie Sandy beim Kegeln davon erzählt hat. Sawyer hat bei ihm getankt.«

Dave bedankte sich mit einem Lächeln, und Thorne Olson kam an den Apparat. »Ich bin gerade dabei, meine Erinnerung aufzufrischen«, teilte er ihr mit. »Haben Sie mir nicht erzählt, daß Ihr Mann einen Freund hatte, der Sawyer hieß, Doug Sawyer?«

»Spreche ich mit Mr. Brandstetter?«

»Entschuldigen Sie – und ich wollte Sie nicht stören.«

»Ja.« Ihre Stimme klang kalt und ungeduldig. »Die Antwort auf Ihre Frage lautet ja. Sie waren sehr eng befreundet und haben gemeinsam die Kunstschule besucht. Die Provence School.«

»Haben Sie nicht gesagt, daß Sawyer im Weltkrieg Pilot war?«

Sie seufzte. »Und daß er bei einem Einsatz über Europa umgekommen ist, ja. Aber ich verstehe nicht, warum das –«

Er unterbrach sie. »Doug Sawyer lebt, Mrs. Olson. Er war vor zwei Wochen hier in Pima. Ihr Mann hat ihn in der Pima Motor Inn besucht.«

»Das kann ich nicht glauben.«

»Im Motel gibt es eine Registrierkasse, auf der sein Name steht. Und man hat Ihren Mann gesehen, wie er Sawyers Motelzimmer betreten hat.«

»Aber . . .« Ihre Stimme wurde um eine Terz höher. »Er hätte es mir gesagt. Fox hat diesen Doug Sawyer verehrt. Wenn er . . .«

»Ja?«

Ihre Stimme wurde wieder hart. »Soll das in irgendeiner Verbindung mit dem Tod von Fox stehen?«

»Mit seinem Verschwinden«, korrigierte Dave. »Ich weiß es nicht. Sobald ich es weiß, melde ich mich wieder bei Ihnen.« Er legte auf und schaute Ito an. »Ich ziehe aus.« Dann ging er zur Tür.

»Glauben Sie, daß Sie Mr. Olson finden?«

»Vielleicht.« Der braunhäutige junge Bursche spiegelte sich in der Glastür. Dave sagte zu dem Spiegelbild: »Vielleicht führt mich ein lebender Toter zum anderen.«

Dann ging er hinaus und schloß die Tür.

Kapitel 10

Drei Stunden später, in San Fernando, hatte er den Regen eingeholt. Das Wasser zischte unter den Reifen, als er über die Schnellstraße hinein nach Hollywood fuhr. Er hatte nicht gegessen, wurde allmählich hungrig. Er mußte wieder regelmäßig essen, sagte er sich, hatte schon zuviel Gewicht verloren. Der Verkehr auf dem Sunset Boulevard war dicht und stokkend. Als er *Romano* erreichte, war es schon ziemlich spät. Auf dem Parkplatz standen nur noch wenige Wagen. Die Pfützen reflektierten die Neonschriften und sahen aus wie Gemälde, die in Tinte ertranken. Die vertrauten Buntglasfenster hießen ihn willkommen. Er trat ein in die feuchte Wärme, in den guten Geruch von Käse und Knoblauch. Max Romano in ganzer Leibesfülle war da, um ihm seinen Mantel abzunehmen. Er zeigte Dave ein breites Lächeln und einen Mund voller Goldkronen.

»Mr. Brandstetter, Sie sind hier ja schon fast ein Fremder. Wo waren Sie? Und wo ist Mr. Fleming?«

»Tot, Max. Krebs.« Und als das gutmütige Gesicht des alten Italieners vor Erschrecken und Mitleid zusammenfiel, ging Dave rasch auf die Bar zu. »Lasagne mit Würstchen, Max. Und Knoblauchtoast. Einen großen Salat. Und Vino. Aber lassen Sie mir zwanzig Minuten Zeit.«

»Es tut mir so leid, das mit Mr. Fleming. Wir werden ihn vermissen.«

»Danke.« Die Bar, dunkles Holz und Leder, dazu Laternen mit Buntglasscheiben, war nicht groß und fast leer. Der Regen schadete dem Geschäft, hier in Los Angeles. Genau gesagt, gab es nur noch einen Gast außer Dave. Eine Frau. Er nahm sie wahr, ohne sie anzusehen. Den Barkeeper kannte er nicht. Das war gut. So brauchte er es nicht noch einmal zu erklären, das mit Rod. Es war nicht gerade das Wetter für einen Martini, aber er bestellte sich einen in der Hoffnung, daß der Drink seinen Appetit anregen würde. Danach zündete er sich eine Zigarette an und trank einen Schluck seines Cocktails.

Dann setzte sich die Frau auf den Hocker neben dem seinen. War so etwas möglich, ausgerechnet bei *Romano*? Aber er hatte noch nie allein hier gesessen. Rod war immer bei ihm gewesen. Er nahm den Martini und hatte schon einen Fuß auf dem Boden, als er ihr Parfüm wahrnahm und wußte, wer sie war. Ihr Duft war Russisch Leder, schon seit zwanzig Jahren. Und die Frau war Madge Dunstan, seit fünfundvierzig Jahren. Eine alte Freundin. Sie hatte ihn und Rod zum ersten Mal ins *Romano* gebracht, im Jahre 1948. Dave setzte sich wieder. »Madge«, sagte er.

Ihr Lächeln war leicht vorwurfsvoll. »Ich habe mir Sorgen gemacht um dich. Ich habe täglich angerufen, genau wie versprochen.« Bei der Beerdigung hatte sie ihm gesagt, sie rechne nicht damit, daß er ans Telefon gehen würde. Sie wollte es nur klingeln lassen, damit er wisse, daß sie noch da sei und sich um ihn sorge. »Dann dachte ich mir, es ist vielleicht doch besser, wenn ich dich in Fleisch und Blut sehe. Aber dein Wagen war weg, und ich habe mir Sorgen gemacht.«

»Ich hätte es dir sagen sollen. Das war wirklich gemein von mir. Ich arbeite wieder.« Eine Zigarette hing im Winkel ihres breiten, verschmitzten Mundes. Er zündete sie ihr an. »Ein Versicherter ist verschwunden, oben im San Joaquin Valley. Ich bin nur hergefahren, um einer Spur nachzugehen.«

Ihre knochige Hand mit den Leberflecken drückte die seine. »Ich bin froh, daß es dir gutgeht.«

»Es geht mir nicht gut«, sagte er. »Ich arbeite, aber ich bin noch weit davon entfernt, mich wohl zu fühlen.«

»Du bist schrecklich mager«, sagte sie.

»Ich wette, Max wird versuchen, etwas dagegen zu unternehmen.« Er trank einen Schluck und schaute sie dann an. »Was machst du so spät hier? Und allein? Wo ist dein goldenes Girl?« Er erinnerte sich nicht mehr an den Namen. Sie war sonnengebräunt, hatte ein glattes Jungensgesicht, muskulöse Beine, große, kräftige weiße Zähne und ein lautes Lachen. Wie die meisten Freundinnen von Madge. Er hatte Scharen dieses

Typs kommen und gehen sehen.

Sie zog ihre Hand weg und zielte mit ihrer Zigarette nach dem Aschenbecher. Dazu zeigte sie ein müdes Lächeln. »Sie ist gegangen. Nicht vom Winde verweht, sondern vom Regen verwaschen. Und ich?« Sie hatte ein rauhes Lachen, das sich nicht selten zum Husten entwickelte. Wie jetzt. Und dazu schüttelte sie traurig den Kopf. »Ich sitze hier und mache alles wieder mal der Reihe nach durch: Ich fühle mich einsam, ich tue mir selbst leid und komme mir verlassen vor. Die Wiederholung eines Rituals, das vor so vielen Jahren begonnen hat, daß ich es nicht mehr nachrechnen will, und das im Zuge zahlloser Abschiede immer mehr perfektioniert wurde. Aber jeder Schauspieler übertreibt seine Rolle. Ich habe die meine übertrieben. Jetzt kann ich das nicht mehr. Es war keine schwere Rolle, als ich wußte, daß fünfzig Prozent davon gespielt war. Als ich noch jung genug war, um zu wissen, daß es bald eine Nächste geben würde, und wenn die dann abhaute, wieder eine Nächste, und so weiter ... Dieses Bewußtsein ist mir verlorengegangen. Und seitdem macht mir das Trauern keinen Spaß mehr.« Sie schaute ihn rasch an. »Entschuldige, das hätte ich nicht sagen sollen.«

»Du brauchst dich nicht zu entschuldigen.« Er ließ ein schiefes Lächeln sehen. »Einmal kommt ein jeder dahinter. Setz dich zu mir, während ich mir von Max servieren lasse.« Er glitt vom Hocker und reichte ihr die Hand. In ihrer maßgeschneiderten Hose und dem teuren Dufflecoat sah sie jung aus; ihre Hagerkeit konnte man für Schlankheit halten. Das weiche Licht trug noch dazu bei. Sie hatte einiges getrunken und ging etwas unsicher. Es machte nichts aus. Er respektierte ihre Entschuldigung. »Tut mir leid, du konntest ja nichts dafür.« Dann rückte er ihr einen Stuhl zurecht, an einem Ecktisch, der von einer dicken, braunen Kerze erhellt wurde. »Ich freue mich, daß ich dich hier gefunden habe.«

»Ich auch.« Sie setzte ein Lächeln auf und ließ es gleich danach verschwinden. »Komisch ... Ich freue mich immer, wenn ich dich sehe. Seit jeher.« Sie neigte den Kopf zur Seite und blinzelte. »Das kann ich eigentlich von niemand sonst behaupten.«

»Doch – von den Mädchen, vorausgesetzt, sie sind neu.«

Sie zog einen Mundwinkel nach unten. »Auch Neuheiten tragen sich ab.«

Max watschelte herbei. »Möchte Miss Dunstan jetzt essen?«

Dave schaute ihn überrascht an. »Heißt das, sie hat noch nicht gegessen?«

»Miss Dunstan wird Mr. Brandstetter ein paar Bröckchen Knoblauchtoast stehlen«, sagte Madge. »Das ist genug für Miss Dunstan – danke, Max.«

Max schüttelte in besorgter Mißbilligung den Kopf, aber er machte ihr keine Vorhaltungen, sondern ging weg. Irgendwo hatte er einen Plattenspieler stehen. Jetzt schaltete er ihn ein. Melodien einer neapolitanischen Drehorgel. Verdi, scheppernd und falsch. Für Dave war es wie ein Fausthieb in den Magen. Er war halb aufgesprungen, erschreckt, entsetzt. Madge hielt ihn am Ärmel fest. »Was ist los?«

»Diese blöde Musik! Ich wollte, er hätte das nicht getan! Mein Gott! Diese Italiener!« Aber es war nicht die Schuld von Max. Dave fuhr sich mit der Hand durchs Haar und ließ sich wieder sinken. »Komisch.« Sein Lachen klang düster. »Wie oft habe ich hier gesessen mit Rod und mich beschwert, wenn diese wunderbare, scheußliche Platte lief. Jetzt, wo er nicht mehr da ist, bricht mir die Musik das Herz.« Tränen standen in seinen Augen. Er wandte sich rasch ab und schaute durch den gedämpft beleuchteten Raum hinüber zu den Stahltüren der Pizzaöfen, die hinter einer hohen Ziegelsteintheke schimmerten. »Aber Verdi gibt es schon viel länger, nicht wahr? Seine Traviata stirbt immer wieder, seit vielen Jahrzehnten. Ich muß lernen, nicht darauf zu achten.« Madges Gesicht war von Mitleid zerfurcht. Er lächelte. »Hast du gewußt, daß sie eine schreckliche Lügnerin war und behauptete, Lügen macht die Zähne weiß?«

Madge zwickte die Augen zusammen. »Wer denn?«

»Marguerite Gautier. Die Traviata.« Der Salat wurde serviert. Dave beschäftigte sich mit dem Öl, dem Essig, der Pfeffermühle. Madge beobachtete ihn dabei.

»Vielleicht stimmt es sogar. Weißt du, ich war immer mit der Wahrheit verheiratet. Du solltest mal meine Zahnarztrechnungen sehen. Während Cuff« – das war der Name des sonnengebräunten Mädchens –, »Cuff konnte von morgens bis nachts lügen, und: ›Schau mal, Mutti, er hat überhaupt nicht gebohrt!‹« Plötzlich wurde ihr Gesichtsausdruck hart. »Weißt du, Dave, ich habe diese Lügen satt. Und die Jungen. Ich habe die hübschen, jungen Mädchen satt, die glauben, ihr gutes Aussehen ist genug. Ich habe sie satt, S-A-T-T!«

Er antwortete mit einem Mund voll Salat. »Dann such dir doch das nächste Mal eine Häßliche.« Er tupfte sich Olivenöl mit der Serviette vom Kinn. »Such dir ein einsames, einfaches Mädchen Mitte Dreißig. Das rate ich dir nicht zum ersten Mal.«

»Und ich antworte dir nicht zum ersten Mal, daß eine Beziehung ohne Sex reine Zeitverschwendung ist.«

Es war eine vertraute Debatte. Sie wiederholte sich mit schöner Regelmäßigkeit. Jedesmal, wenn Madge nach dem Ende einer Affäre die Scherben einsammelte. Keine hatte länger als ein paar Monate gedauert. Und Dave hatte ihr immer denselben Rat gegeben: Finde jemanden in deinem Alter, mit deiner Mentalität und deinem Hintergrund. Sie hatte nie darauf gehört. Eine Woche später, einen Monat später kam wieder eine Studentin der Textilmalerei im ersten Semester, eine buntverschmierte Ladenhilfe im Farbengeschäft, eine Möchtegern-Schauspielerin, Schwimmerin, Tennisspielerin, Sängerin, ein Fotomodell ...

Madge selbst war eine erfolgreiche und gut betuchte Designerin, die Stoffe und Tapeten entwarf. Sie arbeitete hart, war schlau, eine Künstlerin, die viel zu geben hatte. Amüsant, gebildet, leichtlebig – das Gegenteil des Klischees einer Lesbierin. Und anständig bis ins Mark. Aber die netten Mädchen, mit denen sie ins Bett ging, konnten ihr nicht viel mehr bieten als ihr hübsches Aussehen und ihre Jugend, wovon man nicht auf die Dauer leben kann. Und in der Mehrheit waren es solche, die immer nur nehmen wollten und gar nichts dafür boten. Ein Trauerspiel.

Er fragte: »Warum muß das ohne Sex sein?«

»Weil man Sex nicht einfach wollen kann. Entweder er ist da, oder er ist nicht da.« Sie stieß ein bitter klingendes Lachen aus. »Für mich ist er immer bei den Falschen da. Du weißt, Keats ist jung gestorben. Schönheit hat nichts zu tun mit Wahrheit, und Wahrheit hat nichts zu tun mit Schönheit. Diese zwei Begriffe gehören nicht in ein und dasselbe Wörterbuch.«

Der Wein kam, dazu der Knoblauchtoast und die dampfende Lasagne. Der Kellner brachte zwei Gläser. Madge trank einen Schluck. In der großen Holzschüssel war noch Salat übrig. Sie krümelte ein Stück Toast hinein und machte sich darüber her. Dann aßen sie schweigend ein paar Minuten lang. Als Dave ihr nachgeschenkt hatte, nahm sie ihr Glas und betrachtete ihn sehr ernst über den Rand hinweg. »Ich bin es satt, nach der Schönheit zu jagen. Cuff war die letzte.«

»Ich kannte mal einen Kerl beim Militär«, sagte Dave. »Er hieß George Starkovich. Einer der häßlichsten Männer, die ich je gesehen habe. Vierschrötig. Behaart. Aber innen drin war er ein wunderbarer Kamerad. Er war einer der angenehmsten Menschen, denen ich je begegnet bin – und ein großartiger Liebhaber.«

Sie schloß die Augen und nickte. »Ich erinnere mich. Du hast es mir schon oft erzählt. Aber die Pointe kommt nicht an bei mir, Dave. Tut mir leid. Wenn es nicht schön ist, will ich es nicht haben. Und wenn es schön ist, ist es nichts wert.« Sie trank einen Schluck, stellte dann das Glas auf den Tisch und sprach völlig nüchtern weiter. »Zugegeben, ich habe lange genug gebraucht, um dahinterzukommen. Jetzt bin ich soweit. Und von nun an wird alles anders.«

Die Lasagne war so gut wie immer. Vielleicht noch besser als sonst. Dave hatte den Mund voll und konnte nur die Augenbrauen hochziehen, um ihr zu signalisieren, daß sie weitersprechen sollte.

»Sex und Kameradschaft schließen sich normalerweise gegenseitig aus. Bedauerlich, aber eine Tatsache. Jedenfalls für mich. Immerhin . . . Je weniger einem der andere bedeutet, desto mehr bedeutet man sich selbst. Habe ich recht?«

Er zuckte mit den Schultern.

»Ich werde alt, Davey. A-L-T.«

Er hätte sich beinahe verschluckt. »Du, Madge? Nie.«

»Gerade ich«, sagte sie. »Wenn einem das Geschnatter der jungen Gänschen erst so sehr auf die Nerven fällt, daß man im Arzneischränkchen nach Ohrenstöpseln sucht, dann ist es soweit. Dann ist man alt. Und dann sehnt man sich nach netter, ruhiger, erwachsener Gesellschaft. Jemanden, bei dem man sich ausruhen kann. Sex? Man erinnert sich, daß da doch noch was war. Ein Spiel für Kinder. Anstrengend. Viel lieber streckt man sich in einem bequemen Sessel aus und hört Streichquartette von Mozart.«

»Du willst doch auf irgend etwas hinaus«, sagte er. »Ganz nebenbei. Das ist eine ganz andere Madge, als die, die ich so lange kenne.«

»Ich weiß.« Sie wandte sich ab. Ihre Finger drehten das Weinglas am Stiel. Es kippte um, und sie stellte es ungelenk wieder hin, fummelte dann länger als nötig an dem roten Fleck auf dem Tischtuch herum. Dann schaute sie hoch, und ihre Augen waren groß wie die eines kleinen Mädchens. »Ich denke daran, mit dir zu leben.«

Er starrte sie entgeistert an.

»Du bist allein. Niemand wird dir Rod ersetzen. Du mußt das Haus aufgeben, das weißt du. Und ich bin auch allein. Bei mir ist genügend Platz.« Das stimmte: große, weiße Räume voller Sonne, und dahinter der funkelnde, blaue Ozean. »Wir sind Freunde, seit der Mensch von den Bäumen heruntergekommen ist. Wir fühlen uns wohl, wenn wir beisammen sind . . .« Sie senkte den Kopf, aber sie schaute ihn immer noch an, fast ein wenig bang. »Oder nicht?«

Sie meinte es todernst. Und er bedauerte das zutiefst. Denn sie irrte sich. Zunächst einmal, was sie selbst betraf. Cuff hatte Wunden hinterlassen, die eines Tages heilen würden. Und auch, was ihn betraf. Eines Tages würde jemand kommen und Rods Platz einnehmen. Wer? Das konnte er nicht sagen. Aber er würde jemanden finden. Bis vor diesem Augenblick hatte er es nicht gewußt. Jetzt wußte er es. Er stand halb auf, beugte sich zu Madge hinüber und küßte sie auf die Stirn. Ernst und brüderlich. Dann setzte er sich wieder und hielt eine ihrer mageren Hände fest.

»Kennst du diese Zeilen, Madge: ›Die Last der Welt ist die Liebe. Unter der Bürde der Einsamkeit, unter der Bürde der Unzufriedenheit, die Last, diese Last, die wir tragen – ist die Liebe . . .‹«

Sie starrte ihn einen Augenblick lang an. Dann standen plötzlich Tränen in ihren Augen, liefen ihr über das Gesicht. Sie kramte in der großen Umhängetasche nach einem Papiertaschentuch. Tupfte sich die Tränen ab, schneuzte die Nase. Ihre Lippen zitterten. Ihre Stimme war dünn und traurig und schwankte.

»Ich wollte diese Last loswerden«, sagte sie.

Er schüttelte den Kopf und lächelte sie mitleidig an. »Das halte ich für wenig aussichtsreich«, sagte er.

Kapitel 11

Das Foto hatte Eselsohren, war ausgebleicht und hatte den Hochglanz verloren. In strahlender Sonne grinsten ein blonder, junger Bursche in einer ausgewaschenen Badehose und ein kleinerer, dunkelhaariger in Blue jeans, dessen aufgeknöpftes Hemd im Wind flatterte, Seite an Seite in die Kamera. Sie standen auf einer Pier und hatten sich die Arme um die Schultern gelegt. Eine Möwe flog über ihnen. Und dahinter, durch ein Holzgerüst, funkelte der Ozean. Er hatte dieses Gerüst erst vor kurzem gesehen. Aber wo?

»Das war neunzehnhunderteinundvierzig. Vor sechsundzwanzig Jahren. Man hält es kaum für möglich.« Die kleine Frau, der die Tierhandlung gehörte, blickte auf Dave. Sie trug eine geblümte Schürze und eine dicke Brille, bei der das eine Glas von innen mit weißem Stoff beklebt war. Das sichtbare Auge war schwarz und blitzte wie das Auge eines Vogels. Und in den funkelnden Käfigen, die sie umgaben, hockten Vögel: Kakadus, Kanarienvögel, Buntfinken. Sie waren wie schreiende Blumen. »Sie sind den ganzen Sommer in Bell Beach gewesen. Der eine von ihnen – ich weiß nicht mehr, ob es Fox oder Doug war – hat ein Dutzend alberne Karikaturen an einen Heftchenverlag verkauft, und dafür bekamen sie ein paar Dollar.« Sie lächelte, als sie sich daran erinnerte. »Mein Gott, waren die aufgekratzt – als ob das Leben ihnen gehörte.«

»Es muß wirklich lange her sein.« Dave betrachtete das Foto. »Die Kinder von heute können nicht mehr so ausgelassen und fröhlich lachen.«

»Nicht wahr, das ist Ihnen auch schon aufgefallen!« Sie nickte mit besorgter Miene. »Es ist fast so, als wüßten sie, daß es heute nicht mehr viel zu lachen gibt.« Sie seufzte. »Und das ist wirklich eine Schande. Junge Leute sollten sein wie die Vögel.«

Wie ein Vogel in Gefahr pfiff irgendwo ein Teekessel. Die Frau ging mit Dave nach hinten. Dort war es ziemlich dunkel; in dem fensterlosen Raum leuchtete nur eine Vierzig-Watt-Birne. Es roch nach Vogelfutter, Sägemehl und Kaninchendreck. Papptrommeln mit Streusand, dicke Säcke mit Sämereien, ungeöffnete Kartons, verstaubte Aquarien, Vogelkäfige, die noch in schwarzes Papier gepackt waren, standen an den Wänden. Hinter einem Drahtverschlag hopsten Meerschweinchen über Schildkröten. Ein goldbrauner Spaniel lag in einem Korb und säugte winzige Welpen. Die Kochplatte stand auf einem Regal neben einem zerkratzten Kühlschrank. Auf dem Regal stand ein geöffneter Kilokarton Zucker und ein Glas mit Trockenmilch. Die Frau gab Pulverkaffee in zwei große Becher und öffnete eine Zellophanschachtel, um zwei Plastiklöffel herauszunehmen. Nachdem sich beide mit Zucker und Milchersatz bedient hatten, gingen sie mit ihren Bechern wieder hinaus in den kleinen Laden. Dave zündete sich eine Zigarette an und nahm noch einmal das Foto in die Hand.

»Doug sieht kleiner aus als Fox. War er jünger?«

»Nur vier Monate. Fox hatte im Juli Geburtstag, Doug im November. Aber Doug war immer ein bißchen schmächtig. Er hatte rheumatisches Fieber, als er sieben Jahre alt war. Er war empfindlich. Wir mußten gut auf ihn aufpassen.«

»Aber dann ist er doch zur Air Force gekommen«, sagte Dave.

Ihr Lachen war kurz und freudlos. »Es war ein Schock für uns alle. Der Arzt hatte festgestellt, daß er einen Herzfehler hatte, der sich nicht bessern würde. Natürlich sind wir nicht alle Nasenlang zum Arzt gelaufen. Das hätten wir uns gar nicht leisten können. Und er hatte ja nie irgendwelche Anfälle oder so. Nur Erkältungen und Magenbeschwerden hier und da – das übliche. Und ich habe darauf geachtet, daß er sich nicht übernommen hat. Er war von Natur aus ein ruhiger Junge, hat sich nie besonders für Sport interessiert.«

»Und sein Herzfehler hat sich gebessert.«

Sie stieß einen Laut des Unwillens aus. »Ärzte! Wahrscheinlich hat er nie einen Herzfehler gehabt.« Eine Spottdrossel warf den Kopf in den Nacken und lachte durchdringend. Es klang wie das Lachen eines Menschen. »Du hast recht, Rudyard«, rief die Frau, blies in den heißen Kaffee und zog die Stirn in Falten. »Fox hat sich furchtbar darüber aufgeregt. Er ist nicht eingezogen worden, wissen Sie. Zum Militär, meine ich. Ich weiß nicht, warum. Und keiner hat damit gerechnet, daß Doug genommen werden würde. Schon gar nicht Fox. Er hat ihn sogar begleitet zur Musterung. Als die zwei nach Hause kamen – mein Gott, ich hab' noch nie so lange Gesichter gesehen.«

Sie trank vorsichtig einen Schluck von dem heißen Gebräu, stellte die Tasse dann ab und blinzelte Dave zu. »Wissen Sie ... Ich habe nie wieder zwei Menschen gesehen, die so aneinander hingen wie diese beiden Jungen. Im ganzen Leben habe ich das nicht mehr gesehen.« Sie schüttelte nachdenklich den Kopf. »Und als Doug aus Europa zurückkam und den Bericht in der *Times* gelesen hat – es war nur ein kleiner Absatz, wissen Sie, über diesen Unterhalter aus dem Radio, der sich um den Posten des Bürgermeisters in einer kleinen Stadt in den Bergen beworben hat –, da hat er laut geschrien. Richtig geschrien. Er ist aufgesprungen und zu mir in die Küche gerannt, hat mit der Zeitung durch die Luft gewedelt, mich umarmt, und ich schwöre, ich habe nicht gewußt, ob er geweint hat oder gelacht.«

Die Asche an Daves Zigarette war lang geworden. Die Frau stocherte in dem Durcheinander auf der kleinen Theke herum, fand ein ovales Vogelbad aus Milchglas und schob es ihm hin. »Natürlich«, fuhr sie fort, »ich hatte seit langem nichts mehr von Fox gehört. Er ist einfach untergetaucht, als es hieß, daß Doug gefallen sei. Wissen Sie, er hat bis dahin weiterstudiert an der Kunstschule, aber danach hat er das Studium abgebrochen. Als dann Doug lebend in einem Kriegsgefangenenlager auftauchte, am Kriegsende, habe ich versucht, Fox zu finden, aber sein Name hat nicht im Telefonbuch gestanden. Die Tante, bei der er aufgewachsen war, eine Organistin in irgendeiner Kirche, war tot, wie sich herausstellte. Und damit war meine Suche am Ende. Ich hätte damals auch gar nicht die Zeit gehabt, lange nach ihm zu suchen. Mein Mann lag im Krankenhaus, und ich hatte alle Hände voll zu tun mit dem Laden ...«

Ihr Gesicht wirkte plötzlich sehr müde. »Dann, als Doug nicht nach Hause kam, sondern sich entschloß, in Europa zu bleiben und die Stelle anzutreten, die ihm die Regierung angeboten hat ...« Ihr Mund wurde spitz und in ihrer Stimme war eine Spur von Trotz und Selbstmitleid zu erkennen. »... nun, da habe ich geglaubt, daß Fox für ihn nicht mehr von Bedeutung war. Ebensowenig wie ich. Ich war schließlich auch allein hier.«

Dave drückte die Zigarette aus. »Hat Doug in den Briefen, die er Ihnen geschrieben hat, nie nach Fox gefragt?«

»Nur im ersten.« Sie vergaß, wie tief sie verletzt war. Das

Vogelauge war wieder auf Daves Gesicht gerichtet. »Daran mußte ich auch denken, als er vor Freude in die Luft gesprungen ist, nachdem er den Artikel über Fox gelesen hatte. Es kam mir merkwürdig vor, nach zwanzig Jahren und mehr. Nun ... Er ist nicht mal zum Abendessen geblieben. Ich habe ihm Schinken mit Röstkartoffeln gemacht, ein Essen, das er immer geliebt hat. Aber nein. Er warf eine Handvoll Kleidung in eine Tasche und ist in diesen lauten Wagen gesprungen und davongefahren, um Fox zu finden.«

»Aber er ist danach doch wieder zurückgekommen, oder?«

»O ja. Er blieb nur einen Tag weg.« Der Kaffee war jetzt trinkbar. Sie nahm einen Schluck. »Er sagte, Fox sei recht erfolgreich. Verheiratet ...« Ein kleines, schiefes Lächeln. »Wenn man sich das vorstellt, nach all den Jahren. Hat eine erwachsene Tochter, die selbst schon wieder verheiratet ist. Fox ...« Sie schüttelte ungläubig den Kopf. »Für mich wird er immer sechzehn, siebzehn, achtzehn sein. Doug sagt, sein Haar ist schütter geworden. Er hatte so dichtes Haar! Seine Tante war immer hinter ihm her, damit er es sich schneiden ließ. Sie hat mich um Unterstützung gebeten. Natürlich habe ich auch auf ihn eingeredet, aber eigentlich war es schade. Dieses dichte, goldblonde Haar ... Ich fand es hübsch, auch wenn es lang war.«

»Hat Doug gesagt, ob er die Frau von Fox kennengelernt hat?«

»Warum ...« Sie kaute an der Unterlippe. »Nein, jetzt fällt es mir erst auf ... Nein, er hat nichts davon gesagt.« Wieder trank sie einen Schluck und zog die Stirn in Falten. »Das ist sonderbar, nicht wahr?« Dann kehrte das freundliche Lächeln zurück. »Ich kann mir kaum vorstellen, was für ein Mädchen Fox geheiratet hat. Mir ist das unmöglich, ja, undenkbar vorgekommen.« Sie lachte über sich selbst. »Aber das ist natürlich albern. Warum hätte er nicht heiraten sollen?«

»Sie ist klein, dunkel und schlank.« Dave zeigte auf das Foto. »Wie Ihr Sohn. Er hat nicht geheiratet, oder?«

»Doug?« Wieder lächelte sie und schüttelte bedauernd den Kopf. »Nein. Aber er hat einen jungen Franzosen adoptiert, eine Kriegswaise. Jean-Paul Raideur. Deshalb interessiert sich Doug so für Autos. Der Junge war ein Autonarr – ein Genie, sagte Doug. Als Doug ein Junge war, hat er sich nie für Autos interessiert. Sicher, er und Fox hatten eine fürchterliche Klapperkiste, als sie auf das College gingen. Aber keiner von beiden konnte auch nur die kleinste Kleinigkeit reparieren. Und bei dem Auto war alle paar Tage was kaputt . . .« Sie lachte. »Doch dieser Jean-Paul . . . Doug hat ihm ein Heim gegeben, hat ihn erst einmal gefüttert und zur Schule geschickt. Die Army hat Kurse im Geschicklichkeitsfahren abgehalten, und Doug hat ihn da irgendwie hineingebracht. Später hat er ihm einen Rennwagen gekauft. Autos! Ich glaube, der Bursche hat sich sämtliche Knochen gebrochen beim Training, aber er hat fast immer gewonnen. Ich weiß auch nicht so genau, wie das geht, aber wenn man oft gewinnt, bringt das eine Menge Geld. Und dann ist er umgekommen – gerade zu der Zeit, als General de Gaulle die Nato aus Frankreich vertrieben hat. Sonst wäre Doug nie nach Hause gekommen. Ich meine, wenn Jean-Paul nicht gestorben wäre. Es war in Le Mans.«

Alle frischvernarbten Wunden in Daves Brust hatten sich mit einemmal erneut geöffnet. Er drehte sich um, ging zur Glastür und schaute hinaus auf die leere Straße, die vom Regen glänzte. Eine heruntergekommene Gegend mit kleinen Geschäften, wie es unzählige gab in Los Angeles. Schäbige, ebenerdige, gipsverkleidete Holzhäuser. Friseurläden. Blumengeschäfte. Ein Fahrradladen. Ohne sich umzudrehen, sprach er weiter. »Sie haben mir gesagt, daß er nicht hier ist, weil er einen Anruf erhalten hat. Am Mittwochnachmittag. Das war der achtzehnte Oktober.«

»Seit er Fox wiedergesehen hatte, war er sehr still. Deprimiert, habe ich gedacht. Aber als der Anruf kam, nun, ich hab' ihn noch nie so aufgeregt gesehen. Seine Hände zitterten so sehr, daß er den Hörer fallen ließ, statt ihn aufzulegen. Das ganze Telefon ist auf den Boden gefallen. Seine Augen glänzten und strahlten. Er ging gleich in sein Zimmer und hat gepackt.

›Wer hat dich denn angerufen?‹ fragte ich ihn. Aber er antwortete, das könne er mir nicht sagen. Und auch nicht, worum es gehe. Ich nahm an, es war die Regierung, die ihm eine Stellung angeboten hat. Er hatte damit gerechnet, daß sie ihn anrufen würde – und er war nicht sicher, ob er den Job annehmen sollte. Ich dachte, daß das Angebot vielleicht besser war, als er erwartet hat. ›Wohin gehst du denn?‹ habe ich gefragt. ›Hoffentlich nicht wieder nach Übersee.‹ Er ist zu mir hergekommen, hat mir einen Kuß auf die Wange gegeben, mich umarmt und gesagt, das könnte er mir leider nicht sagen. Also nahm ich an, daß es ein Geheimauftrag war. Er versprach, mir zu schreiben, sobald er sich irgendwo niedergelassen hat.«

Dave drehte sich herum. »Und – hat er geschrieben?«

»Nein, aber es ist ja erst ein paar Tage her ...« Sie legte den Kopf zur Seite und schaute ihn mit gefurchter Stirn an. »Mr. Brandstetter, Sie glauben doch nicht, daß der Anruf von Fox kam, oder?«

»Mittwoch, der achtzehnte Oktober – das ist der Tag, an dem Fox verschwunden ist.« Dave kam zurück zur Theke. »Kann ich Ihr Telefonbuch haben?« Sie bückte sich und kramte es hervor. Vogelsamen fiel heraus, als er die Seiten aufschlug und nach der Vorwahl für Pima suchte. »Ich möchte ein Ferngespräch führen. Mit der kleinen Stadt, in der Fox gelebt hat. Ich dachte, ich hätte dort mit jedem gesprochen, der mir etwas über ihn sagen kann. Jetzt bin ich mir nicht mehr so sicher.« Er legte das Telefonbuch auf die Theke, nahm seine Brieftasche heraus und drückte der Frau eine Fünfdollarnote in die Hand. »Das ist fürs Telefon.« Es reichte aus, um viele ihrer kleinen, gefiederten Mitbewohner eine Weile zu ernähren, aber sie achtete kaum darauf. Sie starrte Dave erschreckt an, nickte dann stumm. Als ihm die Vermittlung in Pima die Nummer genannt hatte, vernahm sie, wie im Hörer lange das Rufzeichen ertönte. Dave war schon fast dabei, es aufzugeben. Aber dann hörte er die Stimme, die er hören wollte: mürrisch und jung.

»Signal-Tankstelle.«

»Hier Brandstetter – der schmierige alte Mann, der Ihre Freundin neulich mitgenommen hat –, erinnern Sie sich?«

»Sie sagt, daß Sie ein Privatdetektiv sind. Schmieriger geht's wirklich nicht.«

»Ich bin Ermittler bei einer Versicherung. Glauben Sie mir, das ist ein sauberes Leben. Fox Olson war bei uns für hundertfünfzigtausend Dollar versichert. Ich glaube, er ist einfach abgehauen. Wollen Sie mir helfen, ihn zu finden?« Es klang albern in seinen Ohren – so, als versuchte er, einen Sechsjährigen zu verführen. Aber auch ein zynischer Junge ist immerhin ein Junge und verführbar: Abenteuer, Aufregung, der große Rächer – genau wie im Fernsehen.

»Klar, warum nicht? Dieser Schweinehund.«

»Gut. Erinnern Sie sich an einen Ferrari, den Sie vor ungefähr zwei Wochen aufgetankt haben?«

»Ja. Mit französischer Nummer.«

»Haben Sie den Wagen nur einmal gesehen?« Dave schluckte; seine Kehle war trocken geworden. »Oder war er noch einmal da?«

Pause. »Er war noch einmal da.« Widerwillig: »Sie sind aber gewieft.«

»In der Nacht, als Olsons Wagen in den Canyon gestürzt ist?«

»Stimmt. Es war spät. Und es hat gegossen. Übrigens hat vorn das französische Nummernschild gefehlt.«

»Es hängt an der Decke in Buddy Mundys Zimmer«, sagte Dave. »Haben Sie feststellen können, wohin der Ferrari gefahren ist? Ich meine, ist er zurückgefahren oder in Richtung auf den Canyon?« Sein Herz schlug schneller.

»Zum Canyon. Ich hab' ihm nachgeschaut, weil es so ein heißer Wagen ist. Ich habe dagestanden und so lange gehorcht, bis ich den Motor nicht mehr gehört hab'.«

»Und – haben Sie ihn später noch einmal gehört?«

»Ich hab' gleich danach abgesperrt und bin heim.«

»Warum haben Sie das nicht der Polizei gesagt?«

»Die haben mich ja nicht danach gefragt.«

»Klar«, sagte Dave. »Okay. Und vielen Dank.«

»Den Dank können Sie sich sparen. Schicken Sie mir lieber ein paar Grüne.« Damit hängte Sandy ein.

Dave legte langsam den Hörer auf die Gabel. »Doug war in Pima an diesem Abend«, sagte er zu der kleinen Frau.

Die dicken Gläser reflektierten das Licht. »Wollen Sie sagen, mein Sohn hätte Fox geholfen, Ihre Versicherung zu betrügen?«

Dave stellte eine Gegenfrage. »Wenn Fox ihn darum gebeten hätte – glauben Sie, er hätte sich geweigert?«

Kapitel 12

In seinem Büro im zehnten Stock des neuen Medaillon-Hochhauses aus Glas und Stahl, das sich am Wilshire Boulevard befand, legte Dave den Telefonhörer auf, müde und überdrüssig. Er hatte den ganzen Nachmittag telefoniert. Seine Hand war verkrampft. Sein Ohr fühlte sich geschwollen an. Er schaute den Mann an, der in der Tür stand, schlank, aufrecht und mit gesunder Gesichtsfarbe, und schüttelte den Kopf. Nur das weiße Haar deutete auf sein Alter hin. Ende Sechzig. Dave Brandstetters Vater, der Boss der Versicherungsgesellschaft. Jetzt ließ er sich in einen weißen Sessel sinken, der mit Ziegenleder bezogen war. Seine Stimme war so angenehm wie seine Erscheinung.

»Weiß Gott«, sagte er, »du hast es lange genug versucht.«

»Die Polizei hat keinen Ferrari entdeckt, jedenfalls nicht in Fresno. Das wäre die nächste Stadt von Pima mit einem nennenswerten Flugplatz. Trotzdem haben drei unserer Leute sämtliche Flüge überprüft, die seit dem neunzehnten Oktober um null Uhr dort gestartet sind. Desgleichen bei den Flughäfen um die San Francisco Bay. Ohne Resultat.«

»Sawyer muß einen Reisepaß besitzen. Aber Olson?«

»Ich konnte seine Frau nicht erreichen; sie hätte es mir sagen können. Und auch McNeil nicht, seinen – ja was eigentlich? Freund? Manager? Beide sind heute nachmittag weggefahren, irgendwohin und vermutlich gemeinsam. Aber ich bezweifle, daß Fox einen Paß hat. Er war bis vor kurzem ein armer Teufel. Und bei der Paßbehörde weiß man nichts von einem Antrag aus jüngster Zeit. Damit fallen schon mal Mexiko und Kanada flach.«

»Und es erklärt, warum man den Wagen nicht gefunden hat. Sie fahren nämlich damit.«

»Das hoffe ich«, sagte Dave. »Einen Thunderbird in eine Schlucht stürzen ist eine Sache – aber einen Ferrari? Schrecklicher Gedanke.«

»Also brauchst du nur hinunterzufahren zur Grenze«, erklärte sein Vater. »Es ist möglich, daß sich einer der Grenzbeamten oder Zöllner an einen solchen Wagen erinnert. Vor allem, wenn er französische Kennzeichen trägt.«

»Wenn mir gar nichts anderes mehr übrigbleibt.« Aber Dave

nahm an, die Vereinigten Staaten von Amerika waren groß genug, daß man dort untertauchen konnte: zweihundert Millionen Menschen! Wenn man inkognito leben wollte, brauchte man nicht über die Grenzen zu gehen. Er mußte es seinem Vater nicht erst klarmachen; sie wußten es beide. Jetzt lächelte er und stellte die üblichen Höflichkeitsfragen – über seine Stiefmutter Nummer neun – oder war es schon die Nummer zehn? »Was macht Nanette?«

Der ältere Mann stieß einen Laut des Unwillens aus. »Ich bin dabei, sie abzuschütteln. Wie es in dem alten Märchen heißt: Wer hat in meinem Bettchen geschlafen?«

»Das tut mir leid«, sagte Dave.

»Es hätte schlimmer kommen können.« Sein Vater stand auf und lächelte verschmitzt. »Sie hätte ja auch mich in einem anderen Bettchen erwischen können. Und so etwas kann sehr teuer werden.«

»Du hast sie lange gehabt«, bemerkte Dave trocken. »Drei Jahre? Oder vier?« Er nahm eine Flasche Old Crown aus einem Schrank, der aus Metall war und wie Holz aussah. Schwere, breite Gläser. Eiswürfel.

»Fast fünf«, sagte sein Vater hinter ihm. »Sie hat angefangen, mich zu langweilen.«

»Ein Drink?«

»Vor dem Autofahren? Bei diesem Wetter? Hast du noch immer nichts gelernt, nach zwanzig Jahren im Versicherungsgeschäft?«

»Zweiundzwanzig.« Dave goß Whisky auf die Eiswürfel und reichte das eine Glas seinem Vater. »In all der Zeit habe ich gelernt, daß Autofahren zu den gefährlichsten Tätigkeiten gehört, die man sich denken kann. So gefährlich, daß ich nicht den Mut habe zu fahren, solange ich nüchtern bin.« Er grinste und hob dann sein Glas.

»Du kannst wieder Witze machen.« Sein Vater zeigte, daß er überrascht war – angenehm überrascht. »Das ist gut. Ich hab' dir ja gesagt: Das beste ist, wenn du wieder arbeitest. Es geht dir besser, nicht wahr?«

»Jemand hat gestern abend zu mir gesagt, daß man nach einer Weile keinen Spaß mehr hat am Trauern«, erklärte Dave.

Brandstetter senior setzte sich und schnitt eine Grimasse. »Nicht sehr taktvoll.«

»Die Wahrheit ist selten taktvoll.« Dave hockte sich auf die

Schreibtischkante. »Es geht einigermaßen, ja.«

Sein Vater trank einen Schluck Whisky, wollte etwas sagen, zog die Stirn in Falten und fummelte eine ganze Weile mit einer Zigarette und seinem goldenen Gasfeuerzeug herum. Schließlich räusperte er sich und sagte ganz ernst, nüchtern und geschäftsmäßig: »Also schön. Es gibt ihn nicht mehr. Die Narretei ist zu Ende. Du bist vierundvierzig Jahre alt. Es wird Zeit, daß du dir eine Frau suchst und dich zur Ruhe setzt.«

Dave lachte. »Das mußt ausgerechnet du mir sagen!«

»Verdammt, du weißt genau, was ich meine. Kinder, eine Familie, eine Zukunft. Schließlich bin ich derjenige, der dich in die Welt gesetzt hat.«

»Das war nur ein Versehen, und das weißt du genau. Worauf willst du hinaus? Möchtest du Großvater werden? Das kann ich nicht glauben.«

»Warum eigentlich nicht?«

»Was für ein fabelhaftes Erbgut haben wir der Nachwelt zu übermitteln? Ein alter Satyr und eine ältere Tunte.«

Sein Vater zuckte zusammen. »Du hast manchmal eine hundsgemeine Art, dich auszudrücken.«

»Entschuldige«, sagte Dave, »aber du bist nicht ehrlich. Du meinst nicht ein Wort von dem, was du da eben gesagt hast. Wenn du dich konservativ gibst und daherredest, wie es im *Reader's Digest* steht, weiß ich nicht, was ich tun soll – lachen oder kotzen.«

»Wenn man älter wird ...« Sein Vater erhob sich und stand jetzt nicht mehr so aufrecht da. Er ließ die Schultern hängen wie ein alter Mann. Absichtlich, dachte Dave, natürlich. »... dann wird einem klar, daß durchaus ein Sinn hinter den konservativen Ideen steckt, über die du dich lustig machst.«

»Ich mache mich lustig darüber!« Daves Lachen klang ungeduldig. »Du hast sie natürlich stets für sakrosankt gehalten, diese konservativen Ideen – oder irre ich mich? Vor allem was die Heiligkeit der Ehe betrifft.«

»Vielleicht bedaure ich das jetzt. Ich weiß nicht, ob ich es noch einmal genauso machen würde, wenn ich die Gelegenheit dazu hätte. Zumindest tut es mir leid. *Ein* Leben ist nicht genug. Der Mensch, jeder Mensch, will in irgendeiner Weise weiterleben. Aber das ist nicht möglich. Es sei denn, er hat Kinder und Enkel. Die sind sein zweites Leben.«

»Romantisches Geschwätz«, sagte Dave. »Du weißt verdammt gut, daß du es keineswegs bereust, so gelebt zu haben. All diese taufrischen jungen Dinger, eines nach dem anderen ... Abgesehen von mir und meinesgleichen gibt es wohl keinen Mann auf dieser Welt, der dich nicht beneiden würde.«

Sein Vater bleckte die Zähne zu einer Mimik, die er für verschmitztes Grinsen hielt. Aber seine Augen wirkten sorgenvoll. »Natürlich. Du hast recht ...« Er trank sein Glas aus, stellte es auf den Schreibtisch und ging zur Tür. Aber bevor er sie öffnete, drehte er sich noch einmal um. »Laß mich noch eine ganz brutale Frage stellen. Warum mußt du unbedingt eine ältere Tunte sein, wenn du gar nicht so sein willst?«

»Habe ich gesagt, daß ich nicht so sein will?«

Sein Vater blinzelte ihn einen Augenblick lang an, dann zuckte er mit den Schultern, drehte sich um und ging hinaus.

Das Mädchen trug ein Kleid aus grobem blauem Stoff mit einem zwanzig Zentimeter langen Rock. An der Nase hatte sie einen Tintenfleck. Sie war noch beinahe ein Kind, aber die einzige im Büro der »Provence School of Art« zu dieser abendlichen Stunde. Dave war die schwarzweiße, beleuchtete Mondrian-Front der Schule aufgefallen, als er im Regen über den Western Boulevard gefahren war. Und einem Impuls folgend, war er in den Parkplatz eingebogen. Warum? Weil man nichts unversucht läßt, wenn man nach einer Spur sucht. Aber auch, weil er Angst hatte davor, nach Hause zu fahren. Die Leere des Hauses hatte ihn in der vergangenen Nacht mehr als bedrückt. Spaß am Trauern? Nein, gewiß nicht. Die Schmerzen waren noch zu echt, zu real. Er fragte das Mädchen nach Archivdaten aus der Zeit vor sechsundzwanzig Jahren. Sie zeichnete in der Art von Aubrey Beardsley, beugte sich dabei über ein schwarzes Pult und streckte die Zungenspitze heraus. Sie wollte offenbar nicht gestört werden. Aber als Dave keine Anstalten machte, wegzugehen, seufzte sie, legte den Federhalter weg und führte Dave durch einen Korridor, vorbei an hohen Räumen, wo junge Männer in Kordanzügen und mit buschigen Bärten Leinwände bekleckſten und ein Modell mit speckiger Haut auf einem Podest saß, umgeben von jungen Leuten, die Zeitungen mit schwarzem Fettstift beschmierten, brachte ihn schließlich in einen großen Raum, der mit großen, graphischen Gemälden geschmückt war, welche Dave vorkamen wie Ausschnitte eines rotweißen Verkehrsschilds, und wo ein zierlicher, verwüsteter alter Mann seine fast durchscheinenden Hände einem Trio schmalhüftiger, junger Burschen zuwandte, die dabei waren, weitere Bilder aufzuhängen.

»Mr. Kohlmeyer«, rief das Mädchen. »Dieser Mann möchte Sie sprechen.«

Kohlmeyer wirbelte herum wie ein überraschtes junges Mädchen, zog die Brauen hoch, riß die Augen weit auf und gab sich äußerst kokett. Nur daß die Zeit seiner Koketterie jeglichen Charme genommen hatte. »Jaha?« Er kam auf Dave zu in seinem Samthemd und der schwarzen Kordhose, den teuren Sandalen und dem schwarzgefärbten Haar, als sei es sein letzter Gang. Sehr unsicher. Krank. Er schickte das Mädchen weg mit einem Lächeln, das an das Lächeln eines Einbalsamierten erinnerte. »Danke, Darling.« Sie ging weg, und die jungen Burschen starrten ihrem hübschen, kleinen Hintern nach.

»Es ist wahrscheinlich wenig sinnvoll«, entschuldigte sich Dave, »und in diesem Fall will ich Sie nicht aufhalten. Mein Name ist Brandstetter. Ich bin Ermittler bei der Medaillon-Lebensversicherung. Einer unserer Versicherten ist verschwunden. Ich versuche, ihn ausfindig zu machen, und dazu muß ich alles über ihn wissen, was ich erfahren kann. Er ist einmal hier auf diese Akademie gegangen. Vielleicht können Sie mir helfen.«

»Ach? Wie interessant!« Kohlmeyer beobachtete wieder die drei Jungen. Nicht die Bilder, sondern die Burschen, die sie aufhängten. Sie waren wesentlich attraktiver. Nur daß die Bilder ihre Schönheit bewahren würden. Die Jungen würden eines Tages aufwachen und nicht mehr jung und nicht mehr attraktiv sein. »Wie war sein Name?«

»Olson«, sagte Dave. »Fox Olson.«

Kohlmeyer drehte sich so heftig um, daß er beinahe gestürzt wäre. »Wirklich?«

»Ja . . . Warum?«

»Ach . . .« Ein entzückendes Achselzucken. »Sie sind nämlich schon die zweite Person, die sich in letzter Zeit nach ihm erkundigt. Und das nach einer Pause von zwanzig und wie vielen Jahren. Ist das nicht seltsam?«

»Sie erinnern sich also an ihn?« Dave schaute den Jungen zu, die eine weitere, große Leinwand an ihren Platz hängten. »Dabei ist bei Ihnen doch ein einziges Kommen und Gehen. Ich könnte mir denken, daß die Erinnerung mit der Zeit verwischt.«

»Verwischt . . .« Kohlmeyers Lachen hörte sich an wie das Klappern eines Skeletts. »Ja, das ist gut gesagt. Und bei den meisten stimmt es ja auch.« Er schaute Dave bedeutungsvoll an. »Sogar bei denen, die besonders reizend sind.«

Dave mochte es nicht, wenn er taxiert wurde, schon gar nicht von Typen wie diesem Kohlmeyer. »Gehörte Olson zu denen?« fragte er.

»Ja . . .« Kohlmeyer blickte in die Vergangenheit. »Frische, helle Haut, ein hübscher Mund und ein geradezu göttlicher Schopf goldenen Haars. Damals haben sich die Jungen die Haare kurzgeschoren wie beim Militär. Gräßlich. Erinnern Sie sich? Aber Fox – nein, der hat schon die langen Haare der sechziger Jahre vorausgenommen.« Ein rasches Lächeln. »Nein . . . Als erstes erinnere ich mich an ihn wegen seines seltsamen Namens . . .« Pause.

»Und zweitens?« fragte Dave.

»Weil er so *verliebt* war.« In Kohlmeyers Mund schmeckte das Wort wie eine Praline, die in Formaldehyd gelegen hat. »In einen anderen Jungen. Ich kann mich doch nie an seinen Namen erinnern. Irgendwas von Mark Twain.«

»Sawyer«, sagte Dave. »Doug Sawyer.«

Die Augen mit den schwarzgetuschten Wimpern wurden ganz groß. »Ja, das ist es. Woher wissen Sie das?«

»Woher wissen Sie, daß die beiden ineinander verliebt waren? Gab es Beweise dafür?«

Der Mund verzog sich spöttisch. »Braucht man da noch Beweise? Ich bitte Sie! Die jungen Leute sind doch schamlos – Gott sei Dank. Aber ja. Es gibt einen Beweis. Sie haben den ganzen Sommer an einem Ort verbracht, der Bell Beach heißt. Dabei sind einige sehr deutliche Nacktfotos entstanden. Aufgenommen mit einer Spezialkamera, die ich selbst dem jungen Sawyer geborgt habe, natürlich ohne zu ahnen, wozu er sie brauchte. Ich fand die Negative beim Trocknen in der Dunkelkammer meines Instituts. Sehr unvorsichtig. Jeder hätte sie einfach wegnehmen können.«

Dave fragte sich, ob er sie ihnen zurückgegeben hatte. Wahrscheinlich nicht. »Wer hat sich bei Ihnen noch vor kurzer Zeit nach Fox erkundigt?«

»Ein großer Mann, aufgeblasener Typ. Angeblich in der

Werbung tätig. Es scheint, als ob Fox in letzter Zeit eine Art populäres Idol geworden wäre. Radio? Musik? Ich erinnere mich nicht. Aber dieser Mann wollte seine Biographie schreiben. Ich habe ihm alles erzählt, was ich über Fox wußte.«

Dave fühlte einen Druck in der Magengrube. »Alles?«

»Nun, ich dachte, Fox kann ja das im Manuskript streichen, was ihm nicht gefällt.« Ein spöttisches Lächeln.

Dave war elend geworden. »Und die Fotos? Hat er die auch mitgenommen?«

»Nein, nein!« brüllte Kohlmeyer. Aber damit meinte er nicht Dave, sondern die Jungen. »Ihr habt es verkehrtherum aufgehängt!«

Dave setzte nach. »Er hat Sie bezahlt, nicht wahr?«

»Ich bin ein sterbender Mann, Mr. Brandstetter. Krebs.« Der Mund zuckte. »Das kann sehr teuer werden ... Wenn Sie mich jetzt entschuldigen wollen. Ich habe noch viel zu erledigen.«

»Nur noch eines«, sagte Dave. »Den Namen des Mannes. Dieses – Schriftstellers.«

»Er hat sich mir als Smith vorgestellt«, sagte Kohlmeyer. »Aber auf dem Scheck hat er mit Chalmers unterschrieben. Lloyd Chalmers.«

Dave betrat das Haus durch die Hintertür und benützte das Telefon an der Küchenwand. In den leeren Räumen war alles still bis auf die Wassertropfen, die von Daves Mantel auf den gewachsten Ziegelboden fielen, während ihn der Diensthabende in Pima mit Herreras Privatanschluß verband. Als der Captain den Hörer abnahm, hörte Dave im Hintergrund Schüsse und das Klappern von Pferdehufen – aus dem Fernsehapparat. Herrera war offensichtlich ärgerlich, weil man ihn bei einem besonderen Kunstgenuß störte. Und er konnte zweifellos von seinem Platz am Telefon aus den Bildschirm beobachten, weil er seine Aufmerksamkeit zwischen dem Western und Dave teilte. Bis Dave seine Geschichte erzählt hatte. Dann sagte er:

»Das muß eine Lüge sein. Chalmers ist ein großer, ein vielbeschäftigter Mann. Er würde nicht in Los Angeles herumschnüffeln. Dann würde er jemanden engagieren.«

»Hätte er die Wahl verloren, dann wäre er nicht mehr so groß gewesen und auch nicht mehr so beschäftigt. Für ihn geht es um einige Millionen Dollar. Das College. Die Schnellstraße. Nein, solche Recherchen konnte er nicht einem zwielichtigen Profi überlassen. Wer garantierte ihm denn, daß er danach nicht von seinem Beauftragten erpreßt wurde?«

»Ja . . .« Herrera gefiel es nicht, aber er ging darauf ein. »Ja. So gesehen, ergibt es natürlich einen Sinn.«

»Fragen Sie Chalmers«, sagte Dave. »Fragen Sie ihn, ob er Olson gedroht hat, ihn fertigzumachen, wenn er seine Kandidatur nicht zurückzieht.«

»Wegen sechsundzwanzig Jahre alter Fotos von zwei Teenagern, die es miteinander treiben?«

»Sie sind Polizeibeamter«, sagte Dave. »Für Sie ist so was kein Schock. Aber Olsons Fans wären zutiefst schockiert gewesen. Olson mußte das zumindest annehmen.«

»Scheiße.« Herrera war höchst ungehalten. »Hören Sie, ich weiß nicht, was Sie sich davon erhoffen. Sie wollen Olson finden. Glauben Sie, er hat Chalmers verraten, wo er sich versteckt?«

»Vielleicht hat ihm Chalmers gesagt, wo er hingehen soll.«

«Ja, zum Teufel.« Herreras Lachen war kurz und nicht überzeugend. Er war zweifellos nicht bei bester Laune. Außerdem fühlte er sich etwas in die Zange genommen. »Hören Sie, Brandstetter, ich kann nicht einfach zu einem Mann wie Chalmers gehen und ihn der Erpressung bezichtigen. Er – er ist der Bürgermeister dieser Stadt, verdammt noch mal!«

»Ja«, sagte Dave leise. »Klar. Okay. Ich werde die Sache selbst in die Hand nehmen. Gleich morgen. Und ich nehme Kohlmeyer mit. Wenn er morgen noch lebt. Ich bitte Sie nur, dabeizusein, wenn Chalmers meine Fragen beantwortet.« Und damit hängte er ein.

Kapitel 13

Er hängte den nassen Mantel draußen auf in der dunklen, hinteren Veranda, wischte die Pfütze mit einem rosa Zelluloseschwamm auf, dann machte er sich einen Drink, zündete sich eine Zigarette an und sagte sich, daß er etwas essen müsse. Aber er hatte keine Lust, jetzt noch zu *Romano* zu fahren. Zu weit, bei dem Nieselregen. Er öffnete den großen, kupferfarbenen Kühlschrank. Die helle, weiße Leere blendete ihn. Er schaute in die Vorratsschränke. Eine verstaubte Dose Artischockenherzen, sonst nichts. Offenbar hatte er sich zu lange von der Welt ausgeschlossen. Es war praktisch nichts Eßbares im Haus. Er schloß die Schranktüren.

Hinter ihm sagte eine Stimme: »Ich kenne eine Hühnerbraterei an der Melrose. Soll ich hinfahren?«

Das einzige Licht, das in der Küche brannte, war eine schwache Leuchtstoffröhre über dem eingebauten Herd. Daneben ragte der Kamin ein Stück in den Raum hinein, und das Licht reichte nicht bis zur Eßecke. Dave stellte fest, daß es eine sehr junge Stimme war, die er gehört hatte, mit der Spur eines mexikanischen Akzents. Er kannte die Stimme.

»Anselmo?« fragte er.

Der Junge trat grinsend ins Licht. Ein Schopf pechschwarzen Haars. Rundes, braunes Gesicht, glatt wie Aztekenkeramik, einsfünfundsechzig groß. Kremfarbene Kordjeans mit kleinen rosa und blauen Blümchen an den Gesäßtaschen. Gelbe Kalbslederstiefel bis fast zu den Knien. Das grüne Hemd bis zum Nabel offen. Ein goldener Ohrring im linken Ohr. Perlenschnüre um den Hals, Glas- und Holzperlen. Und ein starker Geruch nach Moschus oder Räucherstäbchen oder etwas Ähnlichem.

»Ich habe meine Yamaha draußen.«

»Deine Yamaha wird rosten«, sagte Dave. »Was, zum Teufel, machst du hier? Wie bist du reingekommen?«

»Madge Dunstan war heute bei mir im Geschäft. Sie hat meiner Mama gesagt, daß Sie wieder da sind. Ich – ich wollte Sie sehen! Erst habe ich versucht, Sie in Ihrem Büro anzurufen, aber es war immer besetzt. Dann hab' ich gedacht, ich komm' einfach her und warte. Rod hat mir mal einen Schlüssel gegeben, weil ich etwas holen sollte, was er im Geschäft brauchte ...«

»Und da hast du einfach vergessen, ihn zurückzugeben?«

Die dunklen Wimpern senkten sich, der Kopf senkte sich, die Stimme senkte sich. »Vergessen ist vielleicht nicht ganz das richtige Wort.«

»Nein? Hör mal, was soll das alles, Anselmo? Ich bin sehr müde heute abend.« Er war erschöpft, hatte einen langen, entmutigenden Tag hinter sich. Er kam sich sehr alt vor. »Vielleicht ein andermal, Anselmo.«

»Ach . . .« Die schwarzen Augen bettelten. »Sie müssen doch essen. Sie sind hungrig. Und ich bin auch hungrig. Wenn ich die Hühner besorge, können wir beim Essen ein bißchen miteinander reden.«

Dave seufzte. Es war ein Fehler, und er wußte es, aber er nahm ein paar Scheine aus seiner Brieftasche und legte sie in die kleine, braune, nicht sehr saubere Hand. »Du hast gewonnen. Bring auch Pommes frites mit und alles andere, was dir schmeckt.«

»Sí. Okay. In zehn Minuten bin ich zurück.«

Die Stiefel stapften hinaus, rasch und leise. Die Haustür fiel ins Schloß. Draußen erwachte das Motorrad zum Leben und röhrte davon. Dann hörte man nur noch das Flüstern des Regens. Dave trank sein Glas aus, stellte es auf den Küchentisch und bereitete Kaffee in der Kaffeemaschine vor . . .

Anselmos Mutter hatte lange Zeit für Rod gearbeitet. Eine hagere, kleine, mürrische Frau, die sich weigerte, Englisch zu sprechen – aber mit ihrer Nähmaschine war sie überaus geschickt! Alle Aufträge, die Rod ihr gab, erledigte sie schnell und ordentlich. Sie hatte auch einmal einen Mann gehabt und sechs Kinder – aber jetzt waren alle aus dem Haus bis auf Anselmo, einen Nachzügler. Seine Mutter war alt genug, daß sie seine Großmutter hätte sein können. Wenn sie für Rod arbeitete, hatte sie den Jungen mitgebracht; er war damals vier, fünf, sechs Jahre alt. Ernst und mit großen Augen. Der Kleine hatte mit den Stoffen gespielt, hatte sich »Kleider« daraus gemacht. Seine Mutter hatte ihn dafür wüst beschimpft, auf spanisch natürlich. Rod hatte nicht auf das Kind geachtet. Nicht, daß Rod Kinder nicht mochte. Er sah sie nicht, es gab sie nicht für ihn.

In jenen Tagen – vor zehn, zwölf Jahren – hatte es Dave Spaß gemacht, in Rods Geschäft vorbeizuschauen. Rods Ideen hatten Früchte getragen; es lag Aufregung, Glück und Hoffnung in der Luft. Inzwischen gab es mehrere Mitarbeiter, und Dave tat der kleine Junge leid, der in dem Durcheinander ganz verloren wirkte. Er machte es sich fast zur Gewohnheit, mit dem Kleinen ins Drugstore an der Ecke zu gehen, auf ein Glas Orangenlimonade oder ein Eis, und er brachte ihm kleine, einfache Puzzles und Buntstifte aus dem Supermarkt mit. Sie wurden Freunde.

Dann kam Anselmo zur Schule, und sie sahen sich nur noch selten. Aber hier und da traf Dave ihn in Rods Geschäft, wenn er auf seine Mutter wartete und Comic-Hefte las. Zu seinem achten Geburtstag nahm ihn Dave zu einem Spiel der Dodgers mit, zum neunten fuhr er mit ihm nach Disneyland. Dann zog das Geschäft um in eine vornehmere Gegend. An die Stelle von Aufregung trat Sicherheit. Dort kam Dave nur noch sehr selten hin. Hier und da erzählte Rod von Anselmo. Meist darüber, daß es zwischen dem Jungen und seiner Mutter große Schwierigkeiten gab.

Und plötzlich tauchte er wieder auf. Bei einer Party, die Rod für seine Angestellten gab. Irgendwo in einem Ausflugslokal mit niedrigen, weißen Gebäuden, gepflegtem grünem Rasen und einem blauen Schwimmbecken. Anselmo war damals zwölf oder dreizehn; seine Stimme klang tief, kippte aber noch manchmal um, und über der Oberlippe wuchs ihm ein dunkler Schatten. Er war den ganzen Nachmittag in der Nähe von Dave geblieben. Zu nahe – Dave hatte es keineswegs vergessen. Bevor er zum Schwimmen ging, hatte er in der Kabine geduscht, und der Junge hatte ihm verstohlen dabei zugesehen. Bedeutungslos in diesem Alter, hatte Dave gedacht ...

Die Yamaha kam zurück. Dave legte den Tonarm auf eine Platte mit Partitas von Bach, gespielt von Glenn Gould, ging dann nach vorn und öffnete die Haustür. Unter dem Vordach schüttelte der Junge seinen Regenmantel aus Plastik mit Kapuze ab, legte ihn über das funkelnde, neue Motorrad, kam dann grinsend auf Dave zu und streckte ihm eine ziemlich durchnäßte braune Papiertüte entgegen.

»Danke. Das war aber schnell!« Dave ging hinein.

Anselmo blieb unter der Tür stehen. »Meine Stiefel sind naß.«

»Zieh sie aus und bring sie in die Küche.« Dave nahm Teller aus dem warmen Ofen. In der großen Papiertüte waren zwei gebratene Hühner in Zellophan, eine Wachspapierschachtel Pommes frites und vier kleine Papierbecher mit einer orangefarbenen Sauce. Er tat alles auf die Teller. Anselmo kam herein, in weißen Socken, und stellte die Stiefel neben den Ofen. Dave schaute ihn an. »Trinkt deine Generation Bier?«

»Meine Generation raucht Gras«, sagte Anselmo. »Der Tisch sieht hübsch aus. Wie auf einem Bild. Was ist das für eine Musik?«

»Jedenfalls nicht die Rolling Stones.« Dave reichte ihm die Teller. »Setz dich hin. Ich mach' mir ein Bier auf.« Als er zum

Tisch kam, hatte der Junge ein Hühnerbein in beiden Händen, und es war fast nur noch der Knochen übrig. Er kaute und grinste Dave an.

»Die Rolling Stones!« sagte er spöttisch.

Dave lächelte, setzte sich, schenkte sich *Dos Equis* ein, trank einen Schluck und war auf einmal hungrig. Das Huhn schmeckte nach Plastik. Die Kartoffeln waren fettig und lasch. Er glaubte nicht an einen Erfolg bei Chalmers, fürchtete, daß er Olson verloren hatte – einen Mann, der seiner Firma 150 000 Dollar wert war. Aber er aß fast so gierig wie Anselmo, der Dave während des ganzen Essens mit seinen großen, dunklen Tieraugen betrachtete. Bald lagen von den Hühnern nur noch die Skelette auf den Tellern. Dave brachte sie weg, kam dann mit Kaffee zurück, und der Junge sagte: »Ich hab' ihn unter meinem Kopfkissen versteckt.«

Dave blinzelte. »Was hast du versteckt?«

»Den Schlüssel. Kann ich eine Zigarette haben?«

Dave schob ihm das Päckchen über den Tisch. »Den Schlüssel zu diesem Haus? Aber warum? Er zündete sich eine Zigarette an.

»Weil Sie hier sind.« Das glatte, braune Gesicht wurde merklich dunkler. Als sich Anselmo zurücklehnte, schaute er Dave besorgt an. »Ist Ihnen das unangenehm?«

Dave starrte den Jungen an. »Ich – ich glaube, du solltest mir das genauer erklären.«

»Wissen Sie, was ein *Love-in* ist? Im Park, wo die Hippies sind? Es gibt Rockbands, die furchtbar laut spielen. Und die Leute haben das an, was ihnen Spaß macht.« Er schaute an sich hinunter und lächelte scheu. »Sie ziehen sich ganz bunt an. Und es ist ein gutes Gefühl . . .«

»Es sieht auch gut aus«, sagte Dave und nickte.

»Und die Leute schenken sich Blumen und füttern sich und spielen Tambourin und Schlagzeug und tanzen, wissen Sie?«

»Ich habe darüber gelesen«, sagte Dave.

»Und jeder sagt: ›Du bist schön‹, und man sagt es den anderen. Es kommt nicht darauf an, wie das Gesicht aussieht, sondern wie man innen ist, verstehen Sie? Man liebt jeden und alles, man denkt an Blumen und Vögel und Kinder und solche Sachen . . . Verstehen Sie?«

»Ich glaube, ich muß mal zu einem *Love-in* gehen«, sagte Dave.

»Nein.« Anselmos Miene verdüsterte sich. »Nein. Es ist alles falsch. Gehen Sie nicht hin. Sie glauben, daß es echt ist. Aber es ist nicht echt. Für ein paar vielleicht, ja. Aber die meisten sind Freaks. Und in Wirklichkeit sind sie ganz häßlich. Fette, pickelige Mädchen. Sie geben einem Blumen und lächeln, aber sie wollen gar kein *Love-in.* Sie wollen gebumst werden. Aber in der Schule, oder wo sie sonst sind, will kein Mensch sie bumsen. Ich finde, sie sind wie die Hunde. Kommen allein, weil niemand sie mitbringt. Und sagen wie alle anderen ›Du bist schön‹, aber wenn man nicht gleich weggeht, nehmen sie deine Hand und legen sie sich zwischen die Schenkel und unters Hemd. Es ist wirklich traurig. Sie wissen nichts von Liebe und erst recht nicht, was ein *Love-in* sein soll.« Er nahm die Kaffeetasse, stellte sie wieder hin, schaute Dave an und sagte: »Aber Sie wissen es. Ich glaube, Sie sind der einzige, der es weiß. Sie sind gütig. Und sie können den anderen etwas geben. Auch wenn Sie nichts dafür bekommen.«

»Das Ideal des Paulus«, sagte Dave. »Du hättest Priester werden sollen, Anselmo.«

»Ach, Scheiße«, sagte Anselmo. »Die Pfaffen tun auch nur so. Ich kenne sie. Die wollen auch nur dein Geld. Und die Macht über die Menschen. Wissen Sie, ich mag Sex. Sehr sogar. Aber nicht so, als wenn ich nur ein Wasserhahn wäre, und wenn jemand Durst hat, kommt er, dreht ihn auf, trinkt und haut wieder ab. Wie dieser Kerl in Venice Beach. Ich war dort; er hat mich mitgenommen in seine Bude, und da waren überall Matratzen, und alle sind herumgelegen und haben Pot geraucht, und sie haben sich gestreichelt, richtig sanft, verstehen Sie?«

Er beugte sich vor, und die Holz- und Glasperlen klapperten gegen den Tisch. »*Kerista,* Liebe durch Berühren. Es fühlt sich gut an. Und jeder ist richtig cool. Nur ich – ich glaube, für mich ist das nichts . . . Ich bin noch ein paarmal nach Venice gefahren und hab' mich nach dem Typen umgeschaut. Und dann hab' ich ihn zufällig in einem Laden am Fairfax gesehen. Er hat den Kopf eingezogen, aber als er merkte, daß ich ihn gesehen habe, hat er mich angegrinst und ist schnell weggegangen. Mir war ganz elend danach . . .

Fast so elend wie mit der Frau, beim ersten Mal. Sie war im Bus, mit dem ich immer von der Schule heimgefahren bin, und sie hatte ein Haus und kleine Kinder. Sie hat mich mitgenommen und es zu Hause mit mir gemacht. Wirklich gut. Es ist eine ganze Weile gegangen. Aber dann war da auf einmal der Mann. Sie hat mich weggeschickt, hat gesagt, es ist ihr Mann. Ich war vierzehn und hab' ihr natürlich geglaubt. Aber dann hab' ich gemerkt, daß sie nur einen neuen Freund hat und mich nicht mehr will. Sie hat alle paar Monate einen neuen Freund. Ich hab' wirklich ein ganz schlechtes Gefühl gehabt . . .«

Die Musik war zu Ende. Dave stand auf und drehte die Schallplatte um. Brachte Kaffee aus der Küche, schenkte ein, setzte sich und gab Anselmo wieder eine Zigarette, zündete sie ihm und sich an. Und der Junge fuhr fort:

»Das passiert mir immer wieder. Da war der Kerl, den ich am Hollywood Boulevard getroffen hab' – kein junger Bursche, ein richtiger Mann, genau wie Sie. Nett. Ich bin mit ihm gegangen, weil ich ihn gern gehabt hab'. Und danach hat er mir Geld geben wollen. Fünf Dollar! Scheiße!« Verzweiflung zeigte sich auf dem Gesicht des Jungen. »Ich hab' geheult. Jedesmal hab' ich geheult. Und wissen Sie, was ich mir gesagt habe, wenn ich im Bett gelegen bin und in die Kissen geheult hab'? Dave, hab' ich gesagt. Dave.«

»Anselmo, wenn du mir das erzählst, um mich –«

»Nein!« schrie der Junge. »Es ist echt. Ich meine, ich hab' Sie schon gerngehabt, als ich sechs Jahre alt war. Für mich waren Sie immer der Größte und der Beste. Ich hab' immer auf Sie gewartet, in Rods Geschäft. Und dann sind Sie nicht mehr hingekommen. Aber ich hab' Sie nicht vergessen. Und als Rod dann diese Party gegeben hat, und meine Mama hat mich nicht mitnehmen wollen, da hab' ich sie gebettelt. Ich hab' dafür die Schule schwänzen müssen, den einen Tag, und das hat ihr nicht gepaßt. Aber sie hat mich dann doch mitgenommen, weil ich so gebettelt hab'. Und da hab' ich gewußt, daß ich in Sie verliebt bin.« Er blickte ihn vorwurfsvoll an. »Ich glaube, Sie haben es gar nicht gemerkt.«

»Ich erinnere mich an die Party«, sagte Dave vorsichtig.

»Sie haben geduscht. Sie waren so schön – ich hab' Sie immer angeschaut. Ich wollte mit Ihnen unter die Dusche.« Anselmo zuckte mit den Schultern. »Ich hab' überhaupt nicht mehr gewußt, was ich tun soll. Ich wollte nur bei Ihnen sein und – nein, an Sex hab' ich eigentlich nicht gedacht, obwohl ich damals schon gewichst hab'. Aber ich hab' gewußt, daß das vielleicht Liebe ist. Aber Sie hatten ja Rod.«

»Hast du das gewußt?«

»Ich hab' es zuerst nicht so ganz verstanden. Meine Mama hat es mir gesagt. Sie hat es ziemlich unklar ausgedrückt, und ich war ja noch dumm. Dann hat mir Rod den Schlüssel gegeben, und ich hab' ihn behalten. Wissen Sie, was ich gemacht hab'? Ich hab' mich hier hereingeschlichen, wenn niemand da war, mich nackt ausgezogen und in Ihr Bett gelegt. Kinder machen oft die verrücktesten Sachen.«

»Und eines von ihnen ist gerade dabei, etwas besonders Verrücktes zu tun«, sagte Dave leise.

Anselmo hörte ihn nicht. »Ich hab' ein ganz schlechtes Gewissen gehabt. Aber den Schlüssel hab' ich behalten.« Er trank einen Schluck Kaffee und stellte die Tasse ab. »Und dann ist Rod gestorben. Bei der Beerdigung hab' ich Sie nach Jahren wiedergesehen. Ich hab' keinen Ton rausgebracht. Aber heute, als Madge mir gesagt hat, daß es Ihnen wieder besser geht und daß Sie wieder arbeiten, da war auf einmal alles wieder da, genau wie früher. Und ich hab' gedacht, vielleicht brauchen Sie jemand. Jemand wie mich.« Er meinte es ernst. Seine Augen waren groß und rund. »Warum nicht ich?«

Dave schöpfte tief Luft. »Wie alt bist du, Anselmo?«

Stolz: »Ich werde achtzehn.«

»Und ich werde fünfundvierzig. Weißt du . . . Du siehst sehr gut aus. Das weißt du sicher. Aber ich werde bestimmt nicht mit dir ins Bett gehen. Weil ich etwas weiß, was du noch nicht wissen kannst. Es wäre für dich nur eine weitere, schlimme Erfahrung. Vielleicht die schlimmste.«

»Aber warum? Weil ich nur ein dummer, kleiner Junge bin? Weil Sie mich bald satt hätten?«

»Du hättest mich noch schneller satt, Anselmo. Meine Bücher, meine Musik. Und ich bin ein mürrischer, alter Spinner. Das hat Rod immer gesagt. Er hat recht gehabt. Du mußt jemanden finden, der jünger ist, der besser zu dir paßt, Anselmo. Das ist nicht so schwer, wenn du mich erst vergessen hast. Du brauchst jemanden, mit dem du lachen und fröhlich sein kannst. Ausgelassen, wie es sich für einen Achtzehnjährigen gehört.«

»Ich kann nicht fröhlich sein.« Der Junge war aufgestanden und schüttelte den Kopf. »Nicht ohne Sie. Ich muß nicht immer lachen. Ich kann mir Ihre Musik anhören und Ihre Bücher lesen . . .« Er kam um den Tisch herum und blieb neben Dave stehen. »Ich kann alles tun, was Sie wollen.«

Dave wandte sich ab. »Ich will jetzt, daß du nach Hause fährst.«

»Warum? Wegen der Polizei? Glauben Sie, daß ich Sie in etwas reinreiten würde?«

»Auf den Gedanken wäre ich nicht gekommen.« Dave stand auf und schaute in die schwarzen Augen, die niemals irgend etwas verstehen würden, was er sagte oder tat. Vielleicht hätte er früher, als er jünger war, der Versuchung nachgegeben und den Jungen umarmt. Aber er war nicht mehr jung. Er sagte: »Ich hab' es dir erklärt. Es würde nicht klappen.«

Anselmo berührte ihn schüchtern am Arm. »Wir können es ja ausprobieren.«

»Ich rede jetzt nicht von Sex. Aber der Tag ist lang, und es gibt mehr als Sex in der Beziehung zweier Menschen. Hör zu: Du hast vorhin gesagt, du willst tun, was ich will, ja?«

Der Junge zog die Hand zurück. »Sí. Okay.« Dann setzte er sich auf den Küchenhocker und zog sich die Stiefel an. Als er wieder stand, stampfte er zweimal kurz auf den Boden wie ein Flamenco-Tänzer. Dann schaute er Dave ernst an. »Aber ich gebe nicht auf. Eines Tages wird es soweit sein. Sonst hätte das Leben keinen Sinn.«

»Du findest jemand anders.« Dave steuerte ihn zur Tür und blieb dann in der feuchten Luft stehen, beobachtete die traurige Pantomime mit dem Regenmantel, sah, wie sich der Junge auf das Motorrad schwang und den Kickstarter betätigte. Dann fuhr er weg, hölzern und starr, die Augen auf die Straße gerichtet. Weinte er? Dave schloß die Tür. Die Musik war zu Ende. Das Haus war wieder sehr still und leer.

In der Küche mixte er sich einen steifen Drink.

Kapitel 14

Er ging ziemlich betrunken zu Bett. Aber nicht betrunken genug, denn er hatte Alpträume. Eine Riesenwespe war in der Küche. Sie summte und summte und stieß immer wieder gegen die hölzernen Läden, welche die Eßecke abtrennten. Er hielt sie fest, stützte sich dagegen, schwitzte. Ein riesiger Stachel kam durch einen Zwischenraum. Er riß den Mund auf, wollte um Hilfe schreien, brachte aber keinen Ton heraus. Dann war er wach und wußte, was er gehört hatte – das Summen der Türglocke. Beharrlich. Unter einem hartnäckigen Daumen. Er taumelte zum Garderobenschrank und wollte sich den blauen Kordbademantel herausnehmen, als ihm einfiel, daß er noch in seinem Koffer im Kofferraum des Wagens lag. Er schlang sich das Bettlaken um den Leib, ging zur Haustür und riß sie auf.

Vielleicht war es schon Morgen, aber es regnete und war fast dunkel. Ein großer Mann mit einem Cowboyhut auf dem Kopf stand draußen in der Nässe. Dave hatte ihn nie zuvor gesehen. Aber er kannte den kleinen Mann neben ihm, der vor Kälte zitterte. Kohlmeyer. Schwarze Augenränder, ein weißes Gesicht wie ein Totenkopf. Der große Mann kam herein. Er schubste Dave nicht zur Seite, berührte ihn nicht. Aber niemand konnte ihn aufhalten. Dave trat zurück. Kohlmeyer betrat hinter dem großen Mann das Haus, und Dave schloß die Tür und schaltete das Licht in der Diele an.

»Sie müssen Lloyd Chalmers sein«, sagte er.

Chalmers' Stimme hörte sich an, wie wenn eine Ladung Kies von einem seiner Lastwagen rutschte. »Kohlmeyer sagt, er hätte Ihnen etwas über mich erzählt. Sie sollen wissen, daß das eine Lüge ist.«

»Aber Sie kennen Kohlmeyer immerhin«, entgegnete Dave. »Und es gibt Belege für den Scheck, den Sie ihm gegeben haben. Auf der Bank oder sonstwo.« Der Thermostat war an der Wand neben der Schlafzimmertür. Dave ging darauf zu. Chalmers' Hand packte seinen Arm.

»Wohin gehen Sie?«

»Es ist kalt hier. Ich wollte die Heizung anschalten.«

»In einer Minute können Sie wieder ins Bett gehen«, knurrte Chalmers. »Was ich zu sagen habe, dauert nicht lange.«

»Aber Sie sind zweihundertfünfzig Meilen durch die Regennacht gefahren, um es mir zu sagen.«

»Ich habe nicht behauptet, daß es mir nicht wichtig ist.«

»Sie leugnen also, daß Sie Kohlmeyer gewisse Fotos abgekauft haben? Kompromittierende Fotos von Ihrem politischen Gegner?«

»Gegner – Quatsch!« höhnte Chalmers.

»Er hätte die Wahl gewonnen«, sagte Dave. »Jeder in Pima hat mir das bestätigt. Den Gegner zu überreden, daß er seine Bewerbung zurückzieht wegen einer Episode in seiner Vergangenheit, ist eine nicht ganz unbekannte Taktik unter Politikern, Mr. Chalmers.«

»Ich bin kein Politiker«, erwiderte Chalmers. »Ich bin Bauunternehmer. Ein Geschäftsmann. Und ein guter Geschäftsmann. Die Stadt hat mich in meinem Amt bestätigt, weil man weiß, daß ich was für Pima tue, und daß ich es richtig tue. Ich habe seit jeher in Pima gelebt. Die Leute kennen mich und vertrauen mir. Olson war ein Fremder, der einfach hereingeschneit ist. Ein Clown. Sie haben ihm vielleicht versprochen, daß sie ihn wählen, aber wenn sie in der Kabine gesessen hätten, dann hätten sie doch ihr Kreuz neben meinen Namen gemacht. Nee. Wenn Ihr Vorwurf nicht so mies wäre, könnte man darüber lachen.«

Dave schaute Kohlmeyer an. Der verwüstete kleine Mann trug einen lavendelfarbenen Pyjama unter dem Regenmantel. An den Füßen, die mager, blau geädert und fast durchsichtig waren, trug er violette, goldbestickte türkische Pantoffeln. Sie waren durchnäßt vom Regen. Chalmers hatte ihn offensichtlich direkt aus dem Bett hergeschleift. Jetzt versuchte er, ein Lächeln zustandezubringen. Es sollte herausfordernd sein, wirkte aber gespenstisch und sehr pathetisch. Genau wie die Kopfbewegung. Man meinte, Knochen klappern zu hören.

»Der Scheck war für ein Gemälde. Von einem Kunststudenten.«

»Meine Frau sammelt diesen modernistischen Dreck«, knurrte Chalmers.

»Aber meine Geschichte war wesentlich amüsanter, nicht wahr?« sagte Kohlmeyer. Er blinzelte, was so erschreckend aussah, als ob eine Puppe im Wachsfigurenkabinett geblinzelt hätte. »Ich fürchte, ich habe diese schelmische Neigung, die ich nie ganz unterdrücken kann. Auf einmal kommt mir ein Gedanke, und schon spreche ich ihn aus. Wissen Sie, das Leben ist so unendlich fade. Meine kleinen Geschichten sollen keinen Schaden anrichten, sie sollen die Sache nur ein bißchen beleben, das ist alles. Man sagt mir nach, daß ich boshaft bin.« Es tat ihm weh, das Wort auszusprechen. »Aber ich bin nicht boshaft. Wirklich nicht. Ich bin ein liebender Mensch. Wenn ich jemals etwas gesagt habe, was einen anderen verletzt hat, dann tut es mir in der Seele leid. Das müssen Sie mir glauben. Wenn ich nicht so zerknirscht gewesen wäre, hätte ich dann Mr. Chalmers wegen dieser Sache angerufen? In dem Augenblick, als Sie mich verlassen hatten, war mir schon klar, daß mich wieder mal der Teufel geritten hatte. Ich bin Ihnen noch nachgelaufen, aber Sie waren schon weg.«

»Meine Telefonnummer steht im Buch«, sagte Dave. »Sie hätten mich anrufen können.«

»Ich konnte mich nicht an Ihren Namen erinnern. Das kommt bei mir leider immer öfter vor. Ich bin nicht so alt – es sind die Medikamente, die man mir gibt. Gegen die Schmerzen.« Eine Träne lief ihm übers Gesicht. Er wischte sie nicht ab. »Aber ich mußte beichten. Ich konnte mich nicht bei Olson entschuldigen. Sie haben es selbst gesagt: Niemand weiß, wo er ist. Also habe ich Mr. Chalmers angerufen. Es hat Stunden gedauert, bis ich ihn erreicht hatte. Mein armer Zeigefinger ist ganz wund vom Wählen.«

»Ich war bei einem Dinner zu Ehren des Gouverneurs in Fresno«, sagte Chalmers. »Kam erst nach elf heim. Da hat Kohlmeyer angerufen. Ich hab' gleich gewußt, über wen er sprach.«

»Wie das?« fragte Dave. »Wir sind uns meines Wissens nie begegnet.«

»Pima ist eine kleine Stadt. Ich habe von Ihnen gehört. Ich weiß, was Sie dort wollten.«

»Und was wollte ich dort?«

Chalmers stieß einen Laut des Unwillens aus. »Sie wollten beweisen, daß Fox Olson nicht tot ist.«

»Ist er denn tot?« fragte Dave. »Haben Sie sich nicht mit ihm unterhalten, sagen wir, am Vormittag des achtzehnten Oktobers? Haben Sie ihm nicht ein paar Fotos gezeigt, auf der er bei einem homosexuellen Akt zu sehen ist? Haben Sie ihm nicht den Vorschlag gemacht, es wäre besser, wenn er seine Kandidatur zurückziehen würde? Haben Sie ihm nicht vorgeschlagen, den Unfall mit dem Wagen zu inszenieren und danach Pima zu verlassen? Für immer? Haben Sie ihm einen Ort genannt, wo er sich vorläufig verstecken kann?«

Chalmers' Gesicht war rot. Seine Augen verengten sich. Die rauhe Stimme zitterte. Seine Fäuste waren wie Vorschlaghammer. »Sie haben Glück, daß ich einen Zeugen mitgebracht habe. Wenn wir zwei allein wären, würde ich Sie jetzt auseinandernehmen, und zwar so, daß man nicht mehr wüßte, welcher Teil wohin gehört.«

»Es ist mein Job, argwöhnisch zu sein«, sagte Dave. »Sie

brauchen das nicht persönlich aufzufassen.«

»Ich fasse es so auf, wie es mir paßt.«

»Wenn es für Sie um hundertfünfzigtausend Dollar ginge«, sagte Dave, »würden Sie dann nicht auch versuchen, mit allen Mitteln am Ball zu bleiben?«

Chalmers starrte ihn an; er hatte den großen, kantigen Unterkiefer nach vorne geschoben.

»Wenn ein Mensch stirbt«, fuhr Dave fort, »dann gibt es dafür Beweise – in erster Linie den Leichnam. Ein kaputtes Auto beweist nicht viel. Olson lebt. Aber wenn ich ihn nicht finde, muß meine Firma zahlen. Ich weiß, daß er nicht ohne Grund untergetaucht ist. Und ich habe mir dafür ein paar Erklärungen zurechtgelegt. Sie haben mich nicht weitergebracht. Ich dachte, vielleicht komme ich mit der Erklärung weiter, die mir Kohlmeyer geliefert hat. Sie müssen zugeben, daß sie durchaus plausibel klingt.«

»Vielleicht – für einen wie Kohlmeyer. Ich weiß genau, was mit ihm los ist. Und was ist mit Ihnen los?« Chalmers legte die Hand auf die Klinke. »Passen Sie auf, bevor Sie jemanden einen Erpresser nennen.« Er riß die Tür auf, schubste Kohlmeyer hinaus und funkelte Dave dann zornig an. »Ein Mann wie ich läßt sich nichts anhängen, mein Freund. Ich will, daß man mich respektiert und in Frieden läßt. Haben Sie verstanden?«

»Ich war zwei Tage in Pima und habe mich mit allen möglichen Leuten unterhalten«, sagte Dave. »Sie habe ich in Frieden gelassen. Ich glaubte nicht daran, daß Sie etwas mit dem Verschwinden von Olson zu tun haben. Es war Kohlmeyers Idee. Machen Sie das mit ihm aus.«

»Ich bitte Sie . . .« Kohlmeyer bewegte die Hände wie Papierdrachen im Regen. »Ich bin ein todkranker Mann . . .«

Chalmers knurrte und schlug dann die Tür von außen zu.

Dave fror bis ins Mark. Jetzt brauchte er eine heiße Dusche. Aber er hatte keine Zeit dazu. Er zog sich an: Tweedhose, Flanellhemd, dicker Wollpullover. Dann zündete er sich eine Zigarette an, stellte den Rest des Kaffees vom vergangenen Abend auf eine Kochplatte und rief bei der Polizeistation von Pima an. Herrera würde noch wütender sein, als gestern abend, wenn man ihn aus dem Bett holte. Aber es half nichts.

Doch Herrera war noch nicht im Bett. Es war 3.25 Uhr, und

Herrera war im Dienst!

»Ich wollte Sie anrufen, sobald ich Gelegenheit dazu hatte«, sagte er.

»Hören Sie«, erklärte Dave. »Wecken Sie einen Richter. Aber schnell. Besorgen Sie sich einen Hausdurchsuchungsbefehl. Lassen Sie Chalmers' Büro durchsuchen – im Rathaus, bei der Baufirma, zu Hause. Und vergessen Sie nicht seine Safes auf der Bank. Er muß die Fotos irgendwo haben.«

Herrera versuchte Dave zu unterbrechen.

»Er wird sich nicht dagegen wehren können, weil er zur Zeit hier in Los Angeles ist. Mit dem Kerl, der ihm die Fotos verkauft hat. Die beiden tun so, als wäre alles nur ein Scherz gewesen. Es gibt keine Fotos, hat nie welche gegeben. Aber warum sind sie dann zu mir gekommen? Ich habe bisher kein Wort verlauten lassen von irgendwelchen Fotos – noch nicht. Chalmers hat zu schnell reagiert. Er ist schuldig bis über beide Ohren.«

»Es ist jetzt egal«, sagte Herrera.

»Für Sie vielleicht«, entgegnete Dave. »Aber für mich bedeutet es eine ganze Menge. Hören Sie, es ist verdammt früh am Tag. Sie können alles erledigt haben, bevor die Stadt aufwacht. Niemand wird Sie sehen. Der Bürgermeister wird es nie erfahren. Nicht, wenn Sie sich jetzt auf die Socken machen und –«

Herrera brüllte: »Können Sie mal für 'nen Moment den Mund halten?«

»Meinetwegen«, sagte Dave.

»Danke. Es geht jetzt nicht mehr um die Fotos. Es geht auch nicht um Chalmers. Olson ist tot.«

Es war wie ein Schlag in die Magengrube. »Sie meinen, man hat ihn gefunden? Im Fluß?«

»Nicht im Fluß. An einem Ort, der Bell Beach heißt. Im San Diego County. Auf einer halb zusammengebrochenen Vergnügungspier. Mit einem blutigen Loch, dort, wo sein Herz ist. Wir sind vor eineinhalb Stunden vom dortigen Büro des Sheriffs angerufen worden. Ich hätte es Ihnen schon früher gesagt, aber ich war ständig auf dem Sprung. Mußte die schlimme Botschaft weitergeben: an seine Frau, seinen Schwiegervater, seine Tochter. Das gehört nun mal zu meinem Job, auch wenn ich es hasse, so etwas tun zu müssen.«

»Moment mal – ich will sichergehen, daß ich Sie richtig verstanden habe«, sagte Dave. »Olson ist ermordet worden? Und zwar erst vor kurzem?«

»Gestern abend. Zwischen acht und zehn, laut der vorläufigen Untersuchung durch den medizinischen Sachverständigen. Genauer wird man es erst nach der Autopsie bestimmen können. Aber man hat ihn erst gegen Mitternacht gefunden. Er hatte nichts bei sich, was ihn identifizierte, daher hat es eine Weile gedauert, bis man wußte, wer der Tote war. Wir haben es gegen zwei erfahren.«

»Ziemlich rasche Arbeit«, sagte Dave mechanisch. »Und wer hat es getan – weiß man das auch schon?«

»Der Kerl, mit dem Olson seit einer Woche dort gehaust hat. Er ist verschwunden. Man hat von dort aus eine Fahndung nach ihm eingeleitet.« Herrera lachte kurz. »Mit unserer sind das zwei.«

»Doug Sawyer«, sagte Dave. »Habe ich recht?«

»Aber er fährt nicht mehr den Ferrari. Jetzt ist es ein alter Chevrolet, der höchstens ein paar hundert Dollar wert ist. Sie sind schlau, Brandstetter. Wenn Sie mal einen Job suchen – bei uns sind Sie willkommen.«

»Danke.« Dave lachte bitter. »Könnte durchaus sein, daß ich auf das Angebot zurückkomme. Und zwar bald.«

Kapitel 15

Bell Beach war meilenweit von der Schnellstraße entfernt. Sand lag in den leeren, von der Sonne gebackenen Straßen. Dünnes, braunes Gras wuchs auf dem Sandstrand, und Möwen und Pelikane standen zwischen den Grasbüscheln wie mottenzerfressene Museumsstücke. Die Häuser waren aus Holz, mit Gips verkleidet, und einige hatten verrückte Fassaden mit Türmchen und Balustraden. Die bunten Farben waren verblichen und abgeblättert. Dach- und Wandschindeln waren verzogen und schwarz geworden. Fenster waren zerbrochen oder mit Brettern zugenagelt, seit Jahren. Der Rost der Nagelköpfe hatte lange braune Striche auf den vom Salz versilberten Brettern hinterlassen. Das verrostete Eisendach einer Würstchenbude war zusammengesackt. Eine Tankstelle mit Metalldach schimmerte wie schwarzgewordenes Filigran in der Sonne.

Hinter einem mit Vorhängeschlössern gesicherten Gitter standen scharlachrote und vergoldete Karussellpferdchen, von Spinnweben überzogen.

Dave schaute mit zusammengekniffenen Augen in die Sonne. War denn hier alles ausgestorben?

Kurz danach kam ein lederhäutiger alter Mann in zerschlissenen Shorts und einem verdreckten Parka auf einem Fahrrad daher. Ein junger Schwarzer mit zerbrochener Sonnenbrille lehnte an einem Mast der Stromleitung. Nackter Oberkörper, Jeans, barfuß. Eine verwelkte Frau mit einem Strohhut watschelte aus dem Gemischtwarenladen, eine große Tüte im Arm. Auf der anderen Straßenseite dröhnte Sitar-Musik aus einem blechernen Lautsprecher über einer Ladentür. Auf den Fenstern farbtrunkene Buchstaben. Perlenketten, Bücher, Leuchtfarbenplakate. Ein grobknochiges, dunkelhäutiges Mädchen mit ungekämmtem, schwarzem Haar und in einem langen, neuen, rosa-orange gestreiften Hemd hielt etwas an den Mund und blies einen Wirbel von Seifenblasen in die Luft; dann verschwand sie in dem dunklen Laden.

Dave bremste ab. Am Ende von drei Seitenstraßen hatte er nur den blauen Ozean gesehen. Die vierte neigte sich zu einer Pier. Und auf der Pier, über halbzerfallenen Hütten, erhob sich ein massives Gerüst, an dem noch an einigen Stellen gelbe Farbe klebte. Am Fuß der Metallstangen, die sich steil nach oben wanden und verrostet waren, befand sich eine hufeisenförmige Schrift aus bunten Birnen. Die Birnen waren längst kaputtgeschlagen, aber die Schrift war noch zu erkennen: RUTSCHBAHN. Dave erkannte sie auf den ersten Blick; das Bild über dem offenen Kamin, in Fox Olsons Wohnzimmer in Pima! Und er erkannte die Szene von einem Foto zweier lachender, junger Burschen, das Dave in Sawyers Tierhandlung in Los Angeles betrachtet hatte.

Auf halbem Weg zur Pier hing eine neue, farbfrische amerikanische Fahne über der Tür einer weitläufigen architektonischen Scheußlichkeit aus vergipstem Holz. Durch die spätere Tünche war noch die ursprüngliche Aufschrift an der Seitenfront des Gebäudes zu erkennen: BELL BEACH BADEHAUS. Aber ein weißes Emailschild am Gehsteig trug den braunen sechszackigen Stern, der darauf hinwies, daß sich irgendwo im Inneren des ehemaligen Badehauses die Zweigstelle des Sheriffbüros befinden mußte. Am Randstein ein staubiger Wagen, dessen Anblick Dave vertraut war. Er parkte dicht dahinter. Als er ausstieg und in der strahlend hellen Sonne stand, öffnete sich die Tür unter der Fahne.

Thorne Olson kam heraus. Natürlich! Herrera hatte sie hergeschickt, damit sie die Leiche identifizierte. Sie trug Schwarz. Es sah gut aus an ihr. Ihr Gesicht wirkte verschlossen, und sie ging schnell. Sie stand schon am Wagen und war zum Einsteigen bereit, bevor Hal McNeil die Tür geschlossen hatte. Die Wagentür, auf der die Buchstaben KPIM in Grün und Blau prangten, war versperrt. Jetzt drehte sie sich ungeduldig zu McNeil um. Er schloß die Tür auf. Ihre behandschuhte Rechte riß sie auf; sie wollte einsteigen – und sah Dave. Dabei riß sie die Augen weit auf. Sie gab Hale McNeil einen Wink, und der drehte sich um. Dave ging auf die beiden zu, und der Sand knirschte unter seinen Schuhsohlen. Als er näher kam, sah er, was ihr fehlte. Ein Drink. Sie zitterte am ganzen Körper. Aber ihre Stimme war fest und ruhig.

Sie sagte gepreßt: »Sie hatten doch recht. Sie sind sehr schlau.«

»Aber nicht schnell«, erwiderte Dave. »Nicht schnell genug. Tut mir leid. Er – hat er Ihnen gegenüber nie von diesem Ort gesprochen?«

»Nein.« Es klang bitter. »Es sieht so aus, als ob es eine Menge gibt, worüber er nie mit mir gesprochen hat.«

McNeil legte eine Hand auf ihren Arm. Dann sagte er zu Dave: »Er ist tot. Schließt das nicht die Akten, soweit es Sie betrifft? Was wollen Sie noch hier?«

Dave wußte es nicht, daher flüchtete er sich in eine Lüge. »Meine Gesellschaft verlangt, daß einer der eigenen Leute den Verstorbenen identifiziert.«

Dieselbe Lüge tischte er auch dem Deputy auf, der für die Zweigstelle des Sheriffbüros in Bell Beach verantwortlich war, einem jungen, vertrauensseligen Mann. Er führte Dave durch einen finsteren Korridor. Es roch noch immer nach Badehaus – Schweiß, Urin und feuchtes Holz. Die Tür, die der Deputy öffnete, war isoliert wie eine Kühlschranktür. Der Raum dahinter war kalt. Zinktheken und -wannen, ein Abfluß in der Mitte des Betonbodens. Der Körper, der Fox Olson gehört hatte, lag unter einem Laken auf dem hohen, weißemaillierten Tisch. Der Deputy schlug das Laken ein Stück zurück. Olson sah sehr jung aus. Der Tod ist imstande, die Jahre auszuwischen. Zwischen der Sonne und dem Fenster flatterte eine Möwe. Ihr Schatten fiel auf Olsons Gesicht.

»Danke.« Dave drehte sich um. »Er ist es.«

»Ich verstehe das nicht.« Die Stimme des jungen Deputys klang enttäuscht. »Hat ihn denn keiner gemocht?«

»Jeder«, entgegnete Dave. »Oder fast jeder. Warum?«

»Seine Frau – und dieser große Kerl, sein Manager. Sie haben nicht mit der Wimper gezuckt. Genau wie Sie. Haben einen Blick auf ihn geworfen, gesagt, daß er es ist, sich umgedreht und sind weggegangen.« Er öffnete die schwere Tür.

Dave ging hinaus auf den Korridor. »Sie hielten ihn seit einer Woche für tot.« Er erzählte von der Brücke, dem zertrümmerten Thunderbird. »Sie haben den ersten Schock schon hinter sich.«

Obwohl durch Trennwände abgeteilt, war die Polizeistation ein einziger riesiger Raum im Stil eines römischen Bads. An den Wänden Säulen, die Decke mit Akanthusblättern aus Stuck verziert. Nischen, in denen früher Statuen gestanden haben mochten. Das Schwimmbecken überspannte ein Holzboden. Wenn man darüberschritt, dröhnte es hohl. Dave setzte sich auf einen harten, unbequemen Holzstuhl. Der Deputy hatte sich an einem braunen Stahlschreibtisch niedergelassen, der ziemlich neu aussah.

»Er hätte sich keinen besseren Ort zum Verschwinden aussuchen können. Hier kommt seit Jahren niemand mehr her.« Sein Lächeln wirkte traurig. Er berührte seine Plakette. »Deshalb hat man uns hier eingesetzt. Neulinge. Es ist eine Geisterstadt. Sogar die Hippies sind verschwunden. Sie hören von der niedrigen Miete und daß einen hier niemand stört, also kommen sie her. Aber sie bleiben nicht lange. Es ist zu tot hier.«

»Und warum?«

»Früher ist hier die Küstenstraße durchgegangen. Eine zweispurige Staatsstraße. Sie haben sie verkommen lassen, als die Schnellstraße fertig war. Das war neunzehnhundertfünfundfünfzig. Mit der Küstenstraße ist auch die Stadt verkommen. Ja – wenn jemand untertauchen will, ist er in Bell Beach gerade richtig. Hier sucht ihn keiner.«

»Sie auch nicht?« Dave deutete auf das Rundschreiben mit Fox Olsons Foto, das auf dem Schreibtisch lag. »Sie haben das schon seit vier Tagen. Er muß doch gesehen worden sein.«

»Ich habe ihn gesehen.« Angewidert nahm der Deputy das Blatt und ließ es wieder auf den Schreibtisch segeln. »Aber das hier hab' ich nicht gesehen. Es ist gleich ins Archiv gewandert. Johnson oder Miles haben es weggesteckt. Jetzt will das natürlich keiner zugeben. Sie haben die beiden anderen Schichten übernommen. Ich selbst habe es nie gesehen, ehrlich. Das heißt, bis gestern abend, als wir versuchten, ihn zu identifizieren.« Er gähnte, blinzelte, schüttelte den Kopf. »Entschuldigen Sie. Das ist normalerweise meine Schlafenszeit. Aber ich muß noch auf den Coroner warten . . . Ja, ich habe ihn gesehen. Die beiden. Draußen am Strand. Sonnenschirm, große Badetücher. Sie haben Ball gespielt, sind geschwommen, haben gelesen. Olson hatte eine Gitarre dabei. Zwei Freunde in den Ferien. Ich hab' sogar gewußt, wo sie wohnten. Bei der alten Mrs. Kincaid. Aber in ihrem Zimmer hat es nichts zu entdecken gegeben. Sawyer hat alle seine Sachen mitgenommen. Und das Zeug von Olson war alles neu. Nichts von Bedeutung. Nichts, was auf irgendeine Spur hingewiesen hätte. Bis auf die Schreibmaschine vielleicht. Aber auch das ist zweifelhaft. Wahrscheinlich hat er sie irgendwo gegen Bargeld gekauft und einen falschen Namen angegeben. Mrs. Kincaid hat die Quittung für die Miete auf den Namen Doug Douglas ausgeschrieben. Sie sagt, der Tote hätte sich ihr als Edward Fox vorgestellt.«

»Edward?«

»Olsons Vorname. Seine Frau hat es mir gesagt. Aber er hat ihn nie benützt. Nicht einmal auf dem Führerschein und in der Wählerliste. Nur hier.« Der junge Mann gähnte wieder. »Also hatten wir es mit einem Mr. Nobody zu tun. Und wenn das passiert, schaut man im Archiv nach. Vergleicht Fingerabdrücke, und so weiter. Aber manchmal muß man lange warten.« Er schlug mit der flachen Hand auf das Rundschreiben. »Verdammt, wenn mir das hier eher aufgefallen wäre, hätte ich ihm vielleicht das Leben retten können.«

»Vielleicht«, sagte Dave. »Aber nur sehr vielleicht. Sein Leben hatte ein paar böse Risse . . . Sind Sie sicher, was diesen Sawyer betrifft?«

Der junge Deputy zuckte mit den Schultern. »Wer kann sonst noch gewußt haben, daß Olson hier war?«

»Hippies? Haben die nicht manchmal Probleme, was Mein und Dein angeht?«

»Er ist nicht beraubt worden«, erklärte der Deputy. »Hatte

fast vierhundert Dollar in der Tasche, als wir ihn fanden. In bar.«

»Haben Sie die Schußwaffe gefunden?«

»Eine Tauchertruppe hat sie heute morgen aus dem Wasser gefischt. Zwanzig Meter von der Pier entfernt.«

»Sawyers Waffe?«

»Olsons.« Er drehte sich herum, zog eine Schublade auf, legte die Pistole auf den Schreibtisch. Ein rotes Schild hing am Abzugbügel. Es war eine Coltpistole. Kaliber 32. »Seine Frau hat sie identifiziert. Sie war bei der Polizei von Los Angeles auf seinen Namen registriert. Seit neunzehnhundertdreiundvierzig. Sie sagt, er hätte damals in einer Buchhandlung am Hollywood Boulevard gearbeitet. Ein paar GIs haben den Laden geplündert. Der Besitzer wollte keine Schußwaffe kaufen. Also hat sich Olson diese Pistole gekauft.«

»Fingerabdrücke?«

»Einer. Ein Daumenabdruck an einer der Patronen. Von Olson. Das ist alles. Die Waffe war geölt. Frisch gereinigt, bevor sie abgefeuert wurde. Und der Täter hat sie abgewischt, bevor er sie von der Pier ins Wasser geworfen hat.« Der Deputy hielt die Pistole kurz in seiner Kinderhand, dann drehte er sich um und legte sie wieder in die Schublade. »Hören Sie . . .« Er blinzelte und wandte sich wieder Dave zu. »Zweifeln Sie daran, daß Sawyer ihn erschossen hat?«

»Nein. Es ist logisch. Vielleicht war es sogar unausweichlich. Tut mir leid, das ist alles, was ich sagen kann. Wahrscheinlich hat sich Olson zu sehr darauf verlassen, daß Sawyer ihm nichts antun würde. Sie waren alte Freunde.«

»Aber sie haben miteinander gestritten«, sagte der Deputy. »Es ist sogar zu Handgreiflichkeiten gekommen. Mrs. Kincaid hat es gehört. Sie haben geflucht und sich angebrüllt, haben alles mögliche an die Wand geworfen. Dann ist Sawyer abgehauen. Das war vor zwei oder drei Tagen.«

»Aber er wurde nicht vor zwei oder drei Tagen getötet«, sagte Dave. »Er ist in der vergangenen Nacht erschossen worden.«

»Sawyer muß zurückgekommen sein. Das Zimmer war ein einziges Chaos. Und Mrs. Kincaid war gestern abend nicht zu Hause.«

»Hat sie keine anderen Mieter?«

»Hippies«, knurrte der Deputy. »Sie feierten eine Party. Natürlich bei geschlossener Tür. Sie haben nichts gesehen und nichts gehört. Kein Wunder bei dem Krach, den die machen. Und wenn sie was gesehen hätten, würden sie es nicht sagen. Sie reden nicht mit der Polizei.«

»Das Zimmer war also ein Chaos«, sagte Dave. »Aber Olson ist nicht dort gefunden worden. Er wurde unten an der Pier gefunden.«

Der Deputy nickte. »Unter der Rutschbahn. Kann es nicht sein, daß man ihn danach hingeschleppt hat?«

»Um acht, neun, zehn Uhr abends? Ich weiß, es ist eine tote Stadt – aber so tot? Wie weit ist das Haus dieser Mrs. Kincaid von der Pier entfernt? Wie kräftig ist Sawyer? Ich dachte, er sei eher schmächtig. Wenn Olson im Zimmer erschossen wurde, müßte es dort Blutspuren geben. Gab es Blutspuren?«

Das Gesicht des jungen Deputys lief rot an. »Nein. Sawyer war alles andere als ein Muskelmann. Und die Kincaid wohnt gut drei Blocks von der Pier entfernt . . .« Der junge Kerl gähnte wieder, schloß die Augen und ließ ein paar Minuten lang den Kopf hängen. Als er aufschaute, waren seine Augen blutunterlaufen. »Ich weiß nicht. Wenn wir Sawyer finden, sagt er es uns vielleicht . . .«

Die Tür ging auf. Heiße Luft kam herein. Und mit ihr ein fetter Mann mit ungesundem, weißem Teint. Er schleppte einen großen Holzkoffer.

Der Deputy stand auf. »Sind Sie der Coroner?«

»Ich bin der Arzt, der die Autopsie vornehmen soll«, sagte der Mann mit gelangweilter Stimme. »Wo ist denn die Leiche?«

Dave hob grüßend eine Hand und ging.

BETRETEN VERBOTEN. LEBENSGEFAHR.

Der Drahtzaun hing herunter, als wären die Schilder zu schwer für ihn. An einer Stelle lag er ganz unten auf dem Boden wie ein verrostetes Zirkusnetz. Er bewegte sich wie ein Zirkusnetz, als Dave darüberging. Im Schatten der Rutschbahn fand er die Stelle, wo Fox Olson gestorben war. Kreideumrisse auf den Planken. Er kniete sich hin und schaute sich um. Zwischen den Ritzen meinte er eine Bewegung gesehen zu haben, unten im Sand. Es war sein Schatten auf dem von der Sonne gestreiften Boden. Dave richtete sich wieder auf und klopfte sich den Sand von den Händen. Der Sand flog weg, aber das

Fett blieb. Schwarz. Autoöl? Er wischte es mit dem Taschentuch ab, ging zum Geländer, lehnte sich dagegen. Es hinterließ eine weiße Spur auf seinem Jackett. Er bürstete sie mit dem Ärmel ab. Im stinkenden, dunklen Pfostenwald unter der Pier lagen Pizzafolien, Bierdosen, Zigarettenschachteln, Präservative – der freudlose Abfall amerikanischer Freude. Unter der Stelle, wo Olson verblutet war, befand sich ein dunkler Fleck. Und außerdem ein kleines Häufchen – wovon? Heller Sand? Er bückte sich, berührte es. Weich. Er machte einen Finger naß, tupfte etwas davon auf, roch daran. Sägemehl.

Sägemehl?

Kapitel 16

Das Haus von Mrs. Kincaid war mit Holzschindeln verkleidet; ein großes Haus mit Kuppeln und Balkonen, deren durchbrochene Gitter wie Laubsägearbeiten aussahen; es sollte gelb sein, wirkte aber hellbraun – eine kranke, unangenehme Farbe. Die seit langem nicht mehr geputzten Fenster gingen hinaus auf die schlammige Verlandungszone hinter einem halbverfallenen Plankenweg entlang des Ufers und einem Gürtel schmutzigbraunen Strandes. Die Haustür stand offen wie ein seniler Mund.

Über die steile Treppe kam Hale McNeil herunter; er hatte eine Reiseschreibmaschine in der einen Hand, eine Gitarre in der anderen. Die hintere Klappe seines Kombiwagens stand offen. Thorne Olson legte Kleidungsstücke auf den Rücksitz. Nicht viele – nur, was man über einem Arm tragen konnte. Neue Sweatshirts, bonbonfarben gestreifte Badehosen, eine sportliche Leinenhose und ein neues Paar roter Tennisschuhe.

Dave hatte seinen Wagen an der Ecke stehengelassen und kam zu Fuß zum Haus herüber. Thorne sah ihn erst, als sie sich aufrichtete und zur Seite trat, um McNeil Platz zu machen für die Sachen, die er herausgebracht hatte. Ihr Gesicht wirkte jetzt noch angespannter, ihre Bewegungen waren ungelenk und ruckartig. Ihre hohen Absätze versanken im Sand, was sie zusätzlich hemmte. Dann erblickte sie Dave, und bevor McNeil sie daran hindern konnte, herrschte sie ihn an: »Hören Sie mal – werden wir von Ihnen beschattet? Warum lassen Sie uns nicht in Ruhe?«

»Reg dich nicht auf«, sagte McNeil, und zu Dave: »Sie ist völlig durcheinander.«

»Ich denke nicht daran, Sie zu beschatten«, erklärte ihr Dave. »Vielleicht erinnern sie sich an mich: Ich habe versucht, Ihren Mann zu finden. Ich hätte ihm gern eine Reihe von Fragen gestellt. Jetzt kann er sie mir nicht mehr beantworten. Daher habe ich vor, mit Mrs. Kincaid zu sprechen.« Dann schaute er die beiden scharf an. »Vielleicht bekomme ich aber auch von Ihnen die entsprechenden Antworten. Warum ist er weggegangen? Warum ausgerechnet hierher? Und – warum wurde er ermordet?«

»Ich weiß es nicht, ich weiß es nicht, ich weiß es nicht.« Schrill, am Rande der Hysterie. McNeil legte ihr einen Arm um die Schulter. Verständlich – schließlich war sie eben Witwe geworden. Und er war ein alter Freund des Hauses. Hinter der Geste gab es nichts zu vermuten. Dachte er. Oder? Immerhin lief er gleich danach rot an und nahm den Arm wieder weg. Absolut unnötigerweise. Sie wandte sich ab, lief auf die rechte Vordertür des Wagens zu, warf sich auf den Sitz und knallte die Tür dann zu.

»Was jetzt noch übrig ist, darum muß sich der Sheriff kümmern«, sagte McNeil. »Warum überlassen Sie es nicht ihm?«

»Weil ich mir nicht denken kann, daß er in der Lage ist, die richtigen Fragen zu stellen«, sagte Dave und ging die Treppe hinauf zur Haustür.

Mrs. Kincaid sah aus wie ein Baseballspieler. Nicht wie einer, der noch vor kurzem gespielt hatte, aber sie war immer noch muskulös. Sie trug einen einteiligen, gestrickten Badeanzug, der an ihr klebte, als hätte sie ihn zeit ihres Lebens getragen. Die Sonne hatte ihn ausgebleicht und ihre Haut gebräunt, so daß sie jetzt fast dieselbe Farbe hatte wie der Badeanzug. Die Wirkung war bemerkenswert. Die Frau war immerhin Mitte Sechzig. Sie kam aus dem hinteren Teil ihrer unordentlichen Wohnung und hatte einen zerbeulten Kaffeetopf aus Aluminium in der Hand; als sie Dave sah, der unter der offenen Tür stand – in der Diele vor der Wohnzimmertür; es war eine jener altmodischen Schiebetüren – schenkte sie ihm ein Lächeln, das kaum freundlicher hätte sein können, wenn sie noch Zähne gehabt hätte. Vermutlich hatte sie sogar Zähne – in einem Wasserglas im Bad. Sie drehte sich auf dem Absatz um und holte sie.

»Da bin ich«, sagte sie, als sie zurückkam. »Hallo. Suchen Sie ein Zimmer? Ich hab' eines für Sie. Das Schönste im ganzen Haus. Im ersten Stock, nach vorne hinaus. Ist gerade erst frei geworden. Ich habe noch keine Zeit zum Saubermachen gehabt.«

»Das Zimmer von Fox Olson?« fragte Dave.

»Ach so.« Sie schaute ihn enttäuscht an. Aber Enttäuschungen waren nichts Neues für sie. Sie verschwendete nicht viel Zeit dafür, war neugierig. »Wer sind Sie?«

Dave sagte es ihr. Und: »Ich möchte das Zimmer sehen.«

»Dagegen ist vermutlich nichts einzuwenden. Aber schauen Sie hierher . . .« Sie ließ sich auf einem durchgesessenen, alten Sofa nieder. Auf dem Couchtisch lagen Bücher und Zettel. Sie stocherte in dem Haufen herum, suchte etwas Bestimmtes. »Seine Frau ist gerade erst weggegangen. Sie hat mir seine Geburtsdaten genannt. Ich bin Astrologin.« Endlich fand sie die billige Lesebrille und machte sich Notizen mit einem Bleistiftstummel. Mit der freien Hand zeigte sie auf eine Art Fahne, die an der Wand hing.

Sie war ungefähr zwei Quadratmeter groß: dickes, bemaltes Wachstuch. MADAME VERA stand darauf. DIE VERGANGENHEIT, GEGENWART UND ZUKUNFT AUS DEN STERNEN. Eine Phantasieschrift. Sie umrundete den Tierkreis mit ungelenken Darstellungen der Sternzeichen. Es sah so aus, als hätte diese Fahne einmal draußen gehangen, vor einer der zusammengefallenen Hütten an der Pier.

»Schauen Sie sich das an!« sagte sie.

»Ich schaue ja«, antwortete Dave.

»Nein, nein. Ich meine hier. Kommen Sie.« Sie klopfte auf das Sofa, und er setzte sich neben sie und betrachtete das Blatt Papier. Wieder ein Tierkreis. Aber diesmal ohne die Tiere. Nur Symbole und Zahlen. »Sehen Sie? Geboren mit der Sonne im achten Haus. Also zum Sterben bestimmt, in diesem oder im kommenden Jahr. Sie arbeiten für eine Versicherung – da sollten Sie sich eigentlich mit dem hier auskennen. Leute, die die Sonne im achten Haus haben, sterben mit fünfundvierzig. Außerdem hatte er den Mars hier – sehen Sie? Das bedeutet gewaltsamen Tod. Präsident Kennedy hat die gleiche Konstellation gehabt. Komisch – beide haben auch den Saturn im zehnten Haus. Das bedeutet einen Sturz aus großer Höhe.«

»Zu schade, daß Sie ihn nicht mehr warnen konnten«, bemerkte Dave trocken.

»Wenn ich seine Geburtsdaten gehabt hätte, wäre das möglich gewesen. Ich hätte ihn gewarnt.« Sie schenkte sich Kaffee in eine gesprungene Tasse. »Wollen Sie auch einen Schluck?«

Der Kaffee roch gut. Dave nickte. Sie verschwand und rief aus einem anderen Raum zu ihm herüber: »Aber es hätte nichts genützt, ihn zu warnen. Leute mit der Sonne im achten Haus tragen eine schwere Last an ihrem Karma. Sie bestimmen ihr Leben nicht selbst, das Leben bestimmt sie. Schicksal.« Sie kam mit einer zweiten Tasse, die so abgewetzt und abgesprungen war, daß der Begriff Scherbe besser gepaßt hätte. Aber die Scherbe hielt noch den Kaffee, und der Kaffee schmeckte so gut, wie er roch.

»Was bedeutet das: die Sonne im achten Haus?« fragte Dave.

»Das hat man, wenn man etwa um vier Uhr nachmittags geboren ist.«

»Aber trifft das nicht auf sehr viele Leute zu?«

»Auf sehr wenige – das ist eine Tatsache. Es ist wahrscheinlich die Zeit, zu der die wenigsten Geburten stattfinden. Wissen Sie, eigentlich ist das die Sterbezeit. Fragen Sie jemanden, der in einem Krankenhaus arbeitet, und er wird es Ihnen bestätigen. Die Zeit der Ebbe, der Ebbe des Lebens.« Die Brille war nach vorn auf ihre Nasenspitze gerutscht. Sie nahm sie ab. »Die Astrologie bezeichnet das achte Haus als das Haus des Todes.«

»Vor allem, wenn so etwas passiert«, sagte Dave. »Etwas, das zu der Theorie paßt.«

Sie war nicht beleidigt. »Die Astrologie macht keine Fehler – Fehler machen nur die Astrologen.« Sie neigte den Kopf zur Seite. »Sie sind ein Venus-Mond-Typ. Eigentlich unnatürlich, daß Sie so skeptisch sind.«

»Das ist eine Berufskrankheit.« Dave stellte die Tasse ab und stand auf. »Ist das Zimmer oben?«

Sie stieß ein seltsames Pfeifen aus, während sie sich erhob, und sie benützte nicht die Hände, um sich aufzustützen. »Das gleiche Zimmer, das sie früher einmal gehabt haben. Im Sommer neunzehnhunderteinundvierzig.«

Dave wollte sich gerade umdrehen – jetzt blieb er stehen.

»Sie haben sich an die beiden erinnert?«

»Na klar – die nettesten Jungen, die jemals bei mir gewohnt haben. Natürlich habe ich sie nicht auf den ersten Blick wiedererkannt. Es ist immerhin sechsundzwanzig Jahre her. Und jetzt sind sie Männer, keine jungen Burschen. Aber sobald sie gesagt haben, wer sie sind, ist es mir wieder eingefallen. Damit hatten sie gerechnet, aber sie haben mich gebeten, es niemandem zu sagen. Ein Geheimnis.« Sie bückte sich, klappte ihre Bücher zu und stapelte sie. »Sie wollten ein paar Wochen Ruhe haben. Niemanden sehen. Und sie haben mich gefragt, ob ich dabei mitmache. Natürlich – ich fand es großartig, daß sie sich an mich erinnert haben, an dieses Haus und an den Sommer vor so vielen Jahren. Das hat mich gefreut, und natürlich war ich einverstanden.« Sie streckte sich. »Ich habe schon oft Geheimnisse meiner Mieter gehütet – eigentlich mein ganzes Leben lang.«

»Deshalb haben Sie dem Deputy auch nicht ihre wirklichen Namen verraten.« Dave grinste. »Übrigens – es wundert mich nicht, daß sie hierher zurückgekommen sind . . . Darf ich jetzt das Zimmer sehen?«

»Es sieht furchtbar aus dort oben.« Sie machte keine Anstalten, mit Dave hinaufzugehen. »Wissen Sie, Fox und Doug haben vor ein paar Tagen furchtbar gestritten.«

»Das hat mir der Deputy erzählt.«

»Ich hab' gewußt, daß es 'ne Menge zum Saubermachen und Aufräumen gibt. Zerbrochenes Glas und so weiter. Doug war abgehauen. Und als Fox am nächsten Morgen an meiner Tür vorbeigekommen ist, um irgendwohin zu gehen – in den Lebensmittelladen, wie sich herausstellte –, da habe ich den Besen und den Staubsauger geholt und bin nach oben gegangen, um alles in Ordnung zu bringen. Aber nicht gleich – zuvor wollte ich noch abspülen.

Na ja, ich gehe gerade hinein in ihr Zimmer, als Fox zurückkommt. Er hat übrigens nur lauter Sachen in der Einkaufstüte gehabt, die geklappert haben wie Glas. Er sagt zu mir, ich brauche mir keine Mühe zu machen. Es könnte ruhig alles so bleiben. Er wollte schreiben. Hat schrecklich ausgesehen, als ob ihm übel wäre, und außerdem hat er Angst gehabt. Armer Teufel. Ich hab' ihn in Ruhe gelassen.«

»Dann stammt das Chaos, von dem mir der Deputy erzählt hat, nicht von der vergangenen Nacht?«

»Nein. Das Zimmer sieht noch fast genauso aus wie am Morgen nach dem Streit.« Sie blinzelte in die Sonne, die vom Meer reflektiert wurde. »Das war am Montag. Fox ist oben geblieben. Ich hab' ihn eine Weile auf der Schreibmaschine hakken gehört. Und er ist oft auf und ab gegangen.« Sie warf einen Blick auf die Sprünge an der Decke. »Es ist ein altes Haus; die Dielen knarren. Er ist dort oben herumgegangen wie ein Tier im Käfig. Wahrscheinlich war er ziemlich betrunken . . . Nein, ich habe keine Möglichkeit gehabt, das Zimmer in Ordnung zu bringen.«

»Und es gibt kein Anzeichen dafür, daß Sawyer zurückgekommen ist?«

Sie zog die Stirn in Falten. »Glauben Sie etwa, er könnte Fox umgebracht haben?«

»Der Deputy meint, es käme niemand anders dafür in Frage.«

»Aber der Deputy ist noch ein ganz junger Kerl«, knurrte Mrs. Kincaid. »Wenn er auch nur einen Funken Menschenkenntnis hätte . . . Natürlich hätte Doug ihn nie und nimmer umgebracht. Doug konnte keiner Fliege etwas zuleide tun. Es ist einfach nicht in ihm drin.«

»Aber Sie wissen nicht, ob er zurückgekommen ist«, sagte Dave. »Sie waren nicht hier.«

»Stimmt. Mr. Pickett und ich sind nach Encinitas gefahren, ins Kino. Wie üblich. Jeden Mittwochabend.«

»Gefahren?«

»Mit dem Fahrrad. Es ist nur ein paar Meilen. Und wir haben gute, starke Lampen an unseren Rädern. Mr. Pickett hat sich zwei von diesen großen, roten Katzenaugen besorgt, wie sie bei Baustellen auf den Straßen verwendet werden, und ich hab' sie uns an breite Gürtel genäht. Die schnallen wir um, wenn wir radfahren. Nicht, daß auf der Küstenstraße nachts besonders viel los wäre. Tagsüber auch nicht. Bell Beach ist eingegangen, weil man die Straße so verkommen ließ. Mr. Pikkett gehörte das Karussell. Er glaubt, daß Bell Beach wiederkommt. Ich wollte, er hätte recht, aber ich glaube es nicht. Nicht, bevor wir zwei Fossilien ins Gras gebissen haben.«

»Ist Mr. Pickett der Mann im Parka, den ich auf dem Fahrrad gesehen habe?«

Sie nickte. »Der netteste Mensch, den man sich vorstellen kann. Also schön, kommen Sie. Die Frau von Fox hat seine Sachen mitgenommen, Kleidungsstücke, Schreibmaschine und so weiter. Aber sonst ist nichts verändert. Um ehrlich zu sein: Ich habe bis jetzt nicht das Herz gehabt, hinaufzugehen und das Zimmer in Ordnung zu bringen.« Sie ging mit Dave durch die düstere Diele, deren Boden voll Sand war, und dann die Treppe hinauf. »Ich habe einfach nicht das Herz gehabt.«

Die Tür auf der anderen Seite, gegenüber von Mrs. Kincaids Wohnraum, stand jetzt offen. Es war ebenfalls eine Schiebetür. Der Raum dahinter lag im Dunkeln. Heraus kam ein etwa vierjähriger, sonnengebräunter Junge. Nackt. Er brüllte und lief hinaus auf die Veranda, und ein blondes junges Mädchen kam hinterdrein. Sie trug ein langes Hemd aus Drillich, sonst nichts, und war erschreckend mager. Im Mundwinkel hing eine Zigarette, und das Mädchen schaute mürrisch drein. Sie hatte den Jungen erwischt, bevor er die Treppe erreichte, hob ihn mit einem Arm hoch und schleppte ihn wieder hinein in das dunkle Zimmer, wo er frühstücken sollte.

Dave warf einen Blick auf seine Armbanduhr. Es war zwei Uhr nachmittags. Sie standen auf dem Treppenabsatz. Mrs. Kincaid hatte seinen Blick und seine Miene richtig gedeutet. »Sie bleiben lange auf«, sagte sie. »Spielen Trommel, Tambourin und Flöte.«

»Der Kleine auch?«

»Der tanzt«, sagte sie. »Es sind verrückte Leute. Eigenartig. So was hat es früher nicht gegeben. Wissen Sie, woher das kommt?«

»Keine Ahnung. Aber können Sie denn schlafen, wenn die nebenan trommeln?«

»Ich hab' mich dran gewöhnt. Nur in der ersten Nacht hat es mich gestört. Aber ich vermiete schon lange. Und die meiste Zeit hab' ich es mir einfach nicht leisten können, wählerisch zu sein. Ich muß ans Geschäft denken und kann nur hoffen, daß sie mein Haus nicht niederbrennen. Außerdem bleiben die meisten ja nicht lange. Wenn sie weg sind, muß man eben die Schäden reparieren. Na ja ... Und als dieser Stamm eingezogen ist – so nennen sie sich, einen ›Stamm‹; manchmal sind da bis zu zwanzig Leute drinnen –, also, nachdem sie eingezogen sind, da hab' ich mir gesagt: Es ist auch nicht lauter als die Brandung, Vera. Und mit dem Brandungsgeräusch schläfst du jetzt schon seit vierzig Jahren. Also schlaf gefälligst. So ist es gegangen, und es geht immer noch.«

Sie gingen ganz nach oben, und Dave, der einen Blick hinunter in die Diele warf, sah einen jungen Mann mit Bart und langem, ungekämmtem Haar, der zu ihnen heraufstarrte. Hübscher Bursche, aber dürr wie eine Latte. Er trug nur eine Unterhose, aber es machte ihm nichts aus, gesehen zu werden. Er starrte Dave an, bis er genug hatte und wieder in dem dunklen Zimmer verschwand. Dave wandte sich Mrs. Kincaid zu.

Kapitel 17

Sie hatte recht. Das Zimmer war in Unordnung – wenngleich dieser Ausdruck keineswegs das Maß der Zerstörung ausreichend beschrieb. Auf der Vorderseite, in Richtung auf den Ozean, gab es ein großes, mit Zwischenleisten unterteiltes Panoramafenster. Ein Stuhl war durch eine der geschlossenen Scheiben geschleudert worden – ein gelber Küchenstuhl. Er lag zerbrochen auf dem Verandadach zwischen Glasscherben, die in der Sonne funkelten. Auch drinnen war alles voller Glassplitter, auf dem zerkratzten Boden und den billigen Läufern. Eine Flasche war gegen die mit gelbem Gänseblümchenmuster tapezierte Wand geworfen worden und hatte einen feuchten Streifen hinterlassen.

Aufgeschlagene Bücher lagen überall herum. Die Seiten bewegten sich im warmen Wind, der durch das Loch in der Fensterscheibe hereinkam. Auch Ascheflocken im offenen Kamin bewegten sich und flogen umher. Ein hochgepolsterter Sessel lag auf dem Rücken wie ein getötetes Rhinozeros. Mrs. Kincaid stellte ihn auf und zupfte die ausgebleichten Bezüge glatt.

»Sie können sich vorstellen, wie das gekracht hat«, sagte sie. »Ich habe gedacht, das Dach ist eingebrochen . . . Hören Sie – seit Stunden will ich zum Schwimmen gehen. Ich weiß, daß einer meiner Mieter ums Leben gekommen ist, und keinem macht das mehr Kummer als mir. Es war immer ein netter Junge gewesen und ein genauso netter Mann. Der Gedanke, daß er hierhergekommen ist, um zu sterben, zerreißt mir das Herz. Er wollte glücklich sein – und er war glücklich. Bis Doug weggegangen ist.«

Sie verzog traurig den Mund. Dann schüttelte sie den Kopf. »Aber das Leben geht weiter. Es muß. Und ich muß schwimmen. Ich bin es gewohnt, und es tut mir gut. Ich weiß nicht, was Sie hier finden wollen. Diese Bohnenstange von Deputy hat jedenfalls nichts gefunden. Aber bleiben Sie hier, so lange Sie wollen.« Sie ging zur Tür. Ihre Gummischuhe wurden fast nur noch von Klebebändern zusammengehalten. Sie stießen gegen etwas auf dem Boden, das davonsprang wie ein kleines, braunes Tier. Sie hob es auf. »Ich verabschiede mich jetzt schon von Ihnen, falls Sie weg sind, wenn ich zurückkomme. Ich lasse mir Zeit, an einem so schönen Tag wie heute.«

»Wenn Sawyer ihn nicht umgebracht hat«, sagte Dave, »wer denn dann?«

Sie zog die Stirn in Falten. »Verloren ist ein altmodisches Wort. Aber genau das war er gestern und vorgestern. Schrecklich verloren. Vielleicht hat er sich das Leben genommen.«

Dave schüttelte den Kopf. »Man hat die Pistole gefunden, zwanzig Meter von der Pier entfernt im Wasser. Ohne Fingerabdrücke. Man schießt sich nicht eine Kugel ins Herz, wischt danach die Waffe ab, geht zum Geländer, wirft sie hinaus ins Meer, geht wieder zurück und legt sich in die Mitte der Pier zum Sterben nieder.«

»Nein . . .« In ihrer Verwirrung schob sie mit der Zunge den unteren Teil ihres falschen Gebisses nach vorn. Für den Bruchteil einer Sekunde stand es ein wenig heraus – dann schob sie es wieder an seinen Platz. »Nun, es mußte ja geheimnisvoll und mysteriös sein. Neptun im achten Haus – Geheimnis im Bereich des Todes –, das bedeutet diese Konstellation.«

»Klar«, sagte Dave. »Und was ist mit dem ›Stamm‹?«

»Die? O nein.« Sie lachte und schüttelte den Kopf. »Nein, die glauben an das Leben. Sie hassen den Tod und hassen Menschen, die anderen weh tun. Das ist sicher. Sie sind vielleicht dreckig und laut; wahrscheinlich rauchen sie auch Marihuana. Und ich weiß, daß es bei ihnen ständig um Sex geht – Sex am Morgen, am Mittag und am Abend. Es ist ihnen gleich, wenn sie dabei beobachtet werden. Aber jemanden ermorden?« Sie zog die Mundwinkel nach unten. »Ausgeschlossen.«

»Wie sind die denn mit ihnen ausgekommen?«

»Mit Fox und Doug, meinen Sie? Ich glaube, sie haben kaum mit ihnen gesprochen. Die haben so eine Redensart: Traue keinem über dreißig . . . Hören Sie, ich möchte jetzt wirklich zum Schwimmen gehen.«

»Klar.« Dave lächelte. »Danke für alles – auch für den Kaffee.«

Sie ging, und sein Lächeln verschwand, während er sich dem Schreibtisch zuwandte. Ein altmodisches Modell mit einem viel zu kleinen Ausschnitt für die Beine, vor langer Zeit als Möbelstück aus Naturholz gekauft und inzwischen fleckig geworden, dann gefirnißt – auch das vor langer Zeit. Auf der Platte lag eine grüne Schreibunterlage. Eine kleine, kupferne Ölkanne hatte einen fettigen Kreis darauf hinterlassen. Neben der Ölkanne lag ein verschmiertes Taschentuch, das um einen dünnen Kugelschreiber gewickelt war. Die Umrisse eines kleinen 32er Colts in Öl waren in die Unterlage eingesickert und erinnerten an die Lithographien von Jasper Johns.

Außerdem stand eine leere Dreiviertelliterflasche Whisky auf dem Schreibtisch. Eine zerknüllte Tüte, in der Kartoffelchips gewesen waren. Bleistift, Filzschreiber, Korrekturflüssigkeit, eine Filzunterlage für die Schreibmaschine. Alles neu. In den Schubladen eine durchsichtige Plastikschachtel mit Bleistiften, ein kleiner roter Bleistiftspitzer, ein Block mit gelben Blättern, dreihundert Blatt Maschinenpapier aus einem billigen Laden, ein Umschlag mit Kohlepapier, ein Heftchen mit 17 Fünf-Dollar-Briefmarken und neun billige Briefumschläge.

Kein getipptes, kein geschriebenes Wort. Er kniete sich hin, um den Inhalt des Papierkorbs durchzusehen. Gebrauchte Papiertaschentücher. Ein zweiter, leerer Kartoffelchipsbeutel, eine leere Whiskyflasche. Und im offenen Kamin?

Asche. Die Asche einer größeren Menge Papier. Zwanzig, dreißig Blätter. Beschrieben – weshalb wären sie sonst verbrannt worden? Aber die Asche war zusammengesunken, und der Wind wühlte in den Resten. Sicher, es gab Experten, die mit verbranntem Papier etwas anfangen konnten. Er fragte sich allerdings, ob man für diesen Fall Experten brauchte; dennoch sah er sich nach etwas um, womit man die Öffnung des Kamins schließen konnte.

Ein großer Skizzenblock lehnte neben dem Schreibtisch. Er nahm ihn und schlug ihn auf. Nur ein Blatt war benützt worden. Darauf befand sich ein halbes Dutzend rascher Bleistiftskizzen. Mit glatten, entschiedenen, geschickten Strichen, die Skizzen eines Körpers. Ein Mann, der sich auszog und in eine Badehose schlüpfte. Die ganze Folge der Bewegungen. Genau, liebevoll, auch irgendwie traurig. Der Mann war schlank, aber nicht mehr jung. Kein Knabe jedenfalls. Und ganz anders als auf den Sexfotos, die in diesem Zimmer vor sechsundzwanzig Jahren aufgenommen worden waren. Dave klappte den Skizzenblock zu und stellte ihn quer vor die Öffnung des Kamins. Sie war fast bedeckt.

Dann schaute er in die Kommode. Leer. Im Schrank stieß sein Fuß gegen etwas, das in eine dunkle Ecke rollte. Er bückte sich danach. Der Strandball. Sonderangebot aus einem Drugstore, wilde Farbkringel. Keine Kleidungsstücke im Schrank. Auf dem Bett hatte jemand gelegen, aber nicht unter der Decke. Dave warf den Ball auf das Bett und ging hinaus. Auf dem Weg zur Treppe öffnete er die Türen der anderen Zimmer. Drinnen roch es staubig und unbewohnt. Keine Bezüge auf den Betten.

Das Bad war am Ende des Korridors. Alt, aber blitzsauber bis auf einen orangefarbenen Ring an der Wassergrenze der Toilettenschüssel und einem gelben Fettfleck im Waschbekken. Im Abfalleimer nichts als die ausgedrückte leere Tube einer Salbe gegen Verbrennungen. Sonnenbrand? Er beroch den Fettfleck im Waschbecken. Das war die Salbe. Einen Augenblick betrachtete er Tube und Fleck, dann öffnete er den Medizinschrank. Aspirin und Magentabletten, eine ungeöffnete Schachtel mit Schnellverband und Pflastern.

Unten in der Diele klapperte ein Tambourin. Dave schloß den Medizinschrank. Als er den Treppenabsatz erreicht hatte, stellte er fest, daß der »Stamm« dabei war, das Haus zu verlassen. »Könnten Sie einen Augenblick warten?« rief er hinunter.

Sie drehten sich um und starrten ihn an. Der junge Mann hatte sich angezogen. Ein Khakihemd mit herausgerissenen Ärmeln, das er über der Hose trug. Eine Hose mit weiten Hosenbeinen. Große, blaue Glasperlen an einer Schnur um den Hals. Auch das Mädchen hatte sich Perlen umgehängt und sich das Gesicht gewaschen. Es glänzte. Strähnen ihres blonden Haars waren dabei naß geworden und klebten an den Wangen. Der Kleine hatte das Tambourin; er trug eine Kinderjeans und ein Hemd mit Puffärmeln, das mit großen roten Blumen bedruckt war. Am Kinn hatte er getrocknete Milch.

»Schießen Sie los«, sagte der junge Mann zu Dave. »Wir hören.«

»Haben Sie die Männer gekannt, die hier oben wohnten?«

»Schwule«, sagte das Mädchen.

Der junge Mann schaute sie angewidert an. Dann sagte er zu Dave: »Nein, wir haben sie nicht gekannt. Der eine ist am Sonntag abgehauen, der andere hat sich gestern abend erschossen. Mehr wissen wir nicht. Und wer sind Sie?«

Dave sagte es ihnen und berichtete von Fox Olsons Verschwinden.

Der Junge zeigte die Zähne inmitten des buschigen Barts. Strahlend weiße Zähne, groß und sehr ebenmäßig. »Mann, was für ein Trip! Versichert sich, verschwindet und kassiert. Wenn er am Leben geblieben wäre und Sie ihn nicht gefunden hätten, dann hättet ihr zahlen müssen, ja?«

Dave lächelte. »Nun – zuvor hätte es noch ein paar Formalitäten gegeben, aber – ja, die Versicherung hätte zahlen müssen.«

»Wieviel?«

»Hundertfünfzigtausend Dollar.«

»Scheiße!« Der junge Mann lachte. »Scheiße!«

Der Kleine tanzte draußen auf der Veranda im Kreis herum, duckte sich dabei und ließ das Tambourin über dem Kopf klappern. Dann hörte er plötzlich auf, lief herein, stellte sich neben seinen Vater und schaute Dave unverwandt aus seinen blauen Augen an.

Dave fragte die Eltern: »Haben Sie gestern abend irgendwas gehört? Oder haben Sie Douglas – den Mann, der am Samstag weggegangen ist – noch einmal gesehen? Ist er zurückgekommen?«

Der junge Mann lächelte und legte sich dann beide Hände vor die Augen. »Nichts Böses sehen«, sagte er.

Das Mädchen hielt sich die Ohren zu. »Nichts Böses hören«, sagte sie.

Und »Nichts Böses sagen«, krähte der Kleine, bevor er sich die Hände auf den Mund preßte.

»Sie haben geübt«, erklärte Dave. »Das sieht man.«

»Ja, aber es ist unsere einzige, einstudierte Nummer«, erwiderte der junge Mann. »Und wir geben keine Zugaben.«

Daraufhin drehten sich alle drei um und gingen hinaus.

Am Fuß der Treppe hing ein Münztelefon an der Wand. Das sollte der Direktor des Smithsonian-Museums sehen, dachte Dave. Es mußte das erste Modell nach Erfindung der Wählscheibe sein. Aber es funktionierte. An der Münzrückgabe klebte ein bedruckter Zettel. Die Nummern der Notrufe. Von

Fingernägeln zerkratzt, aber noch lesbar. Er rief die hiesige Zweigstelle des Sheriffs an, ließ sich mit dem medizinischen Sachverständigen verbinden. Er sprach nicht mit dem Deputy, den er kannte, aber man holte den fetten Mann an den Apparat. Dave meldete sich, erklärte ihm sein Interesse, und der fette Mann grunzte.

»Zwei Fragen«, sagte Dave. »Erstens: Haben Sie Brandwunden am Körper des Toten entdeckt?«

»Nein, aber etwas Sonnenbrand. Die Haut im Nacken, am ganzen Rücken mit Ausnahme der Hinterbacken, an der Rückseite der Beine, an den Füßen. Keine schweren Verbrennungen.«

Der ›Stamm‹ hatte die Tür zu seiner Höhle offengelassen. Dave konnte hineinschauen. Am entgegengesetzten Ende befand sich ein kleines Seitenfenster, das zur Straße hinausging. Das Dach eines blauen Wagens glitt vorbei. Er hörte den Motor – einen Sechszylinder mit klappernden Ventilen. Also ein alter Wagen.

»Aber keine Verbrennungen durch Feuer? Zum Beispiel an den Händen?«

»Nein, nichts dergleichen.«

»Die erste Untersuchung ...« Dave hörte, wie der Wagen hinter dem Haus bremste, wie der Motor verstummte. »Die erste Untersuchung hat ergeben, daß der Tod zwischen acht und zehn Uhr des vergangenen Abends eingetreten sein muß ...« Eine Wagentür wurde zugeschlagen. »Gibt es einen Grund dafür, diese Vermutung zu korrigieren?«

»Der Mageninhalt deutet darauf hin«, dröhnte der fette Arzt ins Telefon, »daß der Verstorbene drei Stunden nach Einnahme seiner letzten Mahlzeit ...« Schritte dröhnten auf hohlem Holz. »Die Polizei berichtet, daß der Tote gegen sechs Uhr in einem Café gegessen hat. Der Verdauungsprozeß wurde gegen neun gestoppt.«

Auf der Rückseite des Hauses wurde eine Tür geöffnet und gleich danach wieder geschlossen. Eine Stimme rief: »Fox? Fox, ich bin wieder da.« Schritte näherten sich rasch.

»Danke«, sagte Dave ins Telefon und hängte ein.

Als er sich umdrehte, lief ein Mann die Treppe hinauf und nahm dabei immer zwei Stufen auf einmal. Turnschuhe, eine abgetragene Tweedjacke – ein kleiner Mann, schmächtig gebaut, fast wie ein Junge, und mit einem knabenhaften Schopf braunen Haars. Wie ein Junge hielt er sich am Treppenpfosten fest, schwang sich herum und lief auf das zum Meer hinausgehende Zimmer zu. Grinste dabei. Aber er war kein Junge mehr. Grau an den Schläfen, graue Tupfer im vier Tage alten Stoppelbart.

Dave seufzte und ging hinter ihm her nach oben.

Kapitel 18

Er stand mitten im Zimmer. Die Jacke stammte nicht aus Amerika, ebensowenig wie der weite Pullover, den er darunter anhatte, und die Hose. Es sah so aus, als ob er in seiner Kleidung geschlafen hätte. Auf Kiefernnadeln. Jetzt drehte er sich um, und Dave empfand einen Schock, der wie ein Fausthieb in den Magen wirkte. Die Augen dunkel und glänzend wie Steine in einem Flußbett. Rods Augen. Er war etwa so groß wie Rod und hatte eine ganz ähnliche Figur, die gleiche, getönte Haut, das dunkle Haar, das längliche Gesicht. Ein anderer Mann, aber Rod sehr ähnlich. Selbst seine Stimme erinnerte an Rod.

»Wer sind Sie?« fragte er. »Wo ist Fox?«

»Ich suche ihn seit Tagen«, antwortete Dave. »Mein Name ist Brandstetter. Ich bin Ermittler bei seiner Lebensversicherung. Der Medaillon.«

»Ach«, sagte Sawyer düster.

»Und Sie suche ich auch«, fügte Dave hinzu, »seit ich weiß, daß Sie in der Nacht, als er verschwunden ist, in Pima gewesen sind.«

»Dann stehe ich also auf der Abschußliste?« Sawyers Lächeln war nicht ganz echt.

»So ungefähr könnte man es bezeichnen. Ich brauche die Antworten auf ein paar Fragen.« Dave bewegte den Kopf in Richtung auf das Bett. »Setzen Sie sich lieber.«

»Darf ich erst eine Zigarette schnorren? Meine sind mir schon gestern ausgegangen. Ich hätte gedacht, sie reichen, aber ich habe mehr als üblich geraucht.«

Dave gab ihm eine Zigarette, nahm sich selbst eine und zündete beide an. Sawyer sog gierig den Rauch ein und ließ sich auf die Bettkante sinken. Dave setzte sich in den großen Sessel. »Wo sind Sie gewesen?« fragte er.

»In den Bergen.« Sawyer stand auf, warf einen Blick in den Schrank, kam zurück und setzte sich wieder. »Ich mußte nachdenken.«

»Was für Berge? Was für ein Ort?«

»Kein Ort. Ich habe mich an Nebenstraßen gehalten. Und im Freien geschlafen.« Er rieb sich die Bartstoppeln. »Das Wasser war ein Problem.«

»Und das Essen nicht? Mußten Sie nicht tanken?«

»Nein.« Jetzt ging Sawyer zur Kommode, öffnete und schloß die Schublade. »Fox und ich hatten eine Menge Konserven gekauft. In Los Angeles, wo wir die Wagen gewechselt haben. Eigentlich wollten wir uns irgendwo an der Baja verstekken . . .« Er kniete sich auf den Boden, hob Bücher auf und stapelte sie auf der Kommode. »Aber wir haben diesen Ort geliebt, als wir noch jung waren, und nachdem wir festgestellt hatten, daß er praktisch verlassen war, fühlten wir uns hier sicher. Wir sind geblieben. Die Konserven lagen noch im Wagen.« Er kam wieder zum Bett und setzte sich. »Und zwei Reservekanister Benzin. Je zwanzig Liter.«

»Dann hat Sie also keiner gesehen, jedenfalls nicht mehr nach Sonntagabend?«

»Natürlich sind mir dort oben ein paar Wagen begegnet. Und in den Wäldern waren Jäger. Ich habe sie gehört, aber nie gesehen. Und ich bezweifle, daß sie mich gesehen haben. Gesprochen habe ich jedenfalls mit niemandem.«

»Dann gibt es auch keinen Beweis, daß Sie in den Bergen gewesen sind, wie Sie behaupten.«

Sawyer schaute Dave besorgt an. »Nein . . . Ist das denn nötig?«

Dave stand auf, ging zum Fenster und schaute hinaus auf den Ozean. Er war blau wie der Himmel, aber ganz draußen am Horizont stand eine Nebelwand. Er sagte: »Ja, das würde Ihnen helfen.« Dann drehte er sich um. »Warum sind Sie weggefahren? Worum ging es in dem Streit zwischen Ihnen und Fox?«

Sawyer lachte bitter. »Wenn man die Verwüstung hier sieht, könnte man denken, es sei schlimmer gewesen, als es in Wirklichkeit war. Ich werfe mit allem möglichen, wenn ich die Geduld verliere.«

»Es war schlimm«, erwiderte Dave. »Sonst wären Sie nicht vier Tage weggeblieben.«

Sawyer schaute zu Boden.

Dave kam zurück und setzte sich wieder. »Vielleicht ist es leichter für Sie, wenn ich Ihnen zuvor etwas erzähle, was nichts mit Ihnen oder Fox zu tun hat . . .« Es war schrecklich und tat sehr weh, aber er erzählte Sawyer von sich und von Rod. Die ganze Geschichte, von Anfang an. Von der Begegnung im Möbelgeschäft im Dezember 45 bis zum Ende in diesem Alptraum von Krankenhaus, im September 67.

Sawyer starrte ihn entgeistert an. »Es tut mir leid«, sagte er schließlich steif. »Aber ich verstehe nicht, was das –«

»Ach, kommen Sie«, sagte Dave. »Ein Mann namens Kohlmeyer – oder das, was noch von ihm übrig ist – besitzt Fotos von Ihnen und Fox Olson, die hier in diesem Raum gemacht wurden, im Sommer neunzehnhunderteinundvierzig.«

»Mein Gott . . .« Sawyer atmete schneller.

»Es waren diese Fotos, mit denen Lloyd Chalmers Olson aus Pima vertrieben hat, nicht wahr?«

»Ja.« Sawyer, die Stirn in tiefen Falten, streckte sich, um die Zigarette im Aschenbecher auf dem Nachttisch auszudrücken. »Man könnte es so sagen, und es wäre die Wahrheit. Aber . . .« Er zuckte mit den Schultern. »So einfach ist es nicht. Die Fotos waren einer der Gründe, sicher. Aber sie waren zugleich ein guter Vorwand.«

»Weil Sie aufgetaucht sind?«

Sawyer schaute Dave in die Augen. »Sie haben diese Fotos vermutlich gesehen. Also wissen Sie, wie es zwischen uns stand.«

Dave zitierte Anselmo. »Junge Leute machen oft die verrücktesten Dinge.«

»Wir haben genau gewußt, was wir taten«, sagte Sawyer ernst. »Und wir haben es gewollt.«

»Daß Sie sich dabei fotografierten?« fragte Dave.

»Ach, das.« Sawyers Lachen war kurz und bedrückt. »Nein, wir wußten, daß es ein Fehler gewesen war, als wir in die Dunkelkammer kamen und feststellten, daß die Negative fehlten. Uns war ganz elend vor Angst. Aber dann kam Pearl Harbor, und wir mußten an andere Dinge denken.«

»Was geschah dann?« fragte Dave. »Warum ist Fox nicht zum Militär gekommen?«

»Weil wir beide annahmen, ich würde ausgemustert werden. Ich hatte als Kind rheumatisches Fieber und angeblich einen

Herzfehler. Fox dagegen war ganz gesund. Aber wir hatten gehört, daß man nicht genommen wurde, wenn man homosexuell veranlagt war. Er hat bei der Musterung die Wahrheit gesagt und ist prompt ausgemustert worden.«

»Aber Sie nicht.«

»Ich habe mir absichtlich die Air Force ausgewählt, weil ich wußte, daß dort die höchsten körperlichen Ansprüche gestellt werden.« Sein rechter Mundwinkel war zusammengepreßt. »Man hat mich genommen, ich habe alle Tests hervorragend bestanden.« Er schloß einen Augenblick lang die Augen. »Mein Gott, was für ein Schock!«

»Und dann haben Sie sich fünfundzwanzig Jahre nicht mehr gesehen?«

»Stimmt. Erst als ich seinen Namen in der *Los Angeles Times* gelesen habe ... Das war vor sechs Wochen. Sehen Sie ...« Schmerz verdunkelte Sawyers Augen. »Ich hatte meinen Freund verloren, genau wie Sie. Einen Franzosen. Wir waren fast genauso lang beisammen. Seit neunzehnhundertfünfundvierzig. Er ist im Juli umgekommen. Er ...« Jetzt ging Sawyer ans Fenster. »Natürlich mußte man stets damit rechnen, daß er eines Tages verunglücken würde. Er war Rennfahrer, hatte schon ein Dutzend Unfälle hinter sich, war monatelang in Krankenhäusern. Also hätte ich es wissen müssen. Aber es war trotzdem schlimm.« Sawyer seufzte, strich sich mit der Hand übers Gesicht und drehte sich wieder um. »Ich wäre vermutlich für immer in Frankreich geblieben. Aber mit dem Tod meines Freundes war das vorbei. Man hat mich nach England versetzt, aber dort wollte ich nicht bleiben. Es gab nur eines für mich: nach Hause. Aber das hat auch nichts geholfen. Ich hab' nur dagesessen und ferngesehen, wie ein Toter, den der Begräbnisunternehmer vergessen hat. Dann ...« Mit einem verwundeten Lächeln hob er die Hände und ließ sie wieder sinken. »Da war Fox. Ich bin zu ihm gelaufen.«

»Aber Sie haben nicht versucht, ihn zu finden – nicht in all den Jahren zuvor.«

»Das stimmt nicht«, entgegnete Sawyer. »Als unser Gefangenenlager befreit wurde, in meinem ersten Brief danach, habe ich meine Mutter nach ihm gefragt. Sie schrieb mir, daß sie die Verbindung zu ihm verloren hätte. Er und Thorne konnten sich kein Telefon leisten, daher stand sein Name nicht im Buch. Und das Wählerverzeichnis – nun, daran hat Mama nicht gedacht. Mein Vater lag im Sterben. Sie hatte nicht die Zeit, sich darum zu kümmern. Und bald danach hatte ich Jean-Paul kennengelernt.« Sawyer kam vom Fenster zurück. »Entschuldigen Sie, aber haben Sie noch eine Zigarette für mich?«

Dave reichte ihm die Packung und Streichhölzer. »Und was geschah, als Sie nach Pima gekommen sind?«

»Ich habe beim Sender angerufen, und er war da; er ist gleich danach zu mir gekommen. Er stand in der Tür dieses Motelzimmers, wir schauten uns an, und es kam uns vor, als wären seitdem keine fünfundzwanzig Jahre, ja nicht einmal fünfundzwanzig Tage vergangen. Für mich nicht und für ihn auch nicht.«

»Aber Sie sind zurückgefahren nach Los Angeles«, sagte Dave trocken.

Sawyer kniff die Augen zusammen und betrachtete Dave durch den Rauch seiner Zigarette. »Sie kennen die Antworten auf alle Ihre Fragen, nicht wahr?«

»Nicht auf alle«, sagte Dave. »Zum Beispiel – was war mit Ito, dem japanischen Hausboy? Was ist zwischen ihm und Fox gewesen?«

»Nichts«, sagte Sawyer. »Aber Fox hatte befürchtet, es könnte dazu kommen, und er könnte einen Fehler machen. Beinahe wäre es schon in der ersten Nacht passiert. Ito war hübsch.«

»Ich habe ihn gesehen«, sagte Dave. »Er ist noch immer hübsch.«

»Ich glaube, damit habe ich bereits eine weitere von Ihren Fragen beantwortet«, sagte Sawyer, und sein Lächeln war dünn.

»Sie meinen, er hat es immer bekämpft?«

»Wegen Thorne, ja. Aber nicht immer hat er auch gesiegt. Es gab ein paar unbedeutende, kleine Affären. In den Buchhandlungen, nach Ladenschluß. Kurz, nur ein, zwei Nächte. Und hier und da ein junger Bursche, der beim Film arbeitete. Aber das machte alles nur um so schlimmer. Und für Fox war das Leben gerade schlimm genug in diesen Jahren.«

»Seine Frau hat es mir erzählt«, sagte Dave.

»Sie war alles für ihn. Sie hat ihm Mut gemacht, hat ihn angespornt zum Arbeiten, zum Leben, zum Hoffen. Sie hat ihm ein Kind geschenkt, das er liebte. Und schließlich hat sie ihm eine Karriere ermöglicht, die Fox Reichtum, Ruhm und eine märchenhafte Zukunft sicherte.« Sawyer schüttelte den Kopf. »Aber zugleich hat sie aufgehört, ihn zu lieben.«

»Er wußte also von der Affäre zwischen ihr und McNeil?«

»Er ist dahintergekommen. Und er folgerte daraus, daß McNeil ihm nur eine Chance bei seinem Sender gegeben hatte, um in ihrer Nähe sein zu können. Es machte nichts. Fox ließ nicht zu, daß es etwas machte. Thorne hatte es so gewollt. Er schuldete ihr Loyalität wegen all der Jahre, die sie bei ihm ausgehalten hatte. Und was auch immer McNeils Motive waren, Fox konnte nicht leugnen, daß er auch ihm gegenüber verpflichtet war. Er unternahm nicht einmal den Versuch. Im Gegenteil: Er hat sich halb totgearbeitet, um alles gut zu machen, für sie und für McNeil. Er zeigte ein Grinsen, spielte den Clown – sie sollten sehen, wie glücklich sie ihn gemacht hatten. Aber er brauchte immer mehr Alkohol, um die Rolle überzeugend spielen zu können . . .«

Sawyer schlug mit der geballten Faust gegen die flache Hand, stand auf und trat wieder ans Fenster. »Sie sagte: ›Du wolltest immer Erstausgaben besitzen‹, also hat er Erstausgaben gekauft. Fabelhafte Mikrophone, elektrische Schreibmaschinen, den Stutzflügel, den er immer haben wollte, diesen lächerlichen, weißen Luxusschlitten, den er dann . . .«

Dave schaute ihn überrascht an. »Er selbst hatte das alles gar nicht gewollt?«

Sawyer drehte sich rasch um. »Er wollte nur eines: gute Romane schreiben.«

»Warum hat er es dann nicht getan? Er hatte Jahre Zeit dafür.«

Sawyer schüttelte ungeduldig den Kopf. »Vergeudete Zeit. Sie müssen es so sehen: Wenn Dostojewski nie von seiner Epilepsie, nie von seiner Spielleidenschaft geschrieben hätte – wie weit wäre er wohl gekommen?«

»Aber schließlich wurde doch noch ein Buch von ihm veröffentlicht«, sagte Dave.

»Ja, ein Buch mit heiteren Kurzgeschichten.« Sawyer war wütend. »Karikaturen und komische kleine Texte. Das hat ihn am meisten bedrückt.«

Dave hörte Schritte auf dem Sand, das Murmeln von Stimmen.

»Und dann kam Chalmers mit den Fotos.«

»Damit Fox seine Bewerbung um den Posten des Bürgermeisters zurückzieht. Das war alles.« Sawyer brach vorsichtig die gezackten Glassplitter aus dem Fensterrahmen. »Ich glaube, er hätte sich ohne weiteres zurückziehen können. Aber er sagte nein. Es ist schwierig zu erklären. Sehen Sie, das meinte ich, als ich vorhin sagte, es sei ein Vorwand gewesen – um abzuhauen. Er hatte die Nase voll.«

»Und außerdem waren Sie wieder da«, sagte Dave.

Sawyer lehnte sich aus dem Fenster und zog den Stuhl herein. Das Stuhlbein war nicht gebrochen, sondern aus dem Leim gegangen. Er stellte den Stuhl umgekippt auf den Boden und versuchte, das Bein wieder hineinzustecken. »Ja, da war ich«, sagte er, legte den Stuhl auf die Seite und drückte das Bein mit aller Gewalt in die Öffnung. Dann stellte er den Stuhl auf und schlug mit der Faust gegen die Sitzfläche.

Unten klapperte das Tambourin.

Sawyer setzte sich auf den Stuhl. »Er hat mich am Mittwoch angerufen – vor einer Woche. Glauben Sie mir, ich habe mich nach nichts in meinem Leben mehr gesehnt als nach diesem Anruf. Ich hatte ihn die ganze Zeit erwartet.«

»Er hat an Sie gedacht«, sagte Dave. »An Sie, an diesen Ort hier und an den Sommer vor einem Vierteljahrhundert. Er hat ein Bild gemalt von der Rutschbahn, nachdem er Sie wiedergesehen hatte. Es hängt über dem Kamin in seinem Wohnzimmer.«

»Ja. Es war wichtig für ihn, hierher zurückzukommen. Genau wie für mich. Und sei es nur, um diesen Ort wiederzusehen.«

»Ich glaube, ich wäre weitergefahren«, sagte Dave. »Und zwar schnell.«

»Wir waren unvernünftig.« Sawyer schüttelte den Kopf. »Vierundvierzig Jahre alt, und wie zwei mondsüchtige Halbwüchsige! Wundervoll! Er wollte schreiben, hat geschrieben. Endlich ehrlich, endlich die Wahrheit. Und ich – ich wollte wieder malen. Aber vor allem haben wir uns geliebt. Da brauchte es nicht viel Worte ...« Er beugte sich nach vorn und ließ den Kopf hängen. »Aber genau das war es, was einfach nicht mehr so wie früher gewesen ist. Fünfundzwanzig Jahre sind eine lange Zeit. Fox war wie – wie ein Verhungerter. Zunächst ging alles gut. Sehr gut. Aber – nun ja, am Samstagabend ist es mir zuviel geworden. Jetzt bin ich darüber hinweg. Wir können das Problem miteinander diskutieren. Und genau das werden wir auch tun. Denn es ist einen Versuch wert.« Er stand auf. »Nur muß ich ihn erst mal finden. Ich habe keine Ahnung, wo er ist. Er hatte keinen Cent bei sich.«

»Setzen Sie sich lieber wieder hin«, sagte Dave. »Ich habe eine schlimme Nachricht für Sie.«

Aber Schritte kamen die Treppe herauf, und Sawyer war mit drei Sätzen an der Tür, zeigte wieder das erwartungsvolle Lächeln. Er blieb stehen und hielt sich am Türrahmen fest. Dave hinter ihm erstarrte ebenfalls. Vor ihnen standen zwei junge Deputys in sauber gebügelten, khakifarbenen Uniformen. Sie sahen wie Kinder aus, die zum ersten Mal allein zum Friseur geschickt worden waren. Einer von ihnen wollte etwas sagen, räusperte sich und begann dann von neuem.

»Douglas Sawyer?«

»Ja?«

»Ich habe einen Haftbefehl für Sie.« Eine ängstliche Hand zog ihn aus der Brusttasche. »Sie haben das Recht, sich jeder Äußerung zu entsagen. Wenn Sie es nicht wahrnehmen, kann alles, was Sie aussagen, vor Gericht gegen Sie verwendet werden.« Die Stirn des jungen Mannes furchte sich, während er sich bemühte, den langen, schwierigen Text auswendig herzusagen. »Sie haben das Recht, sich an einen Anwalt Ihrer Wahl zu wenden und bei allen Verhören nur in Gegenwart dieses Anwalts Aussagen zu machen. Wenn Sie einen Anwalt wünschen und ihn sich nicht leisten können, wird Ihnen ein Pflichtanwalt zu den Verhören kostenlos zur Verfügung gestellt.«

»Weshalb?« fragte Sawyer. »Weshalb nehmen Sie mich fest?«

»Wegen Mordes an Edward Fox Olson«, antwortete der junge Deputy. »Begangen am Abend des fünfundzwanzigsten Oktobers.«

Dave sah, wie Sawyers Knie einen Augenblick nachgaben, dann wieder gerade wurden. Er drehte sich zu Dave um. Unter den Stoppeln war sein Teint kalkweiß. Die Augen schauten Dave vorwurfsvoll an.

»Sie haben es gewußt«, sagte er.

»Und ich werde Ihnen einen Anwalt besorgen«, erwiderte Dave.

Die Deputys fesselten Sawyers Hände hinter dem Rücken mit Handschellen, nahmen ihn an beiden Armen und führten ihn die Treppe hinunter.

Am Fuß der Treppe standen der bärtige junge Mann, das blonde Mädchen und der Kleine mit dem Tambourin. Der Kleine hatte etwas im Mund stecken, das wie ein Kork aussah – das kleine braune Etwas, das Mrs. Kincaid vor einer halben Stunde auf dem Boden von Fox Olsons Zimmer gefunden hatte. Dave wußte, was es war. Der Gummistopfen eines Spazierstocks. Er ging hinunter, um ihn zu holen.

Kapitel 19

In der Stahl- und Glasschachtel der Signal-Tankstelle sahen sie aus wie Chrysanthemen: Ihr Haar war gelblich-weiß, das seine gelblich-orange. Sie saßen im grellen Licht der 150-Watt-Birne, abends um halb elf, starrten einander an, und ihre Kindergesichter hatten nichts Blumenhaftes an sich. Bekümmert das Mädchen, mürrisch der Junge. Und erschreckt, als sie sich umdrehten und Dave in der Tür stehen sahen. Der Junge sprang auf. Schnell.

»Benzin?« fragte er. »Wollen Sie tanken?«

»Es ist Mr. Brandstetter.« Das Mädchen versuchte zu lächeln.

Der Junge wollte sich an Dave vorbeidrücken. »Normal oder Super?«

Dave versperrte ihm den Weg. »Nachher. Erst will ich von dem Brief hören.«

Unter den Sommersprossen wurde der Junge kalkweiß. Und auch das Mädchen sprang jetzt ruckartig auf. Der Metallstuhl, auf dem sie gesessen hatte, fiel gegen ein Regal mit Blechdosen voll Motorenöl. Sie stürzten herunter mit dumpfem Klirren, rollten über den grünen Betonboden.

»W-was für ein Brief? Ich verstehe nicht.« Es war nicht geprobt und schlecht gespielt.

»Von Fox Olson«, sagte Dave.

»Aber Fox ist tot«, wandte Sandy ein.

»Er war nicht tot, als er den Brief aufgegeben hat. Am Montagabend oder Dienstagmorgen. Er lebte in einem kleinen Ort namens Bell Beach, fünf Stunden von hier an der Küste. Er war auch am Mittwoch noch am Leben, als Sie –« Dave schaute das Mädchen an, das sich gebückt hatte und nach den Öldosen fischte, dabei Dave aus erschreckten, blauen Augen anblickte. »Er lebte noch, als Sie den Brief geöffnet haben. Aber ich glaube nicht, daß der Brief an Sie adressiert war. Er war meines Erachtens an Thorne Olson adressiert.«

»Ich öffne die ganze Post«, sagte sie abwehrend. »Das gehört zu meinem Job. Der Brief sah –«

Sandy stieß einen erstickten Laut aus und ging auf sie los. Dave packte seinen Arm und drehte ihn herum.

»Immer mit der Ruhe. Schieben Sie ihr die Sache nicht in die Schuhe. Es kommt alles davon, daß Sie selbst so schlampig sind. Ein Gentleman putzt sich die Schuhe, wenn er mit seiner Lady einen Ausflug macht.«

Der Junge schaute hinunter auf seine Stiefel. Hochhackige, abgetretene Cowboystiefel. Dreckverkrustet, ölverschmiert.

»Sie haben Spuren hinterlassen«, sagte Dave. »Neben der Leiche. Neben dem ermordeten Fox Olson. Auf der Pier von Bell Beach.«

»Ich hab' ihn nicht umgebracht.« Sandy versuchte, sich freizukämpfen. »Er war tot, als wir hingekommen sind. Sein Zimmer war leer. Im Kamin hat etwas gebrannt. An der Tür war ein Zettel. ›Bin an der Pier‹ hat draufgestanden. Also sind wir zur Pier gegangen. Er war da – aber tot. Er war vorn ganz voll Blut. Jemand hat ihn in die Brust geschossen. Aber nicht ich. Ich habe nicht mal ein Schießeisen. Ja, sicher, ich hab' ihn nicht ausstehen können, aber . . . Nein, das hätt' ich nicht tun können. Bei keinem.«

»Das ist wahr.« Terry nickte. Tränen liefen ihr über die Wangen. Ihre Stimme war kleinlaut und hoch wie die eines Kindes am ersten Schultag. »Er war tot. All die Scherze, die Lieder, seine Freundlichkeit und –« Die Dosen fielen ihr aus der Hand. Sie kauerte sich in eine Ecke der grünen Wand und schluchzte herzzerreißend. Ein altmodisches, verbrauchtes Wort – aber bisher hat niemand ein besseres gefunden.

Dave ließ den Jungen los. »Was stand in dem Brief?«

»Ich hab' ihn nicht gelesen.« Er starrte das Mädchen an und massierte sich den Arm, den ihm Dave umgedreht hatte. »Sie hat nur gesagt, daß er sie braucht. Sie mußte zu ihm. Und ihr Wagen hat nicht funktioniert. Meiner ist besser. Ob ich sie hinbringen könnte? Also hab' ich sie hingebracht.« Er schnitt eine Grimasse. »Terry . . .« Er kniete sich vor sie hin und streichelte ihr unbeholfen die Schultern. »Nicht, Baby.«

»Dann hatte sie den Brief also Mrs. Olson gegeben?«

Der Junge nickte, ohne aufzuschauen. »Mit der übrigen Post. Sie bekommen immer noch ganze Säcke voll.«

»Warum sind Sie nicht gleich danach zum Sheriff von Bell Beach gegangen?«

Der Bursche schaute ihn entsetzt an. »Wozu denn? Ich weiß nicht, wer ihn umgebracht hat. Aber vielleicht wären sie auf den Gedanken gekommen, daß ich es gewesen sein könnte. Ich habe kein Geheimnis daraus gemacht, daß ich ihn nicht ausstehen konnte. Mein Gott – wie die Leute aus der Gegend ihn geliebt haben! Zum Kotzen.« Ein kurzes, böses Lachen. »Er war schwul. Haben Sie das gewußt? Er hat es in dem Brief geschrieben.«

»Sehen Sie?« sagte Dave. »Er war also gar nicht hinter Ihrem Mädchen her.«

Sandy schaute düster drein. »Nein, aber sie war hinter ihm her. Sie war ganz verrückt nach ihm. Sogar als sie dahintergekommen ist, daß er ein Warmer war.«

Auf dem Tisch stand eine Reisetasche. Hellgelbes Segeltuch mit japanischen Schriftzeichen darauf und weißen Baumwollgriffen. Drinnen Mädchenutensilien. Dave nahm die Tasche. »Kommen Sie, Terry«, sagte er, und zu Sandy: »Schließen Sie ab. Wir nehmen meinen Wagen.«

Der Junge richtete sich behutsam auf. »Wohin?«

»Sie haben den Leichnam entdeckt.« Dave half Terry auf die Beine. Zitternd, noch immer schluchzend, mit nassem Gesicht und laufender Nase, suchte sie in ihrer Tasche nach einem Papiertaschentuch. »Dadurch sind Sie beide Zeugen. Wenn Sie Glück haben, nimmt Ihnen die Polizei Ihre Aussagen ab.«

»Ja, Glück«, sagte Sandy.

»Sie müssen es so sehen«, sagte Dave. »Sie ersparen sich eine weitere Fahrt nach Bell Beach. Zur Voruntersuchung. Hin und zurück. Das sind fünfzehn Dollar Benzingeld.«

Er übergab sie der Obhut eines fetten, jungen Sergeants und einer mageren, bunt bemalten Frau, die den Fernschreiber bediente. Dann ging er hinaus und suchte nach einem Kaffeeautomaten. Er fand Herrera, rotäugig, unrasiert, mit gelockerter Krawatte und offenem Kragenknopf. Sein Aschenbecher war übervoll mit Zigarillostummeln. Ein weiterer Stummel hing in seinem rechten Mundwinkel. Herrera kniff vor dem Rauch die

Augen zu und kramte in Papieren. In einem ganzen Stapel von Papieren.

»Welchen Rang müssen Sie eigentlich erreichen, daß man Sie zwischendurch mal schlafen läßt?« fragte Dave.

»Einen solchen Rang gibt es nicht«, antwortete Herrera. »Nicht, wenn es um eine Mordsache geht.«

»Ich dachte, das sei Sache des San Diego Countys?«

»Hä?« Herrera furchte die Stirn. »Ach, Sie meinen den Fall Olson. Der ist vergessen.« Er nahm einen Pappbecher. Leer. »Wir haben selber einen. Seit heute morgen um neun.« Jetzt drückte er den kurz gewordenen Zigarillo aus und suchte in der Tasche nach einem neuen. Die Packung war leer. Er zerknüllte sie und schleuderte sie in den Papierkorb, zusammen mit dem leeren Pappbecher. Dave bot ihm eine Zigarette an. Als er sie angezündet hatte, lehnte sich Herrera in seinem Sessel zurück und blies den Rauch durch die Nase. »Jaja. Als seine Sekretärin heute morgen ins Büro gekommen ist, hat unser ehrenwerter Bürgermeister wie immer an seinem Schreibtisch gesessen. Nur eins war anders als sonst. Die Hälfte seines Schädels fehlte. Weggepustet mit einem Gewehr.«

Dave zuckte zusammen. »Chalmers?«

»Das Labor sagt, er war schon zwei Stunden tot. Der einzige Mensch im Rathaus war der Hausmeister. Alt, taub. Er glaubt, ein Geräusch gehört zu haben. Schaute nach dem Boiler im Keller. Sonst hat er nirgends nachgesehen. Um zehn nach sieben. Chalmers hatte gerade noch Zeit, um von Ihrem Haus in Los Angeles hierherzufahren, dann war er auch schon tot. Ein Gewehr«, wiederholte Herrera verbittert. »Die anonymste Waffe, die man sich denken kann. Von der Sorte gibt's tausend allein in diesem Tal.« Er stand auf und ging zur Tür. »Wollen Sie Kaffee?« Dave sagte ja, und Herrera streckte den Kopf hinaus auf den Korridor und brüllte: »Habt ihr noch Gift in eurem Säurefaß?« Jemand bellte eine Antwort. Dann kam Herrera zurück an den Schreibtisch. »Eines wird Sie interessieren ...« Wenn er nicht so müde gewesen wäre, hätte er verschmitzt gewirkt. »Es gibt keine schmutzigen Fotos von Fox Olson und seinem Schulfreund. Nirgends. Wir haben jedes Stück Papier angeschaut, das Lloyd Chalmers gehörte ...«

Der alte Mann hätte eine Wachsfigur sein können. Er saß am Bettrand in seinem Pyjama und einem grünen Flanellbademantel, der so neu war, daß am Ärmel noch das Preisschild hing. Die Mexikanerin stand neben ihm in einem geblümten Hausmantel. Ihr Haar war zu zwei dicken Zöpfen geflochten für die Nacht. Ihre Augen waren groß und braun und wachsam. Die Augen des Alten funkelten. Nur daran war zu erkennen, daß er noch lebte.

Dave zeigte ihm den kleinen, braunen Gummistopfen. »Daher weiß ich es«, sagte er. »Ich habe das da in seinem Zimmer in Bell Beach gefunden.«

Der Stock des Alten lehnte an einem Stuhl, über den er die Kleidung gelegt hatte. Nicht ordentlich. Der Inhalt der Taschen hatte sich auf den polierten Fliesenboden ergossen. Der Stock hatte keine Gummispitze.

»Also schön«, krähte Loomis. »Ich war da. Aber das heißt noch lange nicht, daß ich ihn getötet habe. Er hat mir einen Brief geschrieben und mir mitgeteilt, wo er ist. Er hat geschrieben, wenn –« Der Alte brach ab. »Ist ja egal. Ich bin hingefahren. Ein verwahrloster Ort am Meer. Er hat am Schreibtisch gesessen, und alles lag herum in dem schäbigen Zimmer. Er hat seine Pistole gereinigt. Und er hat schlecht ausgesehen. Wir haben eine Weile miteinander gesprochen. Dann bin ich wieder gefahren. Ich habe ihn nicht umgebracht.«

»Worüber haben Sie mit ihm gesprochen?« fragte Dave.

Loomis hob die Schultern. »Über das eine oder andere.«

»Ich glaube, er hat Ihnen gesagt, warum er Pima verlassen hat«, erklärte Dave. »Ich nehme an, er wollte zurückkommen.«

Loomis betrachtete seine knochigen Füße. Das Bett war hoch. Seine Beine pendelten hin und her; es sah nicht aus wie bei einem Kind, erinnerte eher an ein Skelett in der Anatomieklasse. Als er aufblickte, standen Tränen in seinen Augen, und seine Stimme klang rauh. »Ja. Aber ich wollte das nicht. Ich hab' gesagt, er soll fortbleiben. Wenn du zurückkommst, habe ich gesagt, machst du das Leben von Thorne und Greta kaputt. Und mein Leben auch.« Darüber lachte er gespenstisch. »Ich hatte Geld dabei. Alles, was ich im Haus finden konnte. Ich habe es ihm gegeben. Sagte, ich schicke dir noch mehr. Keine Schecks, richtiges Geld. Bleib, wo du bist. Oder zieh irgendwo anders hin . . . Ich hab' ihn gemocht. Sehr sogar, und das ist die Wahrheit. Aber . . .« Wieder betrachtete er seine Füße, die hin und her pendelten. »Was hätte ich tun sollen?«

Dave kniete sich hin und versuchte, den Gummistopfen auf den Stock zu stecken. Unter dem Stuhl lag ein Umschlag. In der linken, oberen Ecke das schwarz-weiße Mondrian-Symbol. Die *Provence School of Art.* Er nahm ihn, stand auf. Zu der Mexikanerin sagte er: »Señora, salgo nos, por favor. Un poco tiempo.« Sie betrachtete skeptisch den Alten, der nickte, dann ging sie und schloß die Tür. Dave sagte zu Loomis: »Ich glaube, Sie haben ganz genau gewußt, was Sie tun wollten.«

Der Alte verzog den Mund. »Erst, als es zu spät war.« Dabei schaute er Dave nicht an. Er betrachtete den Umschlag. Das Papier war an den Rändern vergilbt. Drinnen befanden sich zwölf Hochglanzfotos. Fox Olson und Doug Sawyer, nackt und jung, lachend und sexverrückt im Vorderzimmer des ersten Stocks von Vera Kincaids Pension in Bell Beach, im Sommer 1941. Dave setzte sich auf den Stuhl und zerriß die Fotos, eines nach dem anderen, in kleine Fetzchen. »Erst, als es zu spät war«, wiederholte der Alte. »Erst als Herrera kam und mir gesagt hat, daß er tot ist. Dann habe ich das getan, was Fox schon längst hätte tun müssen. Chalmers Wagen war nicht in der Garage. Ich habe gewartet. Stunden. Aber da, wo mich keiner gesehen hat. Die Privatstraße zu seinem Haus, mit den Bäumen und Büschen ... Ich hab' ihn auf der Zufahrt angehalten. Er ist groß und stark, und ich bin halb tot. Aber ein Gewehr schafft Ausgleich. Ich habe ihm einfach gesagt, daß ich ihn umbringen werde. Er hat gedacht, ich meine es nicht ernst. Dachte, ich will nur die Bilder. Aber da täuschte er sich. Ich habe es ernst gemeint.«

Dave stand auf. »Die Toilette?« Loomis nickte in Richtung auf eine Tür, und Dave ging in einen leuchtend grün gefliesten Raum, drehte den Briefumschlag um und sah zu, wie die Fetzen der Fotos in die Toilettenschüssel fielen. Dann spülte er und kam zurück ins Schlafzimmer. Loomis schaute ihn nicht an. Er lag jetzt auf dem Bett, starrte an die Decke und sah jemanden, den außer ihm niemand sehen konnte. »Erst, als es zu spät war«, sagte er noch einmal.

Das Gewehr war wieder an seinem Platz, an dem Gestell im nackten, weißen Büro. Dave langte danach, und die mexikanische Haushälterin sagte hinter ihm: »Es ist sauber, Señor. Ich habe es selbst gereinigt.«

Kapitel 20

Als sie die Tür öffnete, sah sie bemerkenswert jung aus; ihr Gesicht war gerötet, und ihre Augen strahlten. Eine Frau, die geliebt wurde. Er ließ ihr nicht die Zeit, irgend etwas zu sagen, sondern ging an ihr vorbei in den langen Wohnraum mit der riesigen Fensterwand. Das einzige Licht dort stammte vom Feuer im Kamin, das am Erlöschen war. Es reichte aus, daß Dave sehen konnte, was er vermutet hatte. Das Gemälde über dem Kamin, »Die Rutschbahn«, war verschwunden. Der Couchtisch war zur Seite geschoben. Vor dem Kamin standen zwei Cognacschwenker und die Flasche. Kissen auf dem tiefen Teppich. Der schwarze mexikanische Aschenbecher. Zwei Filterzigaretten darin ausgedrückt, kaum angeraucht. Thornes Hände waren mit Mullbinden umwickelt.

»Das ist mir heute vormittag nicht aufgefallen«, sagte Dave. »Aber Sie haben Handschuhe getragen.«

»Ich bin etwas ungeschickt in der Küche«, erklärte sie. »Was wollen Sie? Es ist nach Mitternacht. Wenn es Papiere zu unterschreiben gibt – das hat doch Zeit bis morgen früh.«

»Es ist nicht in der Küche passiert«, entgegnete Dave. »Es geschah im Zimmer Ihres Mannes in Bell Beach. Sie haben die ersten Seiten eines Romans verbrannt, an dem er dort geschrieben hatte. Das kommt mir merkwürdig vor nach all der Zeit, in der Sie ihn zum Schreiben ermuntert haben.«

»Sie hat sie nicht verbrannt.« Hale McNeil kam aus dem Dunkeln und steckte sich das Hemd in die Hose. »Sie hat sich verbrannt, als sie versuchte, die Blätter zu retten. Ich habe sie verbrannt. Es war ekelhaft. Die ganze Episode ist ekelhaft, und ich verstehe nicht, warum Sie diese Dinge nicht ruhen lassen.«

»Als Sie heute vormittag die Schreibmaschine mitgenommen haben«, erklärte Dave, »hätten Sie auch das übrige mitnehmen und den Schreibtisch ausräumen müssen. Dann hätte ich die Sache ruhen lassen müssen. Ich hätte dem Deputy in Bell Beach zugestimmt, der davon ausging, daß nur einer wußte, wo Fox war, und daß dieser eine den Mord begangen hatte. Aber im Schreibtisch waren Briefumschläge – neun Stück. Die Packung enthielt ursprünglich ein Dutzend. Und ein Briefmarkenheft für einen Dollar enthält zwanzig Marken. Das im Schreibtisch enthielt nur noch siebzehn. Daraus ließ sich unschwer schließen, daß Fox drei Briefe geschrieben hatte. Briefe, die in Bell Beach abgestempelt worden waren. Also wußte nicht nur einer, daß er dort war. Sehen Sie, und deshalb kann ich die Sache nicht ruhen lassen.«

»Er schrieb an einem Roman«, sagte McNeil. »Es könnten doch Briefe an die Verleger gewesen sein.«

»Möglich – aber ich weiß, daß das nicht der Fall war.« Dave schaute Thorne an. »Einer war an Sie adressiert. Terry hat ihn nicht nur geöffnet, sondern auch gelesen.«

»O nein!« flüsterte Thorne.

»Das kleine Luder!« zischte McNeil. »Also schön. Thorne hat einen Brief von ihm bekommen. Was beweist das? Es war ein ziemlich jämmerliches Dokument, das muß man sagen: die Bitte um Verständnis. Panik. Selbstmitleid. Sein Freund war ihm davongelaufen. Er war allein. Die Wände stürzten auf ihn ein. Was sollte er tun? Kümmerte sich denn keiner um ihn? Hilfe, Hilfe, Hilfe!

»Hör auf, Hale!« Thorne war kalkweiß.

»Entschuldige.« McNeil wandte sich ab. »Aber so sind sie alle. Ich weiß das – schließlich hatte ich einen Sohn, der zu ihnen gehörte.« Er nahm ein Scheit Eukalyptusbaumholz und legte es auf das Feuer. Die ausgetrocknete Rinde sprühte Funken. »Sehr nett und charmant. Reizend. Bis sie mal in die Klemme geraten. Dann zerbrechen sie. Und die Leute, die jahrelang von ihnen hinters Licht geführt worden sind, sollen dann die Scherben wieder zusammenkitten.«

»Sind sie deshalb gestern abend nach Bell Beach gefahren?«

»Sie meinen heute vormittag.« McNeil stocherte mit dem Feuerhaken nach dem Scheit. »Als Captain Herrera kam und Thorne mitteilte, daß er tot ist.« McNeil hängte den Feuerhaken an den Ständer und ging dann auf die dunkle Seite des Raums. »Sie hat mich angerufen. Wir sind zusammen hingefahren.« Er kam mit einem dritten Cognacglas zurück, schenkte alle drei ein. »Heute vormittag. Sie haben uns gesehen.«

»Ich habe mich töricht verhalten«, sagte Thorne, »und ich möchte mich dafür entschuldigen. Aber der Brief war ganz anders.« Sie saß zusammengekauert in einer Ecke der Couch, hatte die Beine hochgezogen, und schaute ins Feuer. »Es war kein jämmerlicher Brief. Er war miserabel getippt. Wahrscheinlich war er betrunken, als er ihn geschrieben hat. Aber er war nicht jämmerlich, nein. Ich wollte, ich könnte ihn Ihnen zeigen. Aber Hale hat auch den Brief verbrannt.« Sie schaute ihn an, als er ihr das Cognacglas reichte, und ihr Blick sagte, daß sie ihm nicht verzeihen würde. »Es war sicher der traurigste Brief, den man sich denken kann. Haben Sie gewußt ... Alles, was ich Ihnen erzählt habe über seinen großartigen Erfolg, seine Freude darüber, endlich etwas erreicht zu haben – er hat es nicht gewollt. Hat es nur über sich ergehen lassen, um mir eine Freude zu machen.«

»Ich habe mit Sawyer gesprochen.« Dave nahm das Glas, das ihm McNeil reichte, und setzte sich. »Er hat darüber gesprochen.«

Thornes Mund sah bitter aus im Licht des Feuers. »Natürlich. Ihm hatte er alles gesagt.«

»Er war zu anständig, um es Ihnen zu sagen. Bis es vorbei war.«

McNeil saß im Schneidersitz vor dem Kamin: groß, gutaussehend, selbstsicher. »Anständig?« spottete er.

»Verdammt anständig, ja. Und noch viel mehr – lauter altmodische Begriffe: Er war gütig und treu.« Das hörten die beiden nicht gern. Also schilderte er ihnen den Vorfall mit Ito. »Und es war das gleiche, als Doug Sawyer auftauchte. Sawyer verlangte nach ihm, und er verlangte nach Sawyer. Aber er hat ihn weggeschickt. Ihretwegen. Oder besser, wegen Ihnen beiden. Obwohl er genau wußte, was zwischen Ihnen war ... Eines hätte ich gern gewußt. Warum, um alles in der Welt, haben Sie aufgehört, ihn zu lieben – gerade in dem Augenblick, als alles so lief, wie Sie es sich immer gewünscht hatten, und als alles, wovon Sie geträumt hatten, endlich Wahrheit wurde? Warum haben Sie sich da einem anderen zugewandt?«

»Es ist scheußlich«, sagte Thorne. »Aber Sie machen sich wenigstens Gedanken darüber, und das ist mehr, als er jemals getan hat. So ist es mir zumindest vorgekommen.« Sie stand auf, trat neben den Kamin und schaute auf die Glastür zum Patio, die das Licht des Feuers reflektierte. Sie erklärte, als ob sie etwas seit langem Einstudiertes aufsagte: »Er hat mich gebraucht. All die Jahre. Er hat es immer wieder versucht und ist keinen Schritt weitergekommen.« Sie zuckte mit den Schultern.

»Es gibt Ehen«, sagte Dave, »die man als eine Bilanz von Irrtümern bezeichnen könnte.«

»Das ist gut gesagt.« Sie kam wieder ins Licht. »Und sehr wahr. Ich dachte, ich könnte ihn glücklich machen. Er dachte, er könnte mich glücklich machen. Wir waren beide im Irrtum.« Sie blinzelte ins Feuer. »Keiner von uns erhielt das, wonach er sich sehnte.«

»Ach, ich weiß nicht«, sagte Dave. »Sie haben McNeil bekommen.«

Sie drehte sich rasch um, war betroffen. »Und er bekam Doug Sawyer.«

»Sehr spät«, sagte Dave. »Und nicht lange.«

»Ein Leben lang«, fuhr sie Dave an. »Ich war nur nicht klug genug, dahinterzukommen.« Ihr Lachen klang rauh, wie eingerostet. »Vierundzwanzig Jahre, und ich habe nichts gemerkt. Der Glanz in seinen Augen, wenn er von ihm sprach ... Natürlich hat er ihn geliebt. Schon lange, bevor wir uns kennenlernten. Und wahrscheinlich für immer.« Die Wunde war noch frisch. Thorne ließ sich neben McNeil auf die Einfassung vor dem Kamin sinken. Er legte den Arm um ihre Schulter, zog ihren Kopf an seine Brust, streichelte ihr Haar. Sie stieß einen langen, zitternden Seufzer aus. »Wie gut es ist, wenn man einmal nicht der Stärkere sein muß.«

»Die sind doch alle gleich«, sagte McNeil. »Keinen Mumm.«

»Es tut mir leid, daß Sie solches Pech hatten mit Ihrem Sohn«, entgegnete Dave. »Aber das sollte Sie nicht veranlassen, von einem auf alle zu schließen. Olson hatte Mut.«

»Nicht genug, um Chalmers niederzuschlagen und ihm diese Fotos abzunehmen.«

»Nicht für jeden von uns ist körperliche Gewalt der richtige Weg, um Probleme zu lösen.«

»Jedenfalls nicht für die warmen Brüder«, sagte McNeil.

»Ich kann Ihnen einen warmen Bruder im Weltergewicht nennen, der vor ein paar Jahren seinen Gegner im Ring totgeschlagen hat ... Aber ich muß gestehen, mich interessiert Ihre Philosophie. Reicht sie auch bis zum Töten mit Schußwaffen? Oder kennen Sie noch andere Mittel zum Lösen von Problemen?«

McNeils Augen verengten sich. »Was, zum Teufel, meinen Sie damit?«

Dave schwenkte den kleinen gläsernen Ball und betrachtete den goldbraunen Cognac im Licht des Feuers. »Zum Beispiel die kleine Zweiunddreißiger, die Olson gerade ölte, als Sie gestern abend in sein Zimmer gekommen sind.«

McNeil wollte aufspringen.

»Nein . . .« Thornes bandagierte, rechte Hand hielt ihn zurück. »Er hat nicht die Pistole geölt. Er war nicht da. Niemand war da. Die Tür stand offen. Es war das armseligste Zimmer, das ich je gesehen habe. Er hatte einen Zettel an die Tür gehängt, mit einem Reißnagel. Filzschreiber auf gelbem Papier.«

Dave nickte. »›Bin an der Pier.‹ Nicht wahr?«

Sie zog die Stirn in Falten. »Ja. Woher wissen Sie es?«

»Terry hat den Zettel gesehen. Und ihr Freund. Sie hat ihn gebeten, mit ihr nach Bell Beach zu fahren. Ich nehme an, er konnte erst losfahren, nachdem seine Schicht zu Ende war. Sie sind also nach Ihnen angekommen. Das Papier im Kamin hat noch gebrannt. Wann sind Sie von hier abgefahren?«

Sie schnitt eine Grimasse. »Ich – ich hasse diese Verehrerpost. Fox liebte sie; er bewunderte all diese kleinen Leute, die ihm mit ihren Bleistiftstummeln ihre Bewunderung ausdrückten.«

»Er gab vor, sie zu lieben«, knurrte McNeil.

»Das stimmt, ja . . . Er gab es vor.« Sie schüttelte den Kopf. »Ich hatte keine Lust, sie durchzusehen. Außerdem hatte ich anderes zu tun. Unwichtiges. Lange nachdem Terry gegangen war, habe ich die Stapel von Briefen dann doch durchgesehen. Es war drei, als ich den Brief von Fox entdeckte. Da er an mich adressiert war, nahm ich an, daß Terry – nein, ich hätte wissen müssen, daß sie etwas vorhatte. Normalerweise sortiert sie meine Post aus. Aber der Brief lag bei der Fanpost.« Ihr Mund bildete eine schmale, gerade Linie. »Mein Gott, hört das denn niemals auf?«

»Ich wäre nicht hingefahren«, sagte McNeil. »Er war betrunken, als er den Brief schrieb. Und wahrscheinlich tat es ihm schon wieder leid. Aber Thorne bestand darauf.«

»Und wann sind Sie weggefahren?« fragte Dave. »Es muß vor vier gewesen sein. Ich habe nämlich versucht, Sie anzurufen. Von Los Angeles aus. Ich wollte Sie nach etwas fragen, was jetzt unwichtig geworden ist.«

»Um zehn vor vier«, sagte McNeil. »Aber ich habe mich verfahren, bin gut zwanzig Meilen an der Ausfahrt vorbeigefahren, weil ich sie übersehen hatte. Also mußte ich umkehren. Als wir hinkamen, war es ungefähr halb zehn. Der Ort ist nicht leicht zu finden.«

»Trotzdem hat ihn eine ganze Reihe von Leuten gefunden«, sagte Dave.

»Wir sahen den Zettel an der Tür«, berichtete Thorne. »Also gingen wir hinaus auf die Pier. Und da war er . . .« Ihre Stimme schwankte. Sie stand auf und ging rasch ins Dunkel. »Tot.«

»Unter der Rutschbahn.« Dave schaute zu der nackten Stelle über dem Kamin. »Was ist mit dem Bild geschehen?« Er blickte McNeil an, zog die Brauen hoch. »War da wieder mal Ihr Hang zum Verbrennen am Werk?«

»Wenn das heißen soll, ob ich das Bild verbrannt habe: Ja, zum Teufel, ich habe es verbrannt.« McNeil schaute Dave herausfordernd an. »Warum soll sie immer und immer wieder daran erinnert werden?«

»Es war ein gutes Bild«, sagte Dave.

»Nicht, wenn man weiß, was es bedeutet.«

»Kann sein.« Dave stellte das Glas ab. Der Cognac schmeckte nicht mehr. »Sie haben ihn also dort liegen lassen? Er war großartig, solange er Ihnen klingende Münze einbrachte, nicht wahr? Er war fabelhaft, weil er gegenüber seiner Frau so viel Nachsicht zeigte . . .« Thorne stieß einen scharfen Laut aus. »Aber als sich herausstellte, daß er schwul war, genau gesagt, ein ermordeter Schwuler, und daß er höchstwahrscheinlich von einem anderen Schwulen ermordet worden war – da war er für Sie nicht mehr der Freund, der Ehemann. Er war nichts weiter als irgendeine Leiche, wie ein toter Penner in einem Hausgang.«

»Genau das war es, was er wollte«, sagte McNeil starrköpfig. »Deshalb hat er Pima verlassen – um Thorne und uns alle zu schützen. Sie wissen nicht, was solch ein Skandal bedeutet. Der Skandal mit Tad hat meinen Vater umgebracht . . . Wir hatten keine andere Wahl. Wir mußten ihn dort liegen lassen. Wenn wir zur Polizei gegangen wären, hätte das alles, was er für uns getan hatte, bedeutungslos gemacht.«

»Reizend.« Dave war aufgestanden. »Na schön. Sie müssen damit leben. Ich möchte nicht damit leben müssen.« Er ging zur Diele. Thorne stand an der Tür, im Dunkeln.

»Der Skandal läßt sich jetzt ohnehin nicht mehr verhindern«, sagte sie tonlos.

»Aber es ist auch etwas Gutes daran«, erklärte Dave. »Er kann Fox Olson nichts mehr anhaben. Jetzt nicht mehr.«

Dann ging er hinaus und schloß die Tür.

Kapitel 21

Die Hütte unter dem zerzausten Walnußbaum stand im Dunkeln. Dave parkte den Wagen dort, wo er ihn das letzte Mal abgestellt hatte. Er ging wieder die durchgetretene Holztreppe hinauf und klopfte an die neue Gittertür. Aber kein Licht ging an. Niemand kam an die Tür. Im Gras zirpten die Zikaden. Der Himmel war schwarz wie eine geschrubbte Eisenpfanne; die Sterne sahen aus wie daraufgestreute Salzkörner. Wieder klopfte er an die Tür. Nichts. Er runzelte die Stirn, öffnete die Gittertür. Die Haustür dahinter war versperrt. Er ging die Treppe hinunter und um das Haus herum zur Rückseite. Auch die Küchentür war versperrt. Aber aus einem der hinteren Fenster fiel gelbes Licht nach draußen. Buddys Zimmer? Er fand eine verwitterte Orangenkiste und stellte sich darauf.

Der Junge saß in seinem chromblitzenden Rollstuhl. Noch angezogen. Sein Gesicht war grau vor Müdigkeit. Dave klopfte an die Scheibe. Der schöne Kopf drehte sich herum, und nach einer Sekunde bewegte sich der Mund in einem Lächeln des Erkennens. Aber die regengrauen Augen lächelten nicht; sie wirkten entsetzt bis zum Wahnsinn. Das Fenster stand einen Zentimeter offen. Dave steckte die Finger in die Spalte. Es ließ sich nach oben schieben, fiel aber, sobald er es losließ, wieder herunter. Dadurch war es schwierig, hindurchzuklettern. Mit dem Knie stieß er einen Stapel Taschenbücher um.

»Was ist los? Ich dachte, du mußt um neun ins Bett?«

»Stimmt. Hören Sie . . . Darf ich – Sie bitten . . .« Das junge Gesicht errötete. »Ich – ich muß –«

»Auf die Toilette«, sagte Dave. »Klar.«

Er schob den Rollstuhl. Nachdem er den Jungen auf die Brille gesetzt hatte, ging er durch das Haus. Wütend, mit raschen Bewegungen. Vorne im Wohnraum fand er Mildred Mundy. Sie lag mit dem Gesicht nach unten auf dem Sofa, hatte ihren rosa Kimono an. Eine Weinflasche war ihr aus den dicken Fingern geglitten. Sie lag auf dem Flickenteppich. Ein Teil des Inhalts war ausgelaufen. Es stank nach billigem Muskateller. Dave schüttelte die Frau. Das schlaffe Fleisch wabbelte, aber das Gesicht blieb leblos. Schleim lief ihr aus dem einen Mundwinkel. Sie würde ihm nicht helfen können – nicht in den nächsten drei oder vier Stunden. Der Fernseher war eingeschaltet - ohne Ton. Nur das Bild. Ein alter Gangsterfilm. Dave schaltete das Gerät ab und ging zurück ins Bad. Während er die Hose über die nutzlosen Beine hochzog und den Jungen wieder in den Rollstuhl setzte, sagte er mit rauher Stimme: »Wo, zum Teufel, ist dein Bruder? Wo ist Greta? Wie konnten sie dir das antun?«

»Greta hat - nicht ge-wußt . . . Mama hat - Geld für Wein. Wenn sie keinen - Wein hat - ist sie - okay.«

Dave fand einen Pyjama an einem Haken auf der Innenseite der Schranktür. Er legte ihn auf das Bett und half Buddy, das Sweatshirt auszuziehen. Es war nicht leicht, aber er schaffte es. Ihm das Oberteil des Pyjamas anzuziehen, war noch schwerer. Aber der Junge bemühte sich mit stoischer Geduld, die spindeldürren Ärmchen in die Ärmel zu stecken, obwohl sie sich anders bewegten, als er es wollte, und sein Kopf hielt nicht still auf dem kindlichen Hals. Wenn Buddy diese übermenschliche Geduld ein ganzes Leben lang aufbrachte, konnte Dave sie wenigstens in dieser einen Nacht aufbringen. Mit der Pyjamahose ging es leichter. Und es war kein Problem, den Jungen ins Bett zu legen. Er war erstaunlich leicht.

In der Zeit, die die Prozedur in Anspruch nahm, erfuhr Dave, daß Mama das Geld für Wein von den Ein- und Zehncentstücken des Wechselgelds beim Kaufmann zusammengespart hatte. Phil und Greta waren beide tagsüber beim Arbeiten. Sie mußten ihrer Mutter zumindest einen Teil der Einkäufe anvertrauen. Und Mrs. Mundy versteckte kleine Summen des Wechselgelds, bis sie neunundsechzig Cent beisammen hatte. Sobald Phil und Greta außer Haus waren, kaufte sie sich die Flasche. Wenn sie sie erst hatte, konnte man sie ihr nicht mehr wegnehmen. Versuchte man es dennoch, wurde sie völlig unerträglich und zerbrach oder verbrannte alles, was ihr in die Finger kam. Man mußte sie trinken lassen. Aber sie trank nicht immer. Nur manchmal, wenn sie sich über etwas aufregte.

»Und worüber hat sie sich diesmal aufgeregt? Über Fox Olsons Tod?« Er sagte es bewußt brutal und bereute es sofort, als er sah, wie der Junge die Augen schloß und zu zucken begann, als ob er geschlagen worden wäre. Aber als er sie öffnete, waren sie klar. Buddy wußte mit seelischen Erschütterungen umzugehen.

»Nein«, sagte er. »Es ist – etwas – mit Phil.« Phil war nervös gewesen, angespannt, hatte nicht essen können. Er war jähzornig gewesen, hatte seine Mutter angebrüllt, Buddy gescholten und Greta geschlagen. Vielleicht war es gut, daß er sich in den letzten Tagen nur wenig zu Hause aufhielt. Jeden Morgen wartete er auf die Post. »Er – erwartet etwas – was nicht – kommt.«

»Und wenn es kommt, ist es an Greta adressiert«, sagte Dave grimmig.

»Sie meinen – die Lebens-ver-sicherung?« fragte Buddy.

Dave nickte. »Weiter. Was tut er, wenn die Post da war?«

»Er arbeitet – bei der Baufirma – von Chalmers.« In Buddys Augen zeigte sich Stolz. »Er ist – der – Chef – Buchhalter.« Nach fünf fuhr er stets zu dem Haus, das er baute. Er arbeitete jeden Abend dort, an den Wochenenden. In der vergangenen Nacht war er erst gegen zwei nach Hause gekommen. Deshalb war Greta jetzt nicht hier. Sie sagte, er mache sich krank mit den vielen Überstunden. Sie war zu ihm gefahren, um ihn abzuholen. »Aber das – war – vor Stunden.«

Das Laken war sauber, aber ausgewaschen und geflickt. Die Decke war dünne Baumwolle. Er schlang sie um die Schultern des Jungen. Die billige Lampe mit dem Metallreflektor stand auf dem Tisch und beleuchtete ein erst zum Teil fertiggestelltes Sportwagenmodell. Dave schaltete die Lampe aus.

»Wo ist dieses Haus?«

»Ar – royo Street. Zwei – hundertelf.«

»Danke. Soll ich die Tür offenlassen oder zumachen?«

»Zumachen – bitte.« Aber Dave sollte die Badetür auflassen und das Licht drinnen brennen lassen. Manchmal brauchte es Mama in der Nacht. Wenn ihr übel wurde. »Aber – heute morgen – war es Phil. Als es – im Fernsehen – hieß, daß – Mr. Chalmers tot war – hat sich Phil – übergeben müssen.«

Die Arroyo Street war ein Streifen Asphalt ohne Straßenbeleuchtung zwischen zwei Orangenhainen, die schon seit langem nicht mehr bewirtschaftet wurden. An manchen Stellen hatten Bulldozer kleinere Flächen geebnet für Häuser, die bis jetzt noch nicht gebaut worden waren. Es gab keine Gehsteige. Niedrige Sträucher umwucherten den Rand des Asphalts. An den Kreuzungen standen kleine Gruppen von Eukalyptusbäumen: zerfetzte, schwarze Silhouetten vor dem dunklen Himmel. Nur noch ein Stück, und die Arroyo Street war zu Ende. Unten am Fluß. Dave verlangsamte die Fahrt – und dann sah er das Haus.

Ein zweistöckiger Rohbau, in Dachpappe und Drahtgeflecht eingehüllt, umgeben von einem Holzgerüst. An einem hervorstehenden Dachbalken hing ein Scheinwerfer. Sein Licht fiel auf Phil Mundy. Bis zur Hüfte nackt und schweißüberströmt, verputzte er die Wand mit grüngefärbtem Zement. Rastlos, verzweifelt. Das Gerüst schwankte. Unter ihm, auf dem Boden, der mit Holzstückchen, Sand, gebogenen Nägeln und Sägemehl übersät war, bewegte ein lauter Einzylinder-Benzinmotor die Trommel einer Zementmischmaschine. Greta schleppte einen schweren Eimer über eine Leiter nach oben.

»Phil«, brüllte sie hinauf, um das Rattern des Mixers zu übertönen, »bitte, Phil, ich kann nicht mehr. Ich kann einfach nicht mehr. Du mußt jetzt aufhören. Du schaffst es nicht allein.«

Er hörte sie, aber er schien nicht darauf zu achten. Mit ausdruckslosen Augen, völlig in sich gekehrt, kniete er sich auf das Gerüst, nahm den vollen Eimer am Henkel, reichte ihr einen leeren Eimer hinunter, stand auf und fuhr fort, die Wand zu verputzen. Greta kam mit hängendem Kopf und hängenden Schultern nach unten und taumelte auf die Mischmaschine zu. Dave trat zu ihr.

»Haben Sie nicht einen Brief von Ihrem Vater bekommen? Am Mittwochvormittag?«

Sie war zu müde, um noch erschrecken zu können. Ihre Augen waren trübe. Sie schüttelte betäubt den Kopf. Dann fragte sie: »Bringen Sie endlich den Scheck der Versicherung? Fox ist tot; das dürfte Ihre Firma inzwischen auch erfahren haben.« Jetzt schaute sie hinauf zu Phil und kniff die Augen zusammen gegen das helle Licht.

Der nackte Oberkörper bewegte sich hin und her, bückte sich, richtete sich wieder auf. Der Verputz raschelte unter der Kelle. Grüner Mörtel verdeckte die Dachpappe in weiten, geschwungenen Streifen. Wie eine Fahne der Kapitulation hing ein Hemd am Gerüst und flatterte im Nachtwind. Dave schaute sich nach dem Jackett um; es hing am Griff einer Schubkarre. An der Vorderseite war ein kaum merkbarer, weißer Kalkstreifen zu erkennen. Dave sagte zu Greta: »Sie sollten nach Hause gehen. Ihre Schwiegermutter ist völlig betrunken. Jemand muß sich um Buddy kümmern.«

»O Gott!« Sie nahm eine flammend rote Jacke von einem Sägebock. »Danke. Woher wissen Sie das?«

»Ich versuche die Spur mehrerer Briefe zu verfolgen, die Ihr Vater kurz vor seinem Tod geschrieben hat. Ihre Mutter bekam einen. Hap Loomis bekam einen. Ich dachte, Sie hätten vielleicht auch einen bekommen. Deshalb war ich bei Ihnen, um Sie zu fragen.« Er berichtete ihr, was er dort vorgefunden hatte. »Fahren Sie schon los. Ich bringe Phil mit meinem Wagen heim.«

Ihr Lächeln wirkte hoffnungslos. »Sie meinen es gut, aber ich glaube nicht, daß Sie ihn dazu bewegen können. Nicht ohne den Scheck. Ich . . .« Das Lächeln erstarb. »Ich fürchte, er dreht völlig durch, Mr. Brandstetter. Ich mache mir große Sorgen.«

»Versucht er, das Haus allein fertigzustellen?«

»Er mußte die Arbeiter nach Hause schicken, hatte kein Geld mehr, um sie zu bezahlen. Ja, einen Mann hat er behalten, doch der kann nicht vierundzwanzig Stunden am Tag arbeiten. Aber Phil versucht es. Und es bringt ihn um. Er war weiß wie ein Gespenst, als er gestern abend – oder besser gesagt, heute nacht – nach Hause kam. Um zwei. Kurz bevor Captain Herrera . . .« Sie wandte sich ab und schaute hinaus in die Nacht. »Bevor er gekommen ist, um uns zu sagen, daß Fox tot ist.«

»Fahren Sie heim.« Dave nahm ihr die Jacke aus der Hand und hängte sie ihr um die Schultern. »Wenn Ihre Schwiegermutter aufwacht und versucht, eine Zigarette zu rauchen . . .«

»Ich fahre schon.« Aber sie blieb noch einen Augenblick lang stehen und schaute ihn an, zutiefst besorgt. In ihren Augen standen viele Fragen. Sie war zu müde, um sie ihm zu stellen. Als sie sich umdrehte und Phil rufen wollte, sagte Dave: »Er kann Sie nicht hören. Ich werde es ihm sagen. Fahren Sie.«

Sie ging zum Wagen, unsicher in den eleganten, roten Schuhen. Eine Minute, nachdem die Rücklichter des Wagens zwischen den Orangenbäumen verschwunden waren, drehte sich Phil um und warf die Kelle in den leeren Eimer. Dann schaute er hinunter ins Dunkel.

»Verdammt, Greta, wo ist der nächste Eimer?«

Dave fand den Schalter. Der Motor des Mixers klopfte, hustete und verstummte. »Es gibt keine Eimer mehr«, sagte Dave in die plötzliche Stille. »Kommen Sie runter, Mundy – es ist Feierabend.«

Phil stand unbeweglich oben auf dem Gerüst. »Wer ist da? Wo ist ...« Dann ging er schnell und sicher über die Planken des Gerüsts zur Leiter, kam schnell und sicher nach unten. Schaute Dave nicht an, sondern lief auf den Mixer zu. »Sie hätten ihn nicht abschalten sollen. Ich habe hier noch eine Menge zu tun.« Er langte nach dem Schwungrad.

Dave packte ihn am Arm. »Zu viel«, sagte er. »Aber Sie haben keine Zeit mehr dafür. Jeder, der nur halbwegs bei Sinnen wäre, hätte die Stadt vor Stunden verlassen.«

Phil hörte ihn nicht. »Bevor es zu regnen beginnt ...«

»Ich werde dafür sorgen, daß man es ihnen sagt.«

»Wem?« Er starrte immer noch auf die Maschine.

»Wer immer den Bau übernimmt. Wahrscheinlich die Firma von Chalmers.«

»Er ist tot«, sagte Phil. »Wo ist ... Greta?«

»Ihre Mutter ist wieder betrunken. Ich habe Greta nach Hause geschickt, damit sie sich um Buddy kümmert. Aber ich hätte sie auch ohne diesen Vorwand weggeschickt. Sie sollte das, was ich Ihnen zu sagen habe, nicht hören.«

Zum ersten Mal schaute er Dave ins Gesicht, mit dem Ausdruck eines erwachenden Kindes. »Was soll sie nicht hören?«

»Die wahre Geschichte über Phil Mundy. Den Mann, der es haßte, der uneheliche Sohn des hübschesten und leichtsinnigsten Mädchens von Pima aus der Kriegszeit zu sein. Der Verstand und Ehrgeiz besaß. Vielleicht nicht genug vom einen, aber mehr als genug vom anderen. Und der es ihnen allen zeigen wollte. Der den Mann, für den er arbeitete, mit dessen eigenen Waffen schlagen wollte. Der glaubte, eine Menge Geld zu heiraten, und dahinterkam, daß Gretas Großvater nicht bereit war, mitzuspielen. Nicht bei Phil Mundy, einem Burschen, der allzu gut mit Zahlen umgehen konnte. Und das galt auch für ihren Vater.«

»Fox hätte mir geholfen«, sagte Phil. »Er war dazu bereit. Es war Thorne. Sie hat mich gehaßt, weil ich Greta geheiratet habe. Fox war der einzige in meinem Leben, der mir nicht ständig ins Gesicht gespuckt hat.«

»Aber Sie konnten nicht an das Geld rankommen, das Sie geheiratet zu haben glaubten. Und Sie gerieten in Schwierigkeiten. Denn Sie hatten begonnen, dieses Haus zu bauen, um

Greta zu beweisen, was für einen Erfolgsmenschen sie heiraten würde . . . Sie haben angefangen zu bauen – mit dem Geld, das Sie bei Chalmers unterschlagen haben. Richtig? Ich weiß nicht, wieviel es war, aber es war zuviel, als daß sie es selbst zurückzahlen konnten.«

»Sie werden es bald genug erfahren.« Phils Stimme war die eines Toten. Er setzte sich auf das eiserne Rad des Mixers. »Schon morgen. Die staatlichen Buchprüfer. Sie wären erst in sechs Wochen fällig gewesen – wenn Lloyd nicht getötet worden wäre.« Wieder ließ er den Kopf sinken.

»Es hat sie hart getroffen, nicht wahr?« sagte Dave. »Als Sie es erfuhren, ist Ihnen übel geworden, nicht wahr? Als Ihnen klar wurde, daß Sie erwischt werden würden, gerade als Sie sich das Geld gesichert hatten. Durch den Mord an Fox Olson.«

Phil riß den Kopf hoch. Panik in den blauen Augen, dumpfes Entsetzen. »Ich habe es nicht getan.«

»Sie haben einen Brief abgefangen, der für Greta bestimmt war. Ich weiß nicht, was darin gestanden hat. Aber eines weiß ich: Seine Adresse war daraus zu erkennen. Die Adresse in Bell Beach. So sehr er es vielleicht gewünscht hätte – denn Fox Olson war ein großzügiger, gutmütiger Mensch –, als Lebender konnte er Ihnen das Geld nicht geben. Aber als Toter war er für Sie fünfzigtausend Dollar wert.«

»Nein.« Phil erhob sich schwankend. »Nein. Das können Sie mir nicht nachweisen.«

»Sie haben einen weißen Strich auf Ihrem Jackett. Er stammt von dem Geländer der Pier, gegen das Sie sich gelehnt haben, um die Pistole ins Wasser zu werfen. Die Farbe ist alt; sie geht ab. Und Sie haben Sägemehl an sich gehabt. Ein kleines Häufchen davon habe ich am Tatort gefunden. Für das Labor der Polizei ist es ein Kinderspiel, den Nachweis zu erbringen.«

Phils Augen wirkten völlig leer. Die harten, schweißüberströmten Muskeln hingen an ihm wie Fleisch am Haken des Schlachters. Die Worte schwappten aus dem halb geöffneten Mund. »Er wollte sich das Leben nehmen. Deshalb hatte er die Pistole geölt. Er hatte seinen Frieden gefunden, als ich zu ihm kam. Er dachte, es sei ohnehin allen gleichgültig. Gehen wir fort aus diesem Zimmer, hat er gesagt. Gehen wir spazieren. Und er hat einen Zettel an die Tür geheftet. Ich habe die Pistole eingesteckt . . . Er wollte sich das Leben nehmen.«

»Und das gab Ihnen das Recht, ihn umzubringen?«

Jetzt verschwand der letzte Funken von Intelligenz. »Ich habe es nicht getan.« Dann, sehr schnell und sehr überraschend, hatte er ein Beil in der Hand. Er packte es mit beiden Händen, holte aus und zielte auf Daves Kopf. Dave duckte sich, rammte ihm den Kopf in die Magengrube, packte Phil an den Knien und riß sie hoch. Phils Kopf schlug gegen die Trommel des Mixers. Dave fühlte, wie er schlapp wurde. Das Beil fiel ihm aus der Hand. Dann lag Phil Mundy zusammengekrümmt am Boden.

Dave fesselte ihn mit einem Strick von der Absperrung der Baustelle und fuhr los, um Herrera zu verständigen.

Kapitel 22

Er kam um sieben Uhr morgens nach Hause, zog sich aus, fiel ins Bett und rechnete damit, von Alpträumen geplagt zu werden. Aber sie blieben aus. Vielleicht, weil sie es nicht mit der Wirklichkeit aufnehmen konnten. Als er erwachte, war es Nachmittag, und die Sonne schien ihm ins Gesicht. Er war nicht allein! Anselmo lag neben ihm. Dabei hatte er sich nichts sehnlicher gewünscht als vierundzwanzig Stunden schlafen zu können. Er hätte sich den Schlüssel zurückgeben lassen müssen. Als Anselmo sah, daß er wach war, beugte er sich über ihn und schaute ihn an.

»Sie müssen sich rasieren«, sagte er zu Dave.

»Ich fürchte, du bringst zwei Dinge durcheinander«, erwiderte Dave. »Nur die Patienten in der Chirurgie müssen sich rasieren, nicht die Opfer von Vergewaltigungen.« Dann setzte er sich auf und schaute dem jungen Burschen in die Augen. »Das ist ein Fehler, Anselmo. Ich habe dich schon einmal davor gewarnt.«

»Ich bin eben dickköpfig.« Anselmo lachte. Dann schaute er Dave sehr ernst an. »Denken Sie sich nichts dabei. Vielleicht sehe ich es später ein ...«

Anselmo stand unter der Dusche, und Dave rasierte sich, als es klingelte. Dave war nackt. Er griff nach einem Flanellhemd und einer alten Kordhose und ging barfuß zur Tür. Es konnte nur Madge sein. Sie war sicher nicht beleidigt, wenn er sie unter irgendeinem Vorwand wegschickte. Es war Madge. Aber sie war nicht allein.

»Dave?« Sie kam herein, zog sich die Handschuhe aus. Schick sah sie aus, in dünnem schottischem Tweed. »Es ist Cocktailzeit. Und das hier ist Miss Levy.«

Miss Levy war eine Überraschung. Sie entsprach genau dem, was Dave seiner Freundin Madge seit Jahren empfohlen hatte. Über fünfunddreißig, keine hinreißende Schönheit, leichter Silberblick. Aber sie hatte ein nettes Lächeln, kleidete sich mit Geschmack, und nachdem sie Dave die Hand geschüttelt hatte, wanderte ihr Blick auf Bücher und Schallplatten. Ein Kennerblick.

»Ja, nun ... Äh ... Nett, Sie kennenzulernen«, sagte Dave verwirrt.

Madge zog fragend die Augenbrauen hoch. Anselmo beantwortete ihre Frage. Er begann in der Dusche zu singen. Laut und deutlich. »*›All the lonley people ... Where do they all come from?‹*« Dave warf einen Blick zur Decke. Aber Madge begann zu reden. Schnell. Sie steuerte Miss Levy weg, zeigte ihr die Seidentapete von Andy Warhol in der Eßecke. Dave schloß die Doppeltür zum Schlafzimmer.

»Kommst du mit in die Küche, wenn ich uns was mit Gin und Zutaten zaubere?« Er scheuchte sie voraus. Madge beäugte ihn amüsiert.

»Was für eine fabelhafte Küche«, sagte Miss Levy. »Und das ganze Haus. Wie aus einer Architekturzeitschrift.«

»Aus vielen Zeitschriften«, sagte Madge. »Und aus einer Reihe von Jahrgängen.«

»Rod Fleming hat das Haus eingerichtet.« Dave nahm Eis aus dem Kühlschrank. »Er war mit mir befreundet.« Er ließ die Eiswürfel in einen Behälter klappern und hörte, wie die Dusche abgedreht wurde. »Äh – ihr entschuldigt mich einen Augenblick, ja?« Er drückte Madge den Cocktailshaker in die Hand und drängte sich an Miss Levy vorbei. »Wenn du weitermachen willst – der Gin ist dort unten in –«

Zu spät. Anselmo kam in die Küche. Er rannte, war pudelnackt. »Hör zu, Dave, jetzt tun wir, als wenn –« Sein Grinsen verschwand. Er versuchte stehenzubleiben, rutschte auf den glatten Fliesen aus und ging unsanft zu Boden, mit offenem Mund. Wasser lief ihm aus dem schwarzen Haarschopf über das glatte, braune Aztekengesicht. Dann riß er die Augen weit auf. »Ach, du Scheiße«, flüsterte er. Er schaute Madge an. Er schaute Miss Levy an. Er schaute Dave an. Dann rappelte er sich hoch und rannte weg.

»Äh . . .«, war alles, was Dave hervorbrachte.

Madge stellte den Cocktailshaker ab. »Wir scheinen in einem unpassenden Augenblick gekommen zu sein.« Sie sagte es leichthin, aber mit einem spöttischen Unterton. »Sollen wir uns an den dezenten Rückzug machen?«

»Schauen Sie, Miss Levy«, begann Dave. »Selbst in den besten Haushalten –«

Aber Miss Levy drückte sich an ihm vorbei und floh.

»Du brauchst nicht zu versuchen, es zu erklären.« Madge streichelte beim Vorübergehen sein Gesicht. »Mir fällt schon was ein.« Sie nahm die Handschuhe und ihre Tasche von einem Stuhl. »Obwohl es nicht ganz leicht sein wird.« Und der Blick, mit dem sie ihn bedachte, drückte deutlich aus, daß sie ihn für einen Heuchler und Verräter hielt. »›Sieh zu, daß du jemanden in deinem Alter findest‹«, zitierte sie ihn. »›Jemanden mit deinem gesellschaftlichen Hintergrund.‹ *Ha!*« Sie folgte Miss Levy hinaus in den Sonnenschein. Und blieb stehen. »Was für ein fabelhafter Wagen!«

Dave stand unter der Tür. Der Wagen kam langsam über die Auffahrt auf das Haus zu, und der Motor schnurrte wie eine Katze. Rot, flach, ein Ferrari. Dave schloß die Tür und lief ins Schlafzimmer. Anselmo starrte durch das Fenster hinaus und zog sich den Reißverschluß seiner engen Hose mit den Blümchen auf den Gesäßtaschen zu.

»Es tut mir leid«, sagte er. »Ich habe ja nicht gewußt . . .«

»Vergiß es.« Dave gab ihm einen Kuß auf das noch immer feuchte Haar.

Anselmo umarmte ihn. »Aber einmal kommt es noch dazu, das verspreche ich dir . . .«

Dave lachte. »Jetzt kommt noch jemand auf Besuch. Du siehst, es findet sich keine Gelegenheit. Und ich muß dich jetzt bitten zu gehen.«

»Ach . . .« Er zuckte mit den Schultern, setzte sich dann auf den Boden und zog sich die Stiefel an. Dann stand er auf, stampfte zweimal mit den Füßen, und seine Augen waren groß und ernst. »Trotzdem – danke, daß ich wenigstens neben dir schlafen durfte.«

»Du brauchst mir nicht zu danken.« Der Junge hatte seine Perlenkette um den Lampenschirm drapiert. Dave nahm sie herunter und legte sie ihm um den Hals. Dann öffnete er die Tür zum Patio. Anselmo machte keine Anstalten zu gehen.

»Aber der da«, sagte er, »mit dem verrückten Wagen – der ist der Richtige für dich, ja? Er sieht aus wie Rod.«

Dave nickte. »Ja, er sieht aus wie Rod. Aber sonst weiß ich fast nichts über ihn.« Es klingelte an der Haustür. *»Adios, querido.«* Er gab ihm einen Klaps auf das kleine, feste Hinterteil. Und Anselmo ging schweigend hinaus, ohne sich noch einmal umzusehen. Einen Augenblick lang starrte Dave ihm nach. Dann ging er zur Tür, um sie zu öffnen.

»Ich habe versucht, Sie in Ihrem Büro zu erreichen«, sagte Doug Sawyer. »Und ich habe sogar einen Mr. Brandstetter gefunden. Aber es war ein anderer.«

»Ich freue mich, daß mein Vater Sie hergeschickt hat«, antwortete Dave. »Kommen Sie rein. Einen Drink?«

»Merci.« Sawyer folgte ihm in die Küche. »Nach Aussage dieses Captains – mir fällt sein Name nicht ein – hätte die Sache schlimm für mich ausgehen können, wenn Sie nicht gewesen wären.«

Während er geschmolzenes Eiswasser aus dem Cocktailshaker goß und statt dessen Gin und Vermouth einfüllte, sagte Dave: »Als Sie in das Haus von Mrs. Kincaid kamen, durch die Hintertür, und nach ihm riefen, habe ich gewußt, daß Sie ihn nicht umgebracht haben. Also fragte ich mich, wer es gewesen sein konnte.«

Sawyer schaute zu, wie Dave die Flüssigkeit mit einem Glasstab umrührte. »Wie Sie es sagen, war es ganz einfach.«

»Es war nicht viel mehr als ein Gefühl – und bestimmt nicht einfach.« Er schenkte ein und reichte Sawyer ein Glas. Ohne Olive. Rod hatte Oliven gehaßt.

»Danke«, sagte Sawyer. »Darf ich Sie zum Abendessen einladen? Es ist vielleicht etwas lächerlich, wenn man bedenkt, daß Sie mir das Leben gerettet haben, aber wenigstens eine Geste.«

»Immerhin etwas – und es muß ja nicht dabei bleiben«, antwortete Dave.